A.L. CHRISBY

La révolte des Séraphins

Tome 1 Les Mistrals Gagnants

ISBN : 978-2-9583792-1-6

Parce qu'il y a une étincelle de courage en chacun de nous
Parce que le courage ne vient pas toujours comme on l'aurait imaginé

À mes enfants, à mon neveu et à ma nièce en qui je crois
Et que j'aime profondément, peu importe leurs choix.

À mon époux qui sait ce que signifie courage même s'il ne le croit pas.
À ma famille que j'aime tendrement et qui me soutient depuis le premier jour.

À Marie et Marie, Lisette, Charlotte, Alix, Éva, Irène et Céline pour leurs relectures assidues et leurs conseils pleins de bon sens.

À vous tous, qui savez vivre d'incroyables aventures
En fermant vos yeux.

Vous êtes les héros de mon histoire.

1er septembre 2030

Trois années seulement avaient suffi pour voir le quotidien des gens sombrer dans le désespoir le plus total.

À l'aube du Nouvel An 2027, alors que les familles fêtaient encore la douceur d'un Noël bien mérité après des années difficiles, un astéroïde s'était abattu sur le Pôle Nord. Aucun dégât ne fut observé sur l'instant et le monde s'en était rapidement désintéressé. Les médias étaient encore tournés vers l'épidémie de coronavirus qui mutait à grande vitesse depuis neuf années et qui tuait encore les personnes les plus vulnérables de la société. Toute l'information se concentrait sur le Covid 19. Les entreprises faisaient faillite. Les foyers se retrouvaient sans le sou. Les médecins faisaient face à une vague de dépression qui infectait la jeunesse avec force. Et c'était sans compter sur un vaccin qui devait évoluer aussi vite que le virus et qui devenait obsolète presque aussi rapidement qu'il était apparu.

Pourtant, la vague d'ennuis ne faisait que commencer. Les scientifiques hurlaient vainement dans l'espoir de se faire entendre : la fonte des glaces, déjà très avancée, accélérait à un rythme démentiel. Non seulement des tonnes de glace se liquéfiaient, relâchant dans les océans et dans l'air des virus endormis depuis des millions d'années - virus potentiellement mortels pour l'Homme - mais la friction de l'astéroïde dans l'atmosphère avait, entre autres, considérablement augmenté la température planétaire.

Les neiges éternelles des plus hautes montagnes disparaissaient. Les catastrophes commençaient à s'enchaîner : les océans et les mers engloutissaient les villes portuaires, les côtes et les régions sur plusieurs centaines de kilomètres. Le monde devait faire face au plus grand exode de l'humanité vers l'intérieur des territoires.

Le chaos régnait. Les pillages des magasins, des maisons et les crimes n'avaient de cesse d'être plus violents.

Voilà comment la démocratie, en France, fut remplacée brutalement par un État militaire. Les droits les plus fondamentaux disparurent. La peine de mort fut de nouveau autorisée et les prisons poussèrent plus vite que les logements.

Après une guerre civile désastreuse, les médias rapportèrent qu'une troisième guerre mondiale était sur le point d'éclater. Chaque pays profitait de la faiblesse de son voisin pour s'agrandir et s'enrichir.

Enfin, comme l'avaient prédit les scientifiques, c'est un virus ultra agressif et totalement inconnu qui eut le dernier mot de cette histoire : à n'importe quel moment, sans prévenir et sans qu'on puisse l'expliquer, les petites filles et les très jeunes femmes se retrouvaient aux prises avec des hallucinations incontrôlables ! Certaines se jetaient par la fenêtre et se précipitaient en plein milieu d'une route. D'autres, tout à coup très agressives, se ruaient sur les gens qu'elles aimaient et bien souvent, leur cœur ne tenait pas. On voyait ces filles, celles encore vivantes, être embarquées de force par l'armée et entrer dans des hôpitaux de fortune pour ne jamais en ressortir.

Le pire vint le jour de la Grande Récolte. Les hommes et les femmes plus âgés furent enrôlés de force dans l'armée pour défendre leur pays. Leurs enfants, arrachés à leurs bras ou enlevés dans les écoles, se virent confiés à l'État. Ils devenaient un des moyens de pression les plus couramment utilisés pour contrôler la population.

Cachés dans des bunkers souterrains, ces enfants allaient grandir loin de leur famille, élevés par des inconnus, empoisonnés par la propagande de la Nouvelle République. N'en ressortiraient alors que de bons citoyens ou de bons soldats. Si un parent tentait de sauver son enfant, il était exécuté publiquement pour donner l'exemple.

La France, en trois ans à peine, était devenue l'État le plus autoritaire du continent.

Notre histoire débute dans un de ces bunkers. Son nom était SPÉ.63-07, mais les surveillants l'appelaient « Le paradis ». Ils nommaient les enfants retenus « Les Séraphins », car SPÉ.63-07 était réputé comme étant l'une des fortifications les plus calmes du centre de la France.

En temps normal, les Séraphins acceptaient sans trop rechigner l'autorité des surveillants, car une belle entraide s'était créée entre les enfants.

Or, ce dimanche 1er septembre 2030, à 19h53, une voix s'éleva au milieu du réfectoire, plus forte, plus puissante que celle des autres…

1
Rébellion

— Encore… Ça suffit ! Sale menteur…

Dans le réfectoire de SPÉ.63-07, les bruits de fourchettes sur le métal des assiettes avaient cessé brusquement. La rumeur s'éteignait pour ne laisser place qu'aux cris révoltés d'une petite Séraphine. Elle répondait aux messages incessants que le directeur du bunker faisait tourner en boucle dans les haut-parleurs accrochés au plafond.

« Continuez d'écrire régulièrement à vos parents. Vos mots d'encouragement les aident à trouver le courage d'aider la Nouvelle République à tenir face à l'ennemi. Vos lettres sont un soutien à vos familles. Bientôt, vous recevrez leurs réponses. Ne vous découragez pas. La Nouvelle République a besoin de vous. »

— Des mensonges ! cria-t-elle en se redressant, ses poings frappant le dessus de la table métallique.

« Continuez d'écrire régulièrement à vos parents. Vos mots d'encouragement les aident à trouver la force d'aider la Nouvelle République à tenir face à l'ennemi. Vos lettres sont un soutien à vos familles. »

— Tous des menteurs !

Les cris poussés remplissaient la grande salle comme un écho de désespoir et de colère.

« Bientôt, vous recevrez leurs réponses. Ne vous découragez pas. La Nouvelle République a besoin de vous. »

— Ça suffit maintenant ! Je veux savoir où est ma mère !

Elle sauta sur sa table, les poings serrés, prête à en découdre, comme si la peur n'avait aucune emprise sur elle. Ses cheveux couleur des châtaignes, coupés en carré court et mal peignés, tombaient en bataille devant ses yeux et lui donnaient un air de sauvageonne. Rien dans son regard ne laissait transparaître la moindre hésitation et seule se reflétait dans les carreaux de ses lunettes rouges sa détermination. Des semaines, des mois bien trop longs sans aucune nouvelle de ses parents. C'en était trop pour elle. Son cœur de petite fille ne pouvait pas concevoir que sa mère la laisserait si longtemps sans jamais revenir la serrer dans ses bras. Son cerveau n'acceptait pas que sa vie puisse changer si radicalement sans aucune explication.

— Elvire, descends ! murmura, gêné et anxieux, un garçon plus âgé. Tu vas te faire punir…

— Et nous aussi, renchérit un autre garçon aux yeux bleu foncé. Faut toujours que t'en fasses trop ! Descends, maintenant.

Assis à leur table respective, les autres Séraphins du réfectoire commençaient à s'agiter nerveusement, par compassion, par excitation ou par peur. Chacun y allait de son commentaire. On entendait chuchoter des *« elle est complètement folle »*, *« elle a raison ! Papa ne me laisserait pas »*, *« elle va se faire punir »*, *« je m'en vais d'ici avant qu'ils viennent la chercher »*, *« c'est vrai, c'est bizarre… et s'ils étaient… »*…

— Je m'en fous ! cria Elvire. Sam, tu sais que maman et papa ne nous laisseraient jamais si longtemps ! Et toutes ces lettres sans réponse ! Sérieux ? Tu ne crois plus en eux…

— Tu sais bien que c'est faux, grogna le dénommé Sam, tout penaud. Mais c'est pas comme si on avait le choix… tu vas encore t'attirer des ennuis ! Descends.

— Tu vas attirer des ennuis à nos parents surtout, ajouta l'autre garçon.

— De toute façon, ils sont sûrement tous déjà morts, lança froidement une fille très brune, à peine plus âgée que Sam.

Assise au fond de la salle, elle n'avait pas eu à crier pour que sa phrase traverse le réfectoire comme un éclair foudroyant. L'adolescente brune cligna trois fois des yeux compulsivement en jetant un regard froid et méprisant sur toute l'assemblée.

— Ils ont tué ma petite sœur et ils nous ont embarqués de force, ajouta-t-elle en se relevant. Ça va faire presque deux années depuis la Grande Récolte. Laisse tomber. Nos parents sont soit morts à la guerre, soit contraints. Dans les deux cas, c'est foutu.

Le silence s'installa, parfois brisé par le reniflement ou le sanglot d'un enfant.

Elvire tourna doucement sur elle-même. Après avoir foudroyé la grande brune de son regard, elle posa ses yeux sur les Séraphins, tous recroquevillés. Elle se dit qu'ils ressemblaient plus à des tortues dans leur carapace qu'à des anges, tous en rond, bien rangés autour des tables rondes, devant leur assiette toute ronde, avec leur visage triste et rond.

Voir toutes ces personnes abattues lui donnait encore plus envie de rugir ! Rugir de colère ! Juste pour voir si elle arriverait à les faire sursauter et dans le même élan, bondir à leur tour de leur chaise. Sur sa gauche, un jeune garçon du même âge qu'elle agrippait le bord de sa table si fort que les jointures de ses doigts blanchissaient. Le torse en avant, il respirait fort et vite. Sa rage n'était pas loin et il mettait un effort considérable à la retenir - ce qu'Elvire ne comprenait pas. Si sa rage à elle devait sortir, alors elle sortait.

Soudain, les autres Séraphins disparurent de son champ de vision. Elle baissa les yeux vers son frère et son cousin, assis à la même table qu'elle. Leurs sourcils étaient froncés et leur visage, relevé vers elle, était crispé, figé dans une inquiétude presque désespérée.

Samuel ne lâchait pas sa sœur du regard, le corps tendu, prêt à l'attraper si elle trébuchait. S'il ne se considérait pas lui-même comme un garçon courageux, il était sûr d'une chose, il ne laisserait rien de mal arriver à sa famille. Samuel n'était pas du genre à crier, à se révolter et à taper du poing quand la situation l'exaspérait, mais il aimait profondément ses sœurs et son cousin. Voir Elvire s'élever au milieu de tous, dans un état ingérable pour lui qui n'avait que treize ans à peine, le rendait très malheureux. Si papa et maman étaient là, ils sauraient la calmer. Ils sauraient comment protéger sa petite sœur, de trois ans sa cadette, contre les surveillants. Il ne voulait pas voir le Docteur de SPÉ débarquer dans le réfectoire et l'emporter dans le néant, loin de lui.

Son cousin Arthur, plus jeune que lui de deux ans, se leva le premier et attrapa maladroitement le poignet de sa cousine.

— Tu descends maintenant, cria-t-il, exaspéré.

Ses yeux très vifs rencontrèrent ceux d'Elvire et commença alors une bataille silencieuse sur qui céderait le premier. Tous les deux possédaient un tempérament explosif qui n'était un avantage que lorsqu'ils étaient en accord. Au bord de l'apoplexie, Samuel allait intervenir avant que cette guerre n'éclate réellement quand, tout à coup sortant de nulle part, une main, plus grande et plus forte que celle d'Arthur attrapa la taille de sa sœur. Cette main inconnue l'embarqua à vive allure derrière le comptoir de la cuisine.

Sans avoir le temps de pousser le moindre cri de peur ou de stupeur, Elvire disparut. Pendant quelques secondes, le réfectoire cessa de respirer, l'oreille tendue. Est-ce que cette main allait tomber sur elle comme un couperet sur sa nuque ou était-elle bienveillante ? Et alors que les enfants se levaient doucement pour faire leur toilette avant l'heure du coucher, obligatoire pour tous, Samuel et Arthur restaient figés, leur visage tourné vers la porte qui venait d'engloutir la petite fille…

« Depuis trop longtemps les surveillants jouent à ce petit jeu… il fallait bien que ça arrive encore… mais toi, toi ma jolie, je ne peux pas te laisser faire ça… »

Une dame vêtue d'un tablier en plastique blanc et légèrement transparent lâcha Elvire au milieu de la pièce. Très nerveuse, elle alluma la radio – objet réglementé, sur une musique douce que la petite fille avait déjà entendue à la télévision, il y avait très longtemps. La dame, au milieu de ses grognements, se baissait parfois pour vérifier si rien ne se cachait sous les comptoirs ou au-dessus des armoires.

— Non, mais vraiment ! Quelle idée de monter sur la table comme ça ! Ça se voit que ce n'est pas toi qui vas nettoyer derrière…

— J'm'en fiche, grogna Elvire, boudeuse.

— Ne sois pas insolente jeune fille, se fâcha sévèrement la dame. Tu sais ce qu'est devenue la dernière qui s'est fait remarquer ? Tu te souviens d'elle le troisième jour de notre arrivée ici ?!

Elvire fit non de la tête.

— Moi non plus, figure-toi. Personne ne sait, justement. Docteur Prancq est venu la chercher sous prétexte qu'elle n'avait pas le moral et on ne l'a jamais revue… Je ne sais même plus si elle était blonde… peut-être brune… et son prénom… Bref ! Tu veux qu'il t'arrive la même chose ? Pense à ton frère un peu.

Loin d'être méchante, Madame Audrey était la cantinière, vue par les enfants comme une personne difficilement accessible derrière son comptoir, mais assez bienveillante pour leur glisser une petite portion supplémentaire de ce qu'ils aimaient le plus sur leur plateau. Elle était un peu ronde, de taille moyenne et quand elle souriait, son visage s'éclairait assez pour apaiser les petits anges tourmentés.

— Et ta petite sœur ! Tu as pensé à Hermione et à son chagrin ? Mon Dieu, tes parents doivent vivre dans l'angoisse avec une gamine comme toi…

La petite fille, soudain, sentit toute sa tristesse, toute sa douleur, tout son chagrin s'échapper de son corps comme s'ils étaient cloitrés en elle depuis trop longtemps.

— Je… je… je suis désolée, sanglota-t-elle. Je veux ma maman ! Je veux mon papa !

Devant le torrent de larmes qui s'écoulait de la minuscule enfant, abattue comme un animal sans défense, la cantinière enlaça Elvire de ses bras chauds et doux. La petite fille trouva qu'elle sentait bon et glissa son nez humide dans les cheveux blonds de la dame pour pleurer tout son soûl.

Relâchant son emprise, les yeux humides, les carreaux de ses lunettes rouges brumeux, elle observa la salle qui l'entourait. Jamais elle n'avait mis les pieds ici – c'était totalement interdit de passer derrière le comptoir du réfectoire. Sur sa gauche, de grandes marmites en inox crasseuses, attendant d'être nettoyées dans des éviers géants. De l'autre côté, des épluchures, des emballages vides et des couteaux laissés à l'abandon sur un grand plan de travail, le temps du service. Partout autour d'elle, des étagères remplies de boîtes de conserves et de boîtes en verre remplies de poudres indéfinissables. Blanches, vertes, bleues, violettes ! Si les murs et le plafond n'avaient pas autant jauni avec la graisse collée, toutes ces couleurs auraient presque donné un aspect festif à la cuisine. Dans l'air, une odeur de plats mélangés lui piquait les narines.

— Tu n'es pas raisonnable, Elvire, continuait de gronder la cantinière, plus gentiment.

Elvire ne bougea pas. Elle continuait d'observer la salle avec un air à la fois étourdi et boudeur.

— Tu comprends ce que je te dis ?

— Il y a des courgettes, murmura d'une voix tremblante la petite fille.

— Quoi ? demanda la dame aux cheveux blonds. De quoi est-ce que tu parles ?

— Là-bas, regardez ! Je vois des courgettes...

— Est-ce que c'est vraiment le moment ?

Sa voix s'était endurcie et Elvire se remit à pleurer de plus belle.

— Pardon, pardon, murmura la cantinière en la reprenant dans ses bras. Je suis désolée d'avoir crié. Il faut que tu cesses de pleurer et que tu retournes avec les autres enfants, sinon tu seras punie.

— Pardon d'avoir crié aussi, sanglota Elvire. Pardon, Madame.

— Elvire, coupa-t-elle en la fixant dans les yeux. Je vais te confier un secret, mais tu dois me promettre de n'en parler à personne. Ce sera notre petit secret à toutes les deux, d'accord ?

Tandis qu'elle essuyait ses larmes avec la manche de sa veste en laine, la dame se pencha à son oreille, couvrant son visage de ses cheveux blonds. Et, alors que les yeux d'Elvire s'écarquillaient et que ses lunettes glissaient sur le bout de son nez, de petits coups tapèrent timidement sur la porte.

La cantinière posa son index sur ses lèvres en lui faisant un clin d'œil.

Au même instant, une petite tête aux cheveux châtain très clair, presque blonds, avec l'air inquiet d'un parent dont l'enfant s'est cogné en tombant, passa discrètement l'encadrement de la porte.

— Entre vite Samuel, ordonna la cantinière qui se redressait l'air de rien.

Un garçon un peu maladroit, ni grand ni petit, entra tout penaud. Son visage, dont la douceur n'avait d'égal que sa beauté angélique, était maculé de petites taches de rousseur. Sa mère adorait cette ligne qui traversait son visage d'une oreille à l'autre, glissant sur son nez. Elle l'appelait la ceinture d'astéroïdes de l'enfance car, tout comme pour elle lorsqu'elle avait son âge, ces taches commençaient à disparaître avec la venue de l'adolescence.

Une petite ligne s'était marquée sur la peau entre ses sourcils à force de les froncer comme un adulte. Il semblait si crispé que rien ne pouvait présager qu'un quelconque sourire n'ait jamais pu voir le jour sur ses lèvres. Longiligne, mince – presque maigre, les cheveux très courts (comme tous les garçons de SPÉ), les yeux marron et verts comme s'ils n'avaient pas su se résigner à ne choisir qu'une seule couleur, Samuel était, pour ses petites sœurs, le plus beau et le plus gentil des grands frères.

— Pardon, pleurnicha Elvire en le serrant dans ses bras.

— Elle va mieux, renchérit la dame en passant une main bienveillante dans la chevelure quasi inexistante du jeune adolescent. Tu peux défroncer ces sourcils de vieux monsieur.

Sa sœur ricana gentiment. Son frère semblait avoir beaucoup grandi en quelques mois. Pas physiquement, plutôt dans sa manière d'être avec elle et avec les autres…

— Merci maîtresse, répondit-il toujours crispé.

La dame s'éloigna pour ranger les casseroles et autres ustensiles qui traînaient sur le plan de travail.

— Ne m'appelle plus comme ça, grogna-t-elle. Ici, je ne suis plus ton enseignante et tu n'es plus en primaire... Les autres vont se moquer de toi s'ils t'entendent.

Samuel sourit enfin, laissant entrevoir un visage plus doux. Madame Audrey faisait partie d'un petit groupe de citoyens sélectionnés pour s'occuper des Séraphins. En contrepartie d'une obéissance totale, ces personnes avaient le droit de travailler au même endroit que là où leurs enfants étaient « *enfermés pour les protéger* ». Quand ce lieu était assez grand et que la paix régnait dans le bunker, ils pouvaient même avoir un logement commun pour le soir ou les week-ends alors que les autres dormaient dans des dortoirs collectifs.

Les enfants aimaient bien Madame Audrey. Elle n'était froide et sévère que si c'était mérité. Elle évitait, bien entendu, les contacts formellement interdits avec les Séraphins, mais elle était toujours juste. Parfois, les enfants sentaient qu'elle voulait intervenir dans les conflits – assez rares, qui opposaient gardiens et enfants – mais le regard de ses filles qui avaient peur de la perdre, la réfrénait dans son élan.

Les Séraphins ne lui en tenaient pas rigueur. Ils savaient. Ils comprenaient. Alors, comme pour les remercier, elle glissait souvent une part de gâteau en plus, ou remplaçait discrètement quelques fleurons de brocolis par de la purée de pommes de terre...

— Allez ! lança-t-elle. Retournez dans les dortoirs. Si vous ne faites pas la dernière toilette du soir, ils vont vous sauter dessus une fois de plus. Et que je ne vous entende plus pendant longtemps. Compris Elvire ? C'est à toi que je m'adresse, là... Embrasse mes filles pour moi d'accord ?

La petite sœur acquiesça d'un timide signe de tête et suivit, tout abattue, toute fatiguée, son frère dans le réfectoire. S'il était bien rempli quelques minutes avant, ne restaient à présent que quelques rescapés plus âgés dont le couvre-feu était plus tard. Ils jouaient machinalement aux jeux de société et se racontaient des messes basses. Dans un coin de la salle, presque derrière une étagère, se cachaient maladroitement deux adolescents qui se bécotaient. Les contacts étaient interdits et ils risquaient de se faire punir. Samuel ne comprenait pas pourquoi les ados prenaient autant de risques pour faire des trucs débiles, comme s'embrasser…

— Sam, demanda Elvire, pourquoi ce n'est pas Madame Audrey qui s'occupe de la classe, si elle est maîtresse ?

— J'en ai pas la moindre idée, chuchota le garçon. Mamie disait toujours qu'avec « l'administration française, c'est du grand n'importe quoi ». Alors, quand je ne comprends pas quelque chose, je me dis que ça doit être à cause de *ça*.

Les enfants traversèrent rapidement le réfectoire dont tout le centre était envahi par des tables rondes en métal qui servaient autant aux heures de repas qu'aux heures de classe.

— Les surveillants n'ont peut-être pas encore remarqué notre retard. Dépêche-toi !

Ils pressèrent le pas si bien qu'Elvire faillit se cogner contre une des nombreuses étagères qui habillaient entièrement les murs du réfectoire, remplis de matériel pour l'école, de jeux en tout genre, de livres sélectionnés avec soin par la Nouvelle République…

Au bout du couloir blanc aux lumières éblouissantes, ils arrivèrent devant deux portes, elles aussi d'un blanc immaculé.

C'est ici que se séparèrent le frère et la sœur.

— Tu crois qu'ils vont me punir ?

— On verra bien, répondit-il en lui caressant le dessus de la tête. Dort bien Elvire.

Il prit sa sœur dans ses bras encore une fois et sentit que quelque chose n'allait pas. Pour lui ? Pour elle ? Et alors qu'il disparaissait derrière la porte de son dortoir, il entendit la voix de sa petite sœur chuchoter « pardon… »

2
Le silence d'une petite sœur

Dans son lit, Arthur regardait fixement le plafond du dortoir. Tout était vraiment trop blanc dans ce bunker. Il n'aimait pas du tout être ici. Sa chambre lui manquait terriblement. Les craquements du parquet quand son père et sa mère venaient l'embrasser pour lui souhaiter bonne nuit. Sa chambre avec ses affaires à lui… et Mandy ! Sa chienne qui devait être tellement triste depuis son départ pour SPÉ. Il ne supportait plus cette situation. Il sentait que toutes ses émotions bouillaient en lui comme s'il avait fait un tour dans le micro-ondes.

Un mouvement se fit sentir sur son matelas quand Samuel prit appui dessus pour grimper sur son lit superposé au sien.

— Tu ne t'es pas fait chopper par le surveillant ? demanda-t-il, inquiet.

— Non, répondit son cousin. Il n'était pas aux douches non plus. J'espère qu'ils n'ont pas entendu parler de la crise d'Elvire…

— Quelle casse-pied ! lâcha Arthur dont le stress continuait de monter en flèche.

— Eh ! Tu sais très bien pourquoi elle a réagi comme ça. Au fond, elle est peut-être plus courageuse que nous…

— Ou inconsciente…

Le silence s'installa entre eux. Autour d'eux, les autres garçons du même âge prenaient place, sans envie, sur leur matelas. Ils se lançaient des coussins, racontaient des blagues qui les faisaient rire à gorge déployée. D'autres, plus timides, plus jeunes, se cachaient déjà sous leur couverture de peur d'être grondés.

Il arrivait que le surveillant se défoule un peu sur eux avant que les lumières ne s'éteignent. En général, ce n'était pas bien méchant, mais parfois, il se moquait d'eux devant les autres. D'autres fois – très rarement – il leur donnait des petits coups de torchon. Brièvement. Juste comme ça. Parce qu'il était énervé.

Samuel se pencha en avant et passa la tête hors de son lit pour voir le visage de son cousin.

— Raconte-moi, dit-il brusquement.

— Qu'est-ce que tu veux que je raconte, grogna Arthur en se tournant sur le côté, le visage caché dans ses draps.

Il tentait de retenir cette émotion désagréable qui le submergeait. Ses yeux bleus ressemblaient à un océan infini, brumés de larmes qu'il voulait retenir.

— Tu n'es pas obligé de faire semblant avec moi, chuchota Samuel. Moi aussi je pleure la nuit. Mes parents me manquent. Non, en fait c'est toute ma vie qui me manque !

Le cousin aux cheveux bruns enfouit encore plus son visage dans son oreiller et étouffa un cri qui ne demandait qu'à sortir. Sa respiration était rapide et haletante. Il ne voulait pas que les autres garçons le voient dans cet état. Pourtant, lorsque les lumières du soir s'éteignaient, tous les lits avaient leur lot de reniflements et de sanglots étouffés.

Arthur se rappela les conseils de sa mère pour se calmer. Il se souvint aussi de cette bande-son qu'elle lui passait à la maison et qui s'appelait « comment faire la grenouille ou le spaghetti cuit »… c'était de la relaxation pour enfant. Un truc du genre… Il ne savait plus très bien comment faire, mais il sentit la détente le gagner progressivement.

— Qu'est-ce que tu fais ? demanda Samuel en le regardant s'asseoir sur son matelas.

— Chut. Je fais la grenouille…

Leurs yeux se croisèrent. Samuel ouvrait grand ses paupières en grimaçant et Arthur affichait un visage calme avec une moue si étrange qu'un rire échappa à son cousin. Tous les deux partirent d'un fou rire si violent que la respiration se coupait, leur donnant l'apparence de deux tomates trop mûres sur leur drap blanc. Les autres enfants, eux aussi, se mirent à rire de plus belle, comme contaminés par cette soudaine bonne humeur.

C'est seulement après plusieurs minutes qu'ils finirent par réussir à se calmer, la respiration coupée et douloureuse de quelqu'un qui aurait trop couru.

— Je me sens mieux, clama Arthur, encore secoué par les spasmes du rire.

— Moi aussi !

Samuel se rallongea doucement en fixant le plafond comme pour le faire fondre avec un laser imaginaire. Il tendit sa main vers le ciel, puis fit glisser ses doigts sur sa ligne de taches de rousseur.

— Et toi ? demanda Arthur. Tu n'as rien à me dire ?

Son cousin attendit que les autres garçons reportent leur attention loin d'eux pour ajouter dans un chuchotement :

— Elvire va faire une bêtise.

— Tiens ! Une de plus.

— Arrête…

— Pardon ! Je veux dire : Nooooon ! Elvire va faire une bêtise ?

Arthur était rarement cynique en temps normal, mais sa nature inquiète était en éternel conflit avec l'insouciance de sa cousine.

— Arrête, je te dis, gronda Samuel. C'est hyper sérieux cette fois-ci. J'en ai l'intuition. Il faut qu'on se casse d'ici… j'ai un plan.

Tous les jours se suivaient et se ressemblaient comme une vieille et ennuyeuse mélodie.

À 6h précises, un réveil général sonnait pour les tirer brutalement du sommeil. Un message du médecin passait dans les haut-parleurs accrochés au plafond – toujours le même. Il ressassait les bienfaits d'un bon petit-déjeuner et d'une bonne hygiène dentaire.

À 6h10, le surveillant Monsieur Doriane (appelé secrètement « trou de balle » ou « tête de gland » par les Séraphins) vérifiait scrupuleusement que tous les lits étaient faits et distribuait des uniformes propres. Le même pour tous : un jogging en coton noir, un débardeur noir, des chaussettes noires et, pour ceux qui avaient froid, un sweat à capuche en coton noir. Les ceintures, les bijoux, les casquettes ou autres objets personnels avaient été confisqués dès leur arrivée dans SPÉ. Ils étaient considérés comme une source de conflits ou de mélancolie donc dangereux.

Quand tout le monde, garçons et filles, était habillé, ils devaient passer à 6h30 pile dans la salle commune pour le petit-déjeuner et le finir avant 7h00. Lavage de mains, des dents et du visage obligatoire pendant que les haut-parleurs continuaient de diffuser un autre message du médecin sur les bienfaits du sport et de la lumière sur l'organisme. Toujours sous la surveillance d'un adulte.

Les enfants de sept à neuf ans commençaient les tâches quotidiennes, puis les préadolescents de dix à treize ans et enfin les adolescents de quatorze à dix-sept ans (qui vivaient dans une autre aile de SPÉ appelée « BELLATOR » ultra sécurisée et qui se mélangeaient aux autres que pour les repas communs).

À 7h45, les enfants se rejoignaient dans une salle attenante à la salle commune, nommée « Vénus ». Ils s'asseyaient sur des coussins et des lampes spéciales s'allumaient pour faire croire à leur corps qu'ils sortaient sous un vrai soleil. Et, plusieurs fois par jour, ils revenaient s'asseoir les uns à côté des autres avec, dans les haut-parleurs, toujours, cette voix du médecin expliquant l'importance de la synthèse de la vitamine D. L'importance de ne pas être triste. L'importance d'en parler avec un surveillant, voire un docteur.

Mais surtout, l'importance de la mission qui leur était confiée par cette nouvelle et belle République qui ne voulait que leur bien, qui prenait soin d'eux et de leurs parents. Cette splendide République qui sauvait tous les jours les jeunes femmes de cet horrible virus qui les décimait. Cette héroïque présidente, Madame

Calamus qui, comme une superwoman, protégeait la France de l'ennemi qui tentait d'entrer sur le territoire !

À 8h15, les cours pouvaient enfin commencer, la tête alors déjà pleine de propagande. Jusqu'à 11h45, étaient enseignés les cours dits fondamentaux (français, mathématiques, éducation morale et civique, géographie, histoire revue et corrigée, et stratégie militaire). Le matin, les élémentaires et les collégiens étaient dirigés par Monsieur Trou de balle et l'après-midi, les lycéens de BELLATOR avaient comme enseignante et surveillante Madame Patate (dont le vrai nom avait été complètement oublié…).

De 11h45 à 12h, c'était la folie dans le bunker entre ceux qui allaient se doucher avant le repas, ceux qui se croisaient dans la salle « Vénus », ceux qui se cachaient dans les dortoirs pour se bécoter et ceux qui mangeaient déjà. Les surveillants n'étaient pas trop à craindre aux heures de repas, car tous soupçonnaient Madame Patate et Monsieur Trou de balle de tenter de fabriquer un bébé dans la douche des surveillants. Les Séraphins s'amusaient gentiment à imaginer la tête de leur bébé en l'appelant affectueusement « Petit Trou de patate » ou « Gland de patate » pour ceux qui préféraient nommer Monsieur Doriane « Tête de gland ».

À cette heure-ci, c'était Madame Audrey, la cantinière, qui surveillait discrètement les enfants. Plus par peur qu'il leur arrive quelque chose que par envie de les fliquer. Souvent, ses filles en profitaient pour s'éclipser dans la cuisine. Personne dans SPÉ ne serait allé le rapporter, car ils savaient la valeur de ce court moment avec leur mère.

Quand la matinée et le second repas étaient passés, le rituel d'hygiène recommençait. Mains, dents, visage. Propagande médicale. À 13h15, salle « Vénus ». Propagande. À 13h30, ceux qui avaient cours dans la salle commune le matin partaient à la salle de sport et inversement pour les lycéens.

Le renforcement musculaire était accompagné par le médecin lui-même, celui qui blablatait dans les plafonds à longueur de journée… Les enfants ne l'aimaient pas vraiment malgré ses airs mielleux et faussement gentils. Lui aussi, d'ailleurs, avait droit à son petit sobriquet : Docteur Nouille-trop-cuite (dont les plus jeunes ne comprenaient pas la signification).

Bref, les journées étaient toutes les mêmes. Des cours pour les préparer à être de bons combattants intelligents (mais pas trop ou alors juste sur ce qui arrangeait la Nouvelle République) jusqu'à 17h. Des temps libres, assez brefs, toujours ponctués de temps d'hygiène.

Le seul et unique moment où Samuel, Elvire et Arthur se sentaient vraiment libres et à peu près détendus, c'était la fin d'après-midi quand, à 17h15 pile, ils pouvaient traverser le petit couloir qui les séparait d'une autre partie de SPÉ. Cette section du bunker s'appelait SÉMÈN. Au bout de ce couloir, un surveillant (que personne n'avait jamais vu sortir de sa cage de verre) actionnait un bouton qui permettait d'accéder à cette fameuse très grande partie séparée du reste.

Tout à coup, la lumière devenait moins aveuglante, les sons plus forts, plus assurés, moins apeurés ! Des cris cristallins, des cris assourdissants, des rires décomplexés, des pleurs tourbillonnants et ingérables, des émotions à vous nourrir pour toute une vie se déversaient d'un seul coup sur les trois enfants. Beaucoup de petites mains se jetaient chaque fois sur eux pour les serrer dans les bras, les pousser, les chatouiller !

SÉMÈN était la partie réservée aux enfants de deux à six ans et seuls ceux dont un membre de la famille y était élevé avaient le droit de venir en visite.

Mais à chaque visite, même rengaine. La seule enfant à ne pas se précipiter sur eux était la seule qui aurait dû être heureuse de les voir. À chaque visite, la petite Hermione restait prostrée dans un coin de SÉMÈN, assise à une table devant ses feutres fermés et une feuille blanche.

Devant ce sinistre paysage, Samuel sentait la déprime l'envahir. S'il avait pu la garder près de lui toute la journée, les choses auraient été plus faciles à vivre pour elle ! Il pourrait veiller à son bonheur, modifier cet enfermement en jeu et changer ses petits traits tristes en joie continue… Elvire aussi ravalait difficilement ses larmes. Elle aimait tendrement sa sœur. Elle espérait, avant toute cette pagaille, qu'en grandissant, Hermione viendrait se glisser dans ses draps la nuit et qu'elles pourraient dormir toutes les deux en se serrant fort dans les bras l'une de l'autre. Mais rien de tout ça n'était plus envisageable à présent…

Quant à Arthur, il pressait ses mains sur les épaules de ses cousins pour leur donner du courage. Et seulement à ce moment-là, les enfants se dirigeaient vers la Benjamine du groupe.

Tout à coup, à la vue de sa famille, le visage d'Hermione s'éclairait, un sourire immense dessiné sur son visage rond aux boucles de poupée. Plus rien n'existait alors pour cette petite fille de six ans si chétive qui passait sa journée à attendre la venue de ceux qu'elle aimait plus que tout au monde. Entourée par leur grande stature comme trois dieux protecteurs, elle pouvait se remettre à dessiner tout ce qui lui passait par la tête. Sa journée, ses rêves, papa, maman, la maison…

Hermione dessinait quand elle voulait raconter quelque chose. Hermione dessinait, car Hermione ne parlait plus. Plus depuis la séparation d'avec ses parents. Plus depuis la séparation d'avec son grand frère et sa grande sœur. Elle avait crié si fort qu'Elvire pensait que sa voix avait disparu. Peut-être sa voix était-elle restée à la maison et peut-être que sa petite sœur la retrouverait en rentrant chez elle ?

Mais peu importait pour Hermione, car ils étaient là. Leur voix lui suffisait.

Les enfants pouvaient ainsi rester jusqu'à l'heure du repas, s'ils restaient sages. Mais après avoir ri, joué, câliné, pleuré parfois, ils devaient partir dîner dans la salle commune, le cœur de nouveau lourd, la laissant seule à 19h00. C'était toujours pareil. Repas. Rangement. Hygiène. Propagande. Et dodo pour les plus jeunes à 20h30 pile.

Et c'est justement cette nuit du dimanche 1er septembre 2030 que Samuel, allongé dans son lit superposé, décida qu'il était temps de s'enfuir de SPÉ…

3
Les Mistrals Gagnants

— *Dort bien Elvire, dit Samuel en prenant sa sœur dans ses bras encore une fois.*

Et alors qu'il disparaissait derrière la porte de son dortoir, il entendit la voix de sa petite sœur chuchoter « pardon… »

Le « pardon » chuchoté d'Elvire ne cessait de rebondir dans sa tête comme un écho. Est-ce que sa sœur lui demandait pardon pour ce qu'elle avait fait pendant le repas ou lui demandait-elle pardon pour une bêtise qu'elle allait faire ?

Samuel se tournait, se retournait dans ses draps sans que le sommeil arrive à le gagner. Entre Elvire qu'il n'arrivait pas à cerner et Hermione qui ne parlait plus, il devait à tout prix trouver une solution.

C'était la cinquième fois que sa cadette se faisait remarquer. La première fois, à leur arrivée dans SPÉ, puisqu'elle avait mordu le médecin qui agrippait sa sœur pour l'éloigner d'eux. La deuxième fois quand elle avait refusé de manger ses courgettes. Elle les avait envoyées (plus par étourderie que volontairement) sur l'uniforme de Madame Patate. Cette dernière bêtise lui avait valu un petit tour dans la salle d'isolement. Celle d'après aussi. Samuel n'en dormait pas de la nuit. Quant à sa sœur, elle semblait le lendemain avoir juste fait un petit séjour reposant. Le peu d'impact que les punitions des surveillants avaient sur Elvire les énervait au plus haut point. Malheureusement, Samuel était persuadé que l'incident du repas de ce soir-là ne resterait pas sans conséquence.

D'ailleurs, il ne fut pas surpris lorsque, le lendemain après-midi, Docteur Nouille-trop-cuite le prit à part pendant la séance de sport :

— Monsieur Isbay, c'est ça ? demanda le médecin de SPÉ en posant une main paternaliste sur le dessus de son crâne.

Samuel avait seulement acquiescé d'un signe de tête, se libérant au passage de ce contact qu'il n'appréciait guère.

— N'aie pas d'inquiétude jeune homme, renchérit ce dernier en lui montrant une chaise libre dans un endroit calme de la salle. Monsieur Doriane, cria-t-il, je vous emprunte Monsieur IS01 pendant quelques minutes !

Il n'avait pas attendu la réponse du surveillant qu'il s'asseyait déjà à côté du jeune garçon, avec cet air trop gentil et mou que les Séraphins détestaient.

— Je n'aime pas trop qu'on m'appelle comme ça, chuchota Samuel.

Le Docteur ne répondit pas tout de suite. Il enleva ses lunettes et se mit à les frotter avec un mouchoir en tissu blanc immaculé, sans le lâcher des yeux. Samuel se mit à gesticuler maladroitement sur sa chaise, son regard sur le sol.

— Tu sais de quoi je vais te parler ?

Bien sûr qu'il savait ! Mais il était hors de question qu'il obtienne quoi que ce soit de lui.

— Non, Monsieur, répondit le garçon d'une voix un peu trop forte pour être vraiment innocent.

— *Docteur*, reprit le médecin en remettant ses lunettes sur son nez. *Non, Docteur.*

Samuel se fit la réflexion que sa tante, elle-même Docteure, n'aurait jamais fait ce genre de remarque et que cela traduisait chez ce mec un « *problème d'égo surdimensionné de gros trou duc* » comme l'aurait si bien dit sa grand-mère. Le médecin avait beau être très grand, il n'aurait pas impressionné une fourmi… Il était vraiment trop bête pour être effrayant… du moins, pour un adulte.

— Ta sœur cadette a fait des siennes, hier soir, m'a-t-on rapporté… et il me semble que ce n'est pas la première fois que ça arrive ? Non ? Je me trompe ?

Samuel crispa ses mains l'une dans l'autre au point que le bout de ses doigts rougisse. Il tentait tout de même de garder un visage calme en fixant toujours le sol avec beaucoup d'insistance.

— Elvire a seulement du caractère, c'est tout. C'est une fille très intelligente, mais elle a des émotions plus fortes que moi. Plus fortes que tout le monde… mais ce n'est jamais pour dire ou faire des choses méchantes. Elvire est gentille. Elle est forte. Et elle ne recommencerait plus si vous le lui demandiez gentiment… peut-être que vous pourriez oublier ce qu'il s'est passé hier ?

— Mmh, grogna Docteur Nouille-trop-cuite. Le fait est que les règles sont les règles, mon petit. Un endroit comme SPÉ ne se trouve nulle part ailleurs ! Nous sommes réputés dans toute la France comme étant le refuge le plus calme et le plus efficace ! C'est une grande fierté pour nous tous, le comprends-tu ?

Samuel ne réagit pas. Il retenait son souffle. Dans sa tête, il essayait de trouver une solution, une excuse, une astuce, n'importe quoi qui pourrait protéger sa sœur.

— SPÉ, reprit le médecin avec une grande inspiration, ce n'est pas une prison !

« *Menteur.* »

— Tu comprends ce qui arrive aux jeunes filles qui restent dehors ? Tu saisis la gravité de ce qui se passe à l'extérieur de ce bunker ? Est-ce que je dois te rappeler ce virus qui s'en prend uniquement aux jeunes adolescentes et aux jeunes filles ? Et la guerre ? Nous ne sommes pas là pour vous punir ou pour vous retenir captifs, bien au contraire !

« *Menteur* ». Elvire avait raison. « *Menteur.* »

— Nous sommes là pour…

— Pour nous protéger et faire de nous de meilleurs citoyens, prêts à affronter le futur, coupa Samuel au bord de l'asphyxie. On entend ça tous les jours dans les haut-parleurs.

Pris soudainement d'une envie irrépressible d'affronter son interlocuteur, le jeune garçon pointait du doigt les coins de la salle où étaient diffusés tous ces messages entêtants et épuisants. Ses yeux, pourtant, fixaient le Docteur avec défi. Et même si ça ne dura qu'un court instant, il sentit que, pendant quelques secondes, il avait déstabilisé le géant qui lui faisait face.

Un silence lourd s'installa. Samuel rebaissa son regard sur ses baskets. Nouille-trop-cuite ne semblait pas apprécier cette soudaine participation un peu trop vigoureuse à son goût.

Au bout d'une minute qui parut une éternité, le jeune garçon osa de nouveau lever les yeux. Il les posa vers le fond de la salle de sport. Son cousin et sa sœur couraient sur des tapis de courses en riant discrètement entre eux. Ils étaient loin de s'imaginer à quel point Samuel était désespéré car de fausses plantes en plastique le cachaient de cette partie de la pièce.

— Parlons d'Hermione aussi, renchérit le médecin comme pour asséner un coup fatal à Samuel.

— Hermione n'a rien fait, gémit-il en se relevant comme piqué par une guêpe. Elle est sage. La plus sage de tout SÉMÈN !

— Difficile d'être vilaine quand on n'ouvre jamais la bouche et qu'on ne fait qu'attendre à une table...

Le Docteur se releva à son tour, immense du haut de ses deux mètres, moins mou qu'à l'accoutumée. Il semblait avoir oublié son petit jeu d'acteur du parfait soignant, gentil en toute circonstance. De sa taille, il cachait l'indignation de Samuel des regards indiscrets.

— Je te laisse cette journée pour leur dire au revoir, chuchota-t-il, un léger sourire accroché à la commissure de ses lèvres comme un tic incontrôlable. Demain matin, je viendrai les chercher pour les placer dans un endroit où nous pourrons mieux nous occuper d'elles et les guérir.

— Les guérir... mais de quoi... S'il vous plaît, murmura le grand frère, droit comme un piquet, le regard toujours fixé sur Elvire et Arthur. S'il vous plaît...

— Je ne dis pas que tu ne les reverras plus, mon petit. Je dis que pour le moment, c'est ce qu'il y a de mieux pour elles. Et pour toi ! Tu vas pouvoir te reposer un peu. N'en as-tu pas assez de jouer le rôle du parent ? Je te donne l'occasion de te reposer enfin et, comme je suis quelqu'un de gentil, je te laisse une dernière journée pour profiter d'elles. Tu vois ? Je suis magnanime.

Le médecin se retourna pour se diriger vers le centre de la salle où tous les enfants s'affairaient. Cependant, avant d'arriver à destination, il sembla se raviser et rebroussa chemin pour se pencher vers le jeune garçon et lui chuchoter à l'oreille avec un sourire :

— Bien sûr, pas un mot de tout ça à qui que ce soit sinon, je te prendrai aussi ton cousin et, malheureusement pour lui, je n'aurai absolument aucun endroit où le placer… il vaut mieux pour lui qu'il reste ici, à SPÉ. On ne sait jamais ! Je ne voudrais pas qu'il lui arrive quelque chose à lui aussi… Qu'en penses-tu Samuel Isbay ? Pardon. Je veux dire IS01.

Le Docteur posa une dernière fois sa main sur le haut du crâne de Samuel qui, cette fois-ci, ne fit rien pour l'éviter.

Alors que son bourreau disparaissait de sa vue, les forces du garçon semblèrent quitter son corps et, s'il n'avait pas eu la volonté de mettre son plan à exécution, il se serait laissé tomber au sol, immuablement attiré par l'envie de tout abandonner.

Mais c'était décidé. Plus jamais aucun membre de sa famille ne souffrirait à cause de la folie qui s'était abattue sur leur monde. Si les surveillants le croyaient trop petit, trop faible et trop lâche pour faire quoi que ce soit, il allait leur prouver à quel point ils se trompaient.

Cela faisait plus d'une année qu'ils l'entraînaient pour partir un jour à la guerre. Quelle aubaine ! Grâce à ça, les larmes des Séraphins ne couleraient plus inutilement à partir de maintenant. Les larmes de ses sœurs, les larmes de son cousin, ses larmes seront à présent des piliers sur lesquels il n'aurait de cesse de s'appuyer pour avancer. Mieux ! Leurs larmes deviendraient comme un coup de baïonnette dans son esprit et le piqueraient pour qu'il n'abandonne jamais ! Quand on coupe ses ailes à un ange, ses larmes se transforment alors en armes…

Les veines pleines d'adrénaline, Samuel se glissa à côté d'Arthur. Pour donner le change, il ne discuta pas immédiatement. Il savait qu'il était observé.

— T'es en forme ! lança son cousin qui le rejoignit pour faire des tractions.
— C'est pour demain.

Les deux se turent. Ils attendirent que la sonnerie annonce la fin du renforcement musculaire pour se diriger, l'air de rien, vers les douches.

— Demain, répondit Arthur. J'ai parlé avec Elvire. Elle avait bien prévu de faire un truc complètement dément… Mais c'était une bonne idée quand même.
— Tu lui as parlé de notre plan ?

Arthur acquiesça.

— Ta sœur a parlé avec *elle* comme tu voulais le faire toi aussi. Si *elle* peut aider Elvire, alors *elle* peut tous nous aider…
— Parfait, chuchota Samuel. C'est pour ce soir alors. Tu t'occupes de récupérer Hermione. Mais avant ça, on retourne voir *qui tu sais*.

— Je t'avais dit de n'en parler à personne d'autre, chuchota la cantinière en installant le repas derrière le comptoir.

Elvire ne baissa pas la tête, son regard fixant celui de Madame Audrey.

— Ce n'est pas de sa faute, coupa net Samuel. Le médecin est venu me voir cet après-midi…

— Je savais qu'il essaierait de récupérer ta sœur dès que l'occasion se présenterait. Tu fais trop de boucan, petite enquiquineuse…

Il n'y avait pas de méchanceté dans la voix de Madame Audrey. Plutôt une inquiétude contenue pour ne pas trop alarmer la petite fille.

— Vous savez ce qu'ils font des filles ?

— On dit qu'ils les enferment dans un hôpital adapté. Celles qui ne correspondent pas à leurs critères, quand elles sortent de BELLATOR à dix-huit ans, sont également envoyées là-bas. Je ne sais pas ce qu'ils leur font… mais ça n'est pas drôle, crois-moi.

— Ils veulent prendre Minione, chuchota Elvire, les larmes noyant ses yeux clairs.

— Quoi ? cria-t-elle dans un souffle.

— Le médecin veut aussi récupérer Hermione demain matin, gémit Samuel qui, lui aussi, peinait à garder son calme.

Devant les gens gentils, il était plus difficile pour lui de garder un air autoritaire et solide. Avec son ancienne maîtresse, le grand garçon qu'il était, avait plus envie de se laisser aller à pleurer qu'à se battre. Ce même genre d'effet qu'ont les bras de nos parents quand on retient son chagrin.

— Mais pourquoi ?

— Parce qu'elle est malade.

— Elle n'est pas malade, grogna Elvire. Sa voix s'est enfuie avant nous. Elle la retrouvera quand on partira d'ici !

Madame Audrey sourit tendrement. C'était exactement le genre de réflexion qui caractérisait cette petite fille fantasque. Elle était toujours impressionnée par ses capacités intellectuelles hors normes – Elvire réussissait tous les exercices qu'on lui donnait. Mais elle restait une enfant. Une enfant avec un comportement très déstabilisant pour qui la voulait entrer dans des cases.

— Quoi qu'il en soit, reprit son frère, nous devons partir ce soir. Tous les quatre.

— Je crois qu'il est temps que nous partions tous, conclut Madame Audrey. Avec vous de mon côté, ce sera plus simple. Mais ne parlons pas ici. C'est trop risqué !

Instinctivement, Samuel se pencha au-dessus du comptoir. Il attrapa la louche de soupe et s'en renversa volontairement sur le débardeur.

— Wouah, cria-t-il surpris. Il ne s'attendait pas à ce que le contenu soit si chaud.

— Monsieur IS01 ! cria son ancienne maîtresse, entrant dans son jeu. Vous êtes vraiment maladroit ! Et qui va devoir tout nettoyer ?

— Pardon, Madame Audrey, gémit-il, ne simulant qu'à moitié la douleur.

— Allez, grogna-t-elle. Venez dans les cuisines tous les deux le temps que tu te nettoies… Toi, là !

Un jeune adolescent assez timide se leva.

— Remplace-moi sagement.

Le plan, élaboré dans l'arrière-cuisine, avait été soigneusement répété une dizaine de fois. C'était risqué, bien sûr, mais c'était la seule chance qu'ils avaient.

— Répète une dernière fois, Elvire, demanda son frère.

— Ça va ! gémit-elle. Je suis pas idiote…

— Répète une dernière fois, insista-t-il.
— Je me glisse dans la salle informatique par le conduit d'aération et j'appuie sur le bouton pour éteindre.
— S'il n'y a pas de bouton ?
— Je débranche ? J'improvise…

Ils acquiescèrent d'un signe de tête.

— Tous les bunkers sont construits avec les mêmes plans. Le panneau électrique a un défaut qui le rend vulnérable.
— Le fameux bouton, râla Elvire qui s'ennuyait.
— Le fameux bouton, répéta Samuel en la fixant avec inquiétude.
— N'oublie pas ce que je t'ai dit, Samuel, rajouta Madame Audrey, ce que va faire Elvire n'enclenchera qu'une coupure de système très brève. Quelques minutes tout au plus. Peut-être même quelques secondes seulement. Après, ce sera à toi de jouer. Si tu échoues, Samuel, nous sommes tous…
— Je sais, coupa-t-il sans sourciller.

Il repensa au gardien derrière sa vitre qui était plus grand et plus lourd que lui. Il devait utiliser ce qu'il avait appris. Son poids pouvait devenir un avantage.

Mais aurait-il la force et la capacité de le maîtriser sans déclencher l'alerte ?

Un silence pesant s'installa. Un silence bien trop long pour Elvire qui gigotait sur elle-même comme une danse.

— Si le gardien s'aperçoit de ma présence, je ne sais pas comment lui échapper…

La cantinière hésita une fraction de seconde puis se dirigea vers le fond de la cuisine et ouvrit un tiroir. Elle en sortit beaucoup de choses jusqu'à ce qu'une petite boîte en métal soit posée délicatement sur le meuble au milieu de boules à thé en inox, de petites graines séchées et de moutons de poussière.

— Ceci, dit-elle en ouvrant la boîte, est un cadeau d'un ami que je vous présenterai si tout se passe comme prévu. On les appelle des « Mistrals Gagnants ». *Il* m'a dit de vous les distribuer si jamais la situation nous échappait…

Elle en sortit un petit sachet avec huit tout petits bonbons ronds et colorés comme des arlequins.

— Des bonbons ! s'exclama Elvire avec gourmandise. J'en veux ! J'en veux !

Samuel lui attrapa l'épaule avec force pour la calmer.

— C'est pas le moment !

— Calmez-vous, gronda Madame Audrey. Ce ne sont pas des bonbons à grignoter n'importe quand. Ce sont des... petits coups de pouce.

Tandis qu'Elvire restait complètement hypnotisée par sa gourmandise, Samuel interrogea du regard son ancienne maîtresse.

— Avant d'agir, ajouta-t-elle en en glissant un à chacun dans leur petite main, croquez-en un et comptez jusqu'à dix. C'est compris ?

— Je veux pas attendre, grogna Elvire.

— Tu attendras, ordonna Samuel. Si on sort de là, je te promets de te trouver une montagne de bonbons rien que pour toi !

Les yeux gourmands d'Elvire se mirent à briller de mille feux rien que d'imaginer toutes ces friandises.

— En voilà un autre pour Arthur.

La cantinière semblait hésiter. Elle reprit la main de Samuel et y ajouta un autre.

— Celui-là est pour Hermione, si jamais les choses venaient à dégénérer.

Le jeune garçon acquiesça d'un signe de tête. Il avait du mal à déglutir. Si jamais « *les choses venaient à dégénérer* », ce serait la fin de leur famille.

— Bien, conclut la cantinière, la respiration légèrement saccadée par l'adrénaline et par la peur. Ce que tu m'as demandé pour SÉMÈN est posé derrière la poubelle. C'est la boîte jaune. Enferme-la bien, ça sent très fort... Aujourd'hui, je rends mon tablier. Je vais chercher mes filles. Je m'occupe de faire diversion et on se retrouve au point de rendez-vous.

Quand la porte se referma, Elvire et Samuel se retrouvèrent plongés dans la pénombre. On n'entendait plus que leur respiration trop appuyée pour être naturelle.

— J'ai peur, chouina la petite fille.

— C'est hier que tu aurais dû avoir peur, râla Samuel. Maintenant, faut qu'on se bouge. On peut plus reculer. Tu te rappelles du plan ?

— Je me glisse dans le conduit d'aération.

— Tu te glisses dans le conduit, puis ?

— Je descends dans la salle discrètement, comme on l'a appris la semaine dernière en sport.

— Comme ils nous l'ont appris, répéta Samuel en déplaçant une chaise dans un coin de la cuisine. Les cours de survie nous serviront à quelque chose au moins… N'oublie pas de croquer dans le bonbon et de compter jusqu'à…

— Jusqu'à dix, conclut Elvire en montant sur la chaise.

Le frère et la sœur se regardèrent quelques secondes qui parurent une éternité. Se séparer maintenant c'était peut-être ne jamais se revoir. Alors, Elvire se pencha et serra son protecteur dans ses bras avec une force à peine contenue. Samuel fit un effort surhumain pour ne pas craquer. Il la repoussa gentiment et grimpa à son tour sur la chaise pour la soulever.

La plaque dans le plafond qui démarrait l'aération avait déjà été détachée plusieurs fois. Sûrement par la cantinière. Elvire se hissa alors tant bien que mal à l'intérieur et disparut une fois de plus du champ de vision de son grand frère.

— Tu vois quelque chose ?

— C'est crade…

— Je compte sur toi, chuchota-t-il.

Mais alors qu'il sortait de la cuisine à toute vitesse, claquant la porte derrière lui, il n'entendit pas un petit cri aigu qui fit vibrer le plafond de la cuisine.

4
Jusqu'à dix...

Arthur attendait devant la porte qui le séparait de SÉMÈN. Il contenait mal son angoisse. Ses pieds semblaient vouloir à tout prix gigoter dans tous les sens, lui donnant l'air d'avoir une envie pressante.

Un petit cognement résonna sur la grande vitre à sa gauche.

— Tu attends quoi pour entrer ? grogna le gros gardien, penché vers lui, sa main droite posée sur l'épaisse barrière transparente qui les séparait.

— J'attends mon cousin, glissa doucement Arthur, ses yeux effrayés posés avec obstination sur la porte.

Il recula pour se rasseoir dans son grand fauteuil, caché derrière de nombreux écrans. Une trace de main grasse resta imprimée sur la vitre transparente. Le jeune garçon eut du mal à déglutir.

À ce moment, Samuel entra lentement dans le couloir. S'il se voulait détaché de la situation et détendu, il avait en réalité l'air d'avoir mis les doigts dans une prise, raide comme un piquet, un sourire crispé et faux collé sur ses joues.

Heureusement, le gardien était trop occupé par une émission de téléréalité sur un minuscule écran de télévision pour s'intéresser au drôle de duo qu'offraient les deux jeunes garçons.

— C'est bon, chuchota Samuel. Ça devrait arriver d'un moment à l'autre. Elvire doit déjà être arrivée dans la salle des ordinateurs. Si tout se passe comme prévu, la coupure de courant devrait me permettre de rentrer dans la salle du gardien et rejoindre Elvire pour l'aider. Prends ça.

Il glissa discrètement dans sa main une boîte jaune en carton qui sentait fort, et les deux Mistrals Gagnants.

— La boîte, c'est quand tu auras récupéré Hermione. Et les…

— Des bonbons ! s'exclama Arthur, surpris.

Le gardien releva, surpris, sa tête vers eux.

— Vous entrez ou pas ?

— On attend ma sœur, sourit Samuel, l'air désolé.

L'homme souleva ses épaules et se retourna entièrement vers l'écran en riant devant la bêtise des propos d'un candidat.

Samuel et Arthur reculèrent plus au fond du couloir comme deux comploteurs.

— Ce ne sont pas des bonbons ordinaires, chuchota l'aîné. Madame Audrey dit que ce sont des coups de pouce.

— Des coups de pouce ? demanda son cousin complètement perdu.

— De quoi nous donner de la chance, je suppose. Ne le prends pas maintenant. Prends-le seulement si tu galères trop et compte jusqu'à dix, OK ?

— Mais il va se passer quoi ?

— Aucune idée…

Arthur fit glisser les deux petits bonbons entre ses doigts.

— Ne donne le deuxième à Hermione que si tu es foutu, OK ?

Il acquiesça timidement.

— Bon, s'énerva le gardien en se levant. Vous allez attendre encore longtemps ? Je n'ai pas que ça à foutre. Soit vous entrez chez les marmots soit vous déguerpissez maintenant !

Mais bon sang que faisait Elvire ! Samuel et Arthur s'approchèrent de la porte de SÉMÈN, incapables de trouver une autre excuse, leur cœur battant si fort la chamade que le couloir semblait empli de ce tam-tam assourdissant.

Et, alors que le gardien allait appuyer sur le bouton qui désenclenchait l'aimant pour permettre l'accès de l'autre côté, l'homme se mit à crier et à jurer en fixant le sol, bondissant sur ses pieds comme un pantin qu'un marionnettiste ferait danser.

— Enlevez-les ! Enlevez-les ! criait-il les yeux exorbités.

Tout à coup, le gardien et les garçons furent engloutis par le noir. Un clac à peine audible à cause des cris de l'adulte se fit entendre signalant à Samuel qu'Elvire avait réussi. La porte du bureau et la porte des tout-petits n'avaient plus de sécurité, plus d'électricité. C'était maintenant ou jamais.

Arthur et Samuel savaient ce que chacun devait faire.

Dans le conduit d'aération, Elvire ne put retenir un cri qui ricocha sur les parois métalliques. En plus d'être obligée de se déplacer dans un espace sombre et étriqué, la petite fille sentit qu'au fur et à mesure de son avancée, des poussières plus collantes que les autres venaient se glisser dans ses cheveux, sur son front, sur ses petits doigts.

« Non non non non non non », grelotta-t-elle.

Son corps se figea, ses paupières se fermèrent si fort l'une contre l'autre que des larmes se formèrent à la racine des cils. Quelque chose lui chatouillait les joues à une vitesse folle. Elle frotta son visage de toutes ses forces, ses lèvres closes de peur qu'on y entre.

« Des araignées », pensa-t-elle. « Je déteste les araignées… maman…papa… je déteste les araignées… »

Le premier élan de son corps fut celui de reculer, retrouver la sécurité de la cuisine pour enlever ses vêtements et se plonger sous une douche pour frotter et faire disparaître ces horreurs qui lui collaient à la peau. « Pardon, Sam, pardon », sanglota Elvire.

Presque imperceptiblement, de petites choses lui chatouillèrent la peau des mains. Elle répondit à ce contact par un violent gémissement qui lui échappa, résonnant plus fort que son cri, comme un petit caillou jeté sur du métal. Elle pensa à son frère qui se dirigeait vers le bureau du gardien. Elle pensa à Arthur qui attendait devant SÉMÈN pour sauver sa précieuse petite sœur. Elle pensa à Hermione. Hermione qui gardait tous ses sourires de la journée pour leur donner *à eux* chaque fin d'après-midi.

Les larmes, cette fois-ci, coulaient abondamment. Des sanglots silencieux secouaient son corps. Elle n'avait pas le droit d'abandonner. Alors, elle ouvrit sa main gauche dans laquelle elle serrait le Mistral Gagnant que lui avait donné Madame Audrey. Ses mains moites avaient commencé à le faire légèrement fondre. Aussi vite qu'elle le put, elle le fit glisser entre ses lèvres, entre deux petits gémissements. Tout à coup, au contact de sa salive, le bonbon se transforma en poudre amère. Puis en pâte sucrée qui se répandit partout dans sa bouche, sur son palet, sous sa langue, entre ses dents ! Depuis combien de temps Elvire n'avait pas ressenti ça !

C'était peut-être idiot, mais, « **UN** », son cœur ralentissait doucement comme s'il comprenait qu'il fallait passer à autre chose. « **DEUX** », ses paupières se décloisonnaient sans crainte. « **TROIS** », sa respiration retrouvait son calme, « **QUATRE** », les chatouilles sur ses doigts disparaissaient, remplacées par des caresses agréables, « **CINQ** », la pénombre semblait moins obscure, « **SIX** », le conduit d'aération plus large et plus propre, « **SEPT** », il lui sembla qu'avancer n'était pas si compliqué finalement, comme soulevée par quelque chose d'invisible, « **HUIT** », comment était-elle descendue du plafond si facilement ? « **NEUF** » des fils de soie comme une corde solide pour s'accrocher, des toiles d'araignées, des araignées qui s'agglutinaient sous ses mouvements et se séparaient, « **DIX** » des araignées qui l'avaient menée devant un grand tableau électrique…

Elvire cligna des yeux plusieurs fois. Deux secondes avant, elle était là-haut à pleurer et la voilà au pied du fil solide qui lui avait permis de s'échapper de ce trou. En face d'elle, des dizaines d'arachnides s'entrelaçaient et se séparaient comme une danse. Si Elvire tournait son visage à gauche, elles se déplaçaient avec elle. Si elle regardait à droite, ces petites bêtes revenaient en arrière aussitôt.

Était-ce possible ? Pourquoi n'avait-elle plus peur ? Pourquoi arrivait-elle à soumettre les araignées comme une cheffe d'orchestre ? Ou plutôt comme une dresseuse.

Soudain, sur sa droite, elle entendit un homme crier : « Bon ! Vous allez attendre encore longtemps ? Je n'ai pas que ça à foutre. Soit vous entrez chez les marmots soit vous déguerpissez maintenant ! »

Elvire n'avait plus le temps de réfléchir. Elle entrouvrit la porte qui séparait les deux salles et ses doigts habiles lancèrent ses nouvelles petites copines sur le gardien qui s'en prenait à sa famille.

— Faites-le taire, ordonna-t-elle en le pointant du doigt.

Des centaines d'autres sortirent du plafond et fondirent sur le gardien.

Et pendant que ce dernier criait appelait à l'aide, elle ouvrit avec fracas le placard électrique et, prise de panique, descendit tous les leviers à sa portée, appuya comme une folle sur tous les boutons jusqu'à ce que le noir total tombe sur les salles.

Tout devint trouble dans l'esprit d'Elvire. Elle entendit la voix du gardien étouffée sur le sol, comme empêchée par quelque chose. Elle entendit deux portes claquer à une demi-seconde d'intervalle. Elle sentit une main pas très grande enserrer son bras pour l'entraîner à quatre pattes sous un meuble.

Une lumière éblouissante au premier abord illumina ce que la petite fille devina comme le dessous du bureau du gardien. Samuel tenait une microlampe qui, en réalité, ne faisait pas beaucoup de lumière, mais comme chaque chose était d'une blancheur immaculée, la salle semblait éclairée par un lampadaire géant.

— Comment as-tu fait ça ? demanda son frère en tournant sa lampe vers le gardien étendu sur le sol, une large corde en fils de soie dans la bouche pour l'empêcher de crier et une autre le ligotant sur le lino.

Elle n'eut pas le temps de répondre qu'un tremblement se fit sentir dans tout le bunker comme si, tout à coup, les gens réagissaient à ce qui venait de se passer.

— Vite, murmura Samuel en se redressant devant le bureau. Il faut que je branche la clef avant que les adultes ne rejoignent le centre de contrôle et rallument toutes les lumières et les systèmes de sécurité. L'ordinateur a dû rester allumé si Madame Audrey dit vrai.

À son grand soulagement, l'écran était toujours allumé sur ce qu'il devina être un jeu vidéo. Tous les ordinateurs étaient apparemment branchés sur un autre secteur, sûrement avec un « groupe électrogène ». Le grand frère dégaina une clef USB et se mit à inspecter l'écran.

— Il n'y a pas d'unité principale, chuchota Samuel, soudain paniqué. Ça ne correspond pas… pourquoi ça ne correspond pas ?

— Ça ne ressemble pas à l'ordinateur de maman non plus, grogna Elvire.

— Derrière ! cria-t-il en tentant de contrôler les tremblements de son corps.

Il agrippa l'écran et le retourna à peine pour voir les branchements. Le gardien grognait sur le sol en se débattant vainement pour tenter de se détacher.

— Je l'ai trouvé, lança Samuel en enfonçant dans un trou la clef USB.

Le mouvement était maladroit, mais après s'y être repris trois fois, il finit par l'enfoncer correctement.

Sur l'écran, la fenêtre du jeu vidéo disparut et une autre s'ouvrit presque simultanément. Le jeune garçon aux cheveux clairs fit glisser la souris sur l'unique fichier présent et double cliqua dessus.

— J'entends des gens arriver, chuchota Elvire dont les lèvres tremblaient.

— Bloque la porte, ordonna son frère, les yeux toujours rivés sur l'écran. Et cache le gardien. Il faut attendre que le truc se télécharge.

Elvire bâilla. Elle sentait une fatigue immense tout à coup l'envahir. Lorsqu'elle tourna ses yeux vers leur prisonnier, ce dernier n'était plus entouré par les araignées. Elles s'étaient toutes enfuies. Aussi, elle se mit rapidement au travail pour entasser des objets plus ou moins lourds devant la porte en verre. C'était une tâche beaucoup plus difficile que cela aurait dû. Son corps réclamait du repos.

L'entrée de SÉMÈN s'ouvrit avec un grand fracas laissant s'écouler un flot de femmes tenant dans leurs bras des nourrissons en pleurs ou des enfants en bas âge, agrippés à leurs jambes, le visage luisant de larmes. Leur allure était si rapide qu'elles ne jetèrent aucun regard vers la cage de verre où Elvire s'était momentanément figée. Tous se dirigeaient à tâtons vers le réfectoire où les surveillants devaient déjà être en train de compter les Séraphins.

— Dépêche-toi, cria-t-elle, de plus en plus paniquée. Ils vont bien finir par comprendre d'où vient le problème et Madame Audrey va partir sans nous !

— Je sais, grogna Samuel entre ses dents serrées. C'est fini dans trente secondes !

La ligne était quasiment pleine… encore vingt secondes… encore dix… 3, 2, 1…

Le grand frère releva la tête et fit glisser ses yeux autour de lui, mais rien ne semblait avoir changé. Pourquoi l'alarme ne se déclenchait-elle pas ? C'est pourtant ce qu'avait dit Madame Audrey ! Le virus devait déclencher l'alarme et par la même occasion, tous les systèmes du bunker seraient totalement désactivés ! Même les portes annexes et la porte d'entrée ! ALORS POURQUOI L'ALARME NE SE DÉCLENCHAIT-ELLE PAS ?!

— Sam ? demanda timidement sa petite sœur très perturbée par les grimaces que faisait son frère. Son visage se déformait, se modulait à la même allure que dans sa tête les idées noires défilaient. « Je me suis planté ? » pensait-il. « Je me suis planté ! »

— Samuel… insista Elvire, les larmes aux bords des yeux. Je les entends crier. Ils arrivent.

Le gardien allongé sur le sol riait malgré sa situation. C'était fini. Quelque chose n'avait pas fonctionné correctement… MAIS QUOI ?!

Il jeta un regard sur le gardien dont les yeux pétillaient de victoire. Elvire avait bien géré de son côté. Il espérait qu'Arthur et Hermione allaient bien aussi.

Tout à coup, il y eut comme un arrêt sur image dans sa tête. *Elvire avait bien géré*… oui… mais comment ? Comment une gamine de dix ans à peine pouvait-elle mettre un adulte KO puis l'attacher avec des cordes ? Leur entraînement était encore trop succinct pour leur permettre une totale réussite dans ce genre d'action. Même lui qui était plus grand comptait plus sur la chance que sur son faible savoir militaire.

— C'est les Mistrals Gagnants, répondit sa sœur avant même qu'il n'ait pu poser la moindre question. J'ai pas bien compris ce qu'il s'est passé, mais j'étais complètement désespérée alors… j'ai juste… j'ai juste mangé ce truc… et c'est comme si les araignées… je ne sais pas trop…

Samuel sortit un bonbon de sa poche avant la fin de ses explications. Ce petit truc pouvait y faire quelque chose ? Pas possible… et pourtant… si jamais…

Ignorant les pas qui se faisaient plus fracassants dans leur direction, il le glissa dans sa bouche et laissa sa tête reposer entre ses bras sur le bureau, épuisé comme jamais.

« **UN** », *Tu sais chérie, dans mon boulot, ce qui fonctionnait hier ne fonctionne déjà plus aujourd'hui.* « **DEUX** », c'est ce qu'il avait entendu son père dire à sa mère sur l'informatique pendant un repas. « **TROIS** », mais bien sûr ! Bon sang ! Le virus n'était déjà plus efficace ! « **QUATRE** », s'il ne pouvait plus supprimer le système de sécurité avec cette fichue clef, « **CINQ** », il allait devoir le rendre inefficace, « **SIX** », comme un parent qui sature après avoir répondu à une centaine de questions de son enfant, « **SEPT** », il devait faire surchauffer le cerveau, « **HUIT** », tout lui paraissait tellement clair à présent ! « **NEUF** », il devait inonder le serveur, le retourner contre lui-même, « **DIX** », il devenait le maître du réseau…

Sans savoir comment, Samuel se redressa le corps plein d'adrénaline. Ses doigts pianotaient sur le clavier comme un expert tandis que ses yeux couraient sur les fenêtres qui s'ouvraient à une allure défiant tout entendement.

— Comment tu fais ça ? demanda Elvire complètement hébétée.

— Comment tu as attaché le gardien ? répondit son frère, un sourire aux lèvres.

Elle leva les épaules au ciel tout en s'agrippant au sweat noir de son frère.

— Je vais écrire un script qui enverra des requêtes en continu sur le serveur. Papa en avait parlé une fois. Ça s'appelle une attaque par déni de service. Tu comprends ?

— Et toi ? dit-elle, en riant de bon cœur.

— En gros, je vais lui envoyer tellement d'informations que son cerveau va surchauffer. Il ne saura plus où donner de la tête !

— Comme maman quand elle veut qu'on range toute la maison le même jour !

— Je suis sûr que maman adorerait cette comparaison, s'esclaffa Samuel qui se sentait vraiment différent.

Il manquait tellement de confiance en lui d'habitude ! Sa bonne humeur électrisait Elvire dont la fatigue perdait un peu de terrain. Ses forces revenaient un peu. L'espoir aussi. Il allait les sortir de là. Elle en était persuadée. Après tout, c'était son grand frère.

— Tiens saleté ! grogna-t-il en enfonçant une dernière touche avec son index. Prends-toi ça !

Une quantité de fenêtres s'ouvrait sur l'écran d'ordinateur avec marqué en gros « Aux armes Séraphins ! ».

Tout à coup, une alarme puissante et entêtante se déclencha. Le volume était si fort que la tête tournait comme une toupie lancée à pleine vitesse dans leur crâne.

— C'est horrible ! cria Elvire, plaquant ses mains sur ses oreilles.

Ni une, ni deux, Samuel attrapa le bras de sa sœur, il dégagea à grand coup de pied cette pyramide fragile qu'elle avait tenté de construire devant la porte et ils disparurent derrière la porte qui les mènerait – c'est ce qu'ils espéraient – vers la liberté.

5
Le choix des mots

Le noir s'était installé si brusquement que le silence fut la première réaction que les nounous et les enfants eurent dans SÉMÈN. Lorsqu'un jeune garçon entra en faisant grincer la porte, les plus jeunes sursautèrent et s'agrippèrent aux bras des dames qui s'occupaient d'eux. Les autres tentaient de se rapprocher les uns des autres à tâtons.

— Qui est là ? demanda la Surveillante en chef.

— C'est Arthur, dit doucement le jeune garçon tout chamboulé. Je suis le cousin d'Hermione.

— Oui, je sais qui tu es, s'agaça la surveillante. Essaie de la rassurer pendant qu'on s'occupe des plus petits. MAIS OÙ SONT CES FOUTUES LAMPES TORCHES !

Arthur s'avança à petits pas, essayant de ne pas percuter d'autres enfants ou de ne pas trébucher sur un jouet. Il savait à peu près où se situait la table à laquelle Hermione les attendait toujours ; aussi, il ne fut pas surpris quand celle-ci attrapa sa main et colla sa joue chaude dans sa paume. C'était une des façons qu'elle avait de câliner les gens qu'elle aimait.

— Ne t'inquiète pas, lui chuchota son cousin.

Il s'assura que les voix des surveillants étaient assez fortes pour couvrir sa propre voix dans la pénombre et se pencha à l'oreille d'Hermione :

— C'est soudain, mais on va devoir faire un truc un peu fou dans une minute. Tu dois me faire confiance. Samuel et Elvire m'ont confié une mission très importante. Aujourd'hui, toi et moi, nous partons.

Hermione se mit à gigoter comme si elle n'était pas d'accord. Elle poussa Arthur et s'enfonça sous la table. Arthur soupira. Il n'avait pas l'habitude de gérer des plus petits que lui. En général, c'était toujours Samuel qui en avait la responsabilité. Il était le grand frère et comprenait mieux que lui ce qu'elle voulait.

Il bloqua sa respiration cinq secondes et se glissa sous la table comme s'il plongeait dans les abysses. Avec ce noir étouffant et l'incertitude de tout ce qui allait se produire, il se sentait complètement englouti dans l'infinité des océans.

— Écoute-moi Minione, dit-il en se posant doucement à côté d'elle. On ne partira pas sans eux, c'est promis.

Il ne la voyait pas bien, mais il savait qu'il avait récupéré toute son attention.

— Aujourd'hui, on va faire une grosse bêtise. Mais c'est pour retrouver nos papas et nos mamans, tu comprends ?

Il entendit Hermione renifler à côté de lui.

— Je sais, ajouta-t-il avec amertume. C'est de la folie, mais il va falloir que tu me fasses confiance, OK ? Si je te dis de me suivre, tu me suis. Si je te dis de courir, tu cours. Si je te dis de t'enfuir sans moi, tu le fais. C'est compris ?

Hermione attrapa la main de son cousin et la serra très fort comme si ce simple geste pouvait l'empêcher de l'abandonner.

— On veut juste te protéger Minione. Ton frère, ta sœur et moi…

Arthur était étonné. Il ne s'était pas douté qu'il pouvait si aisément comprendre ce qu'elle ressentait. Il n'avait jamais pris conscience non plus à quel point elle était devenue importante pour lui. Comme une sœur. Une petite sœur qu'on veut protéger. Idem pour Elvire même si elle n'en faisait qu'à sa tête…

— Hermione, bouche-toi le nez. Je vais faire quelque chose de franchement dégoutant… tu restes ici, OK ?

Le jeune garçon s'avança accroupi dans l'ombre. Il sentait qu'il allait regretter ce qu'il s'apprêtait à faire… Quand il avait soumis *cette idée* à Samuel, il ne pensait pas que Madame Audrey possèderait réellement *des trucs* comme ça dans sa cuisine. Il allait revoir son jugement sur la nourriture distribuée à la cantine du bunker…

— On fait quoi ? demanda une voix inquiète à quelques centimètres de lui.

— Je ne comprends pas pourquoi les lampes des sorties ne s'allument pas ! Normalement, c'est automatique ! JEANNINE ! LES LAMPES !

— Je ne les trouve pas, Madame ! pleurnicha une femme.

— TAISEZ-VOUS LES ENFANTS ! Je ne m'entends plus penser…

Il n'avait pas fait attention aux enfants qui commençaient à chouiner plus fort et à gigoter sur place. Le calme de la surprise était révolu. Les plus âgés renversaient sans faire exprès les plus jeunes et les nounous commençaient à perdre patience.

— Les règles sont les règles ! gronda la Surveillante en chef. On attend ici jusqu'à ce que le Docteur Prancq nous donne de nouvelles instructions ! Arrêtez de gigoter, nom d'une corbeille de linge sale !

C'était le moment ! La tension était à son comble. Arthur se leva et ouvrit la boîte jaune que Samuel avait récupérée de la cuisine. Il prit une grande inspiration avant d'arrêter de respirer et jeta de toutes ses forces la boîte à terre.

Tout à coup, une odeur atroce, pestilentielle, se dégagea dans toute la salle lorsque les œufs se brisèrent en mille morceaux sur le sol. Rien n'était plus efficace que des œufs pourris pour se débarrasser des gêneurs. L'odeur de soufre était si forte, si puissante que les gens toussaient et crachaient ! Certains avaient des haut-le-cœur et d'autres ne pouvaient retenir la nausée qui les gagnait.

Ce fut la panique générale. Les portes de SÉMÈN se fracassèrent contre les murs extérieurs et tout le monde se jeta hors de la grande salle, enfants dans les bras, sur le dos, dans les pattes, les adultes responsables devançant les plus jeunes sans faire attention au nombre d'entre eux qui les suivaient réellement.

Arthur en profita pour attraper Hermione par le poignet tandis qu'elle crachait par terre, des hoquets soulevant sa poitrine à intervalles de plus en plus rapprochés. Il la sortit tant bien que mal de la salle, enjambant, contournant les retardataires et les enfants qui pleuraient en attendant que leurs surveillants viennent les chercher.

Le jeune garçon eut un pincement au cœur. Il aurait voulu emporter avec lui tous ces mioches pleurnichards pour les rendre aussi à leurs parents. Que pouvait-il faire pour les aider ?

En passant dans le couloir, il vit qu'une petite lumière éclairait à peine la porte de verre et le bureau du gardien à l'intérieur. Sa vision était bloquée par beaucoup de choses absolument inutiles entassées derrière la vitre.

« Pourquoi ils ont barricadé la porte ? »

Un sentiment d'inconfort le submergea. Il n'était pas sûr, car la lumière était vraiment mauvaise, mais il lui avait semblé entrevoir Elvire avec un air vraiment désespéré et Samuel qui, la tête entre ses bras avait l'air de pleurer. Non… bien sûr que non… C'était juste une sensation due au stress. Il devait leur faire confiance. Il ne fallait pas qu'Hermione ressente son angoisse grandissante. Son cœur battait si fort dans ses oreilles qu'il n'entendait plus les cris et les pleurs des enfants.

Tout le monde fonçait droit devant, vers le réfectoire. Tout le monde sauf eux. La surveillante était trop occupée à hurler sur les nounous pour se soucier d'eux. Il tourna juste avant sur sa droite, dans le lieu le plus interdit de SPÉ. Le lieu où aucun enfant ne voulait se rendre. Le service où les jeunes filles disparaissaient. Le service où siégeait le Docteur du bunker. Et l'infirmerie. Et aussi la salle d'isolement…

La pénombre était assez importante et la panique assez étourdissante pour que personne ne remarque ces deux silhouettes minuscules s'aventurer en terres hostiles. Ce n'est qu'éloigné du brouhaha ambiant qu'Arthur ralentit le pas, cherchant à tâtons la bonne porte. Il n'était venu que très rarement dans cette partie du bunker. Le Docteur préférait examiner tout le monde en même temps dans les dortoirs sans s'inquiéter du malaise que ressentaient les enfants pudiques devant les autres.

Hermione sembla comprendre où son cousin la conduisait. Elle s'arrêta net, lâchant sa main pour reculer de quelques pas.

— Qu'est-ce que tu fais ? se fâcha Arthur que le stress rendait trop nerveux au fur et à mesure qu'il approchait de son objectif.

La petite fille sentit les larmes lui picoter les yeux.

— Écoute Minione, dit-il en s'agenouillant, on ne doit pas traîner ! Si on se fait prendre ici, on va avoir de sérieux problèmes, tu comprends ?

Hermione ne comprenait pas. Pourquoi prenait-il autant de risques ? Pourquoi ne pas rejoindre sa sœur et son frère ? Elle avait toujours imaginé à quoi devait ressembler « le coin des grands ». Mais venir dans « le coin du loup », ce n'était pas une bonne idée !

Elle remua la tête de gauche à droite compulsivement. C'était un véritable tremblement de terre dans son cerveau.

— Ne t'inquiète pas, se radoucit son grand cousin. Tu sais, Samuel et Elvire m'ont promis qu'ils nous rejoindraient ici. Pour qu'on parte tous ensemble ! Mais pour ça, il faut que tu m'obéisses et que tu me suives sans faire d'histoire, OK ? Tu te rappelles ce que je t'ai dit ? Si je te dis de me suivre, tu me suis. Si je te dis de courir, tu cours. Si je te dis de t'enfuir sans moi, tu le fais. De toute façon, la seule sortie se trouve dans le bureau de Nouille-trop-cuite a dit Madame Audrey.

Hermione reprit la main de son cousin, les larmes roulant silencieusement sur ses joues. Lui faire confiance ! C'était facile à dire. C'était la première fois qu'elle devait totalement dépendre de son cousin. Il y avait toujours eu quelqu'un avec eux. Ses parents. Son oncle et sa tante. Ou Sam et Elvire.

Il ne fallut pas longtemps à Arthur pour trouver la bonne porte. Même dans l'obscurité, on arrivait à décrypter sur une plaque dorée, écrit en gros : « DOCTEUR PRANCQ BERTRAND, Docteur en médecine générale et expérimentale ».

Le jeune garçon aux yeux bleus posa, non sans trembler, sa main sur la poignée de la porte déverrouillée par la coupure de courant et ouvrit, avec une lenteur chancelante, l'entrée du bureau. Il faisait aussi noir à l'intérieur. Comme l'avait prédit Madame Audrey, le Docteur Nouille-trop-cuite était sûrement en train de fanfaronner devant tout le bunker pour ramener le calme donc, aucun risque de tomber sur lui.

— Entre, chuchota-t-il à sa cousine. Il n'y a personne. Je vais chercher de quoi faire de la lumière. Maman avait un truc dans son matériel de travail pour regarder les oreilles et le fond de la gorge. Ça doit fonctionner avec des piles, un truc comme ça !

Tandis qu'Arthur fouillait dans les tiroirs et les placards, Hermione s'avança vers le fond de la salle. Elle ne voyait rien, mais elle savait qu'au fond était alignée une rangée de lits en métal blanc et aux draps d'un blanc immaculé. Elle se souvint d'une porte blanche matelassée, quasi invisible dans le mur derrière un paravent en métal. Elle se rappela avoir été auscultée un nombre incalculable de fois parce qu'elle ne parlait pas. Puis le médecin s'était énervé et elle avait eu peur. Il l'avait entraînée derrière ce paravent il y avait seulement quelques jours, pour lui montrer la porte en lui disant que si elle ne changeait pas de comportement, il la jetterait dehors pour se faire manger par les chiens. Alors, elle avait senti une boule plonger encore plus profondément dans le creux de son estomac.

Elvire disait que sa voix était rentrée chez elle auprès de sa maman, mais ce n'était pas vrai. Sa voix s'était logée là, mangée par son ventre qui avait peur du Docteur.

— Je crois que c'est ça, lui chuchota le garçon.

Soudain, sa silhouette toute chétive fut projetée sur le paravent métallique. Quand elle se retourna, Arthur souriait de toutes ses dents. Il éclairait vers elle un immense jet de lumière qui l'éblouit sur le moment.

— J'ai réussi ! lança son cousin triomphalement, un otoscope pointant dans sa direction. On n'a plus qu'à attendre les autres et…

Pourquoi ne finissait-il pas sa phrase ? Hermione pliait et dépliait ses paupières pour s'habituer à la lumière mais, quand enfin tout devint clair, son cœur tomba lui aussi dans son estomac. La lumière vive ne pouvait pas venir d'un si petit instrument. Sa respiration disparut. Un homme immense pointait une lampe torche dans le dos d'Arthur. Et Arthur ne bougeait plus. Il regardait sa propre ombre sur le mur d'en face. Il savait. Il savait que son ombre ne pouvait pas être projetée en face de lui sauf si une autre source lumineuse partait de derrière.

Elle venait d'une lumière qui partait de son dos... de son dos... dans son dos, il y avait...

— Eh bien et bien et bien, couina la voix tremblante d'excitation du Docteur Nouille-trop-cuite. Qui l'aurait cru ? Je pars chercher des rebelles et je retrouve deux petits morpions en train de fouiner là où ils ne devraient pas...

Arthur fixa son regard dans celui d'Hermione. Elle ne pleurait plus. Elle était figée dans une expression d'horreur qui fit grimper des frissons dans la nuque de son cousin comme des décharges électriques. Une idée ! Il lui fallait une bonne idée ! Pas pour lui. Pour elle. Pour Minione.

— Sauve-toi ! cria Arthur en lançant sa main en avant comme pour lui faire peur.

Tout à coup, le jeune garçon sentit quelque chose de dur cogner contre l'arrière de son crâne. Déstabilisé, il s'effondra à terre, le souffle coupé. Aucun son ne s'échappa de sa bouche, crispée entre la douleur et l'étonnement.

Alors voilà de quoi était capable ce fou furieux ? Il releva la tête pour apercevoir sa cousine, mais Hermione avait, semble-t-il, obéi sans hésitation, comme il le lui avait demandé.

« *J'ai mal* » hurlait sa tête.

Il n'avait pas fait attention à l'alarme qui s'était déclenchée quelques secondes plus tôt, mais avec le coup, sa tête lancinait au même rythme que le hurlement des appareils de sécurité.

— Qu'est-ce que c'est que ça ? se demanda le médecin, plus pour lui-même que pour sa petite victime. Un bonbon ? Il faut vraiment que je parle à cette gentille cantinière…

Arthur laissa s'échapper un gémissement. Le Docteur Nouille-trop-cuite se pencha si bas vers son visage que son grand corps maigre devait sûrement prendre un étrange pli sur le lino blanc. Il posa sa lampe torche devant les yeux du garçon pour finir de l'éblouir.

— Tu le veux ? demanda-t-il gentiment en glissant le bonbon dans la bouche du garçon. Profites-en. C'est ton dernier plaisir sur cette terre.

Arthur ne vit pas le médecin se relever. Il sentit juste la lumière disparaître, le laissant sombrer dans une obscurité plus étouffante encore que celle de ses cauchemars.

Pourtant…

« **UN** », la douleur de sa tête se dissipait comme envolée dans un tourbillon guérisseur.

— Vois-tu, HA03, enchaîna son tortionnaire avec un léger tressaillement de joie contenue, je ne me suis vraiment douté de rien quand cette très gentille Madame Audrey est venue me voir en panique, criant que des hommes étaient entrés dans le bunker par les grandes aérations de la déchetterie.

« **DEUX** », la diversion.

— Je l'ai crue sans aucune hésitation, car, vois-tu, c'est un des plus grands défauts de ces bunkers construits à la va-vite par un gouvernement qui investit tout son argent aux frontières contre les pays ennemis et contre les rebelles qui persistent à nous résister…

« **TROIS** », Hermione gémissait derrière le paravent. Elle pleurait.

— Puis, la lumière s'est coupée. Et je suis reparti en arrière. J'ai compris que quelque chose d'*autre* n'allait pas. Mais quoi ? Seul le gardien du côté de SÉMÈN peut accéder aux panneaux électriques. Personne ne peut couper l'électricité du côté des conteneurs à ordure, car ils sont obsolètes et datent d'une époque révolue. Nous les gardons quand même. C'est un leurre… mais ça, la petite cantinière ne peut pas le savoir… Pourquoi me faire aller dans le mauvais sens si ce n'est pour me détourner du véritable objectif de cette coupure de courant ?

« **QUATRE** », le tiroir d'une armoire glissait avec un bruit doux. Quelque chose remua son contenu. Sa main cherchait un objet. Mais quoi ?

— La seule porte qui mène vers l'extérieur, c'est celle qui se trouve derrière ta petite cousine qui chouine. Normalement, elle est fermée par de nombreux verrous magnétiques, même si ça reste plutôt archaïque en réalité…

« **CINQ** », le médecin se rapprocha de son corps, toujours allongé sur le sol. « **SIX** », il sentit qu'il se penchait au-dessus de lui très précautionneusement.

— Je vais devoir donner l'exemple pour ramener le calme au Paradis… Tout est si paisible ici qu'on en oublierait presque que vous appartenez à notre belle Nouvelle République et plus à vous-même. Cette présidente est vraiment une femme extraordinaire !

« **SEPT** », un objet pointu se colla derrière sa nuque.

— Je l'admire tellement ! Madame Calamus !

« **HUIT** », la main gauche du médecin plaqua son visage fermement sur le sol mou.

— J'avais prévenu IS01. Ton cousin aurait dû m'écouter. Maintenant, il va perdre toute sa famille.

« **NEUF** », le sang dans ses veines commençait à bouillir comme de la lave en fusion. Ses idées devenaient claires comme de l'eau de roche.

— Une dernière parole ? demanda Docteur Nouille-trop-cuite en soulevant le visage d'Arthur par le dessus du crâne. Regarde petite IH01 ! Tu vas louper le plus intéressant.

« **DIX** », il voulait le faire taire plus que tout au monde ! Tous ces mots étaient du poison.

— Peut-être que je vais réussir à arracher un cri à cette petite cousine muette ? Peut-être que...

— Fermez là ! lâcha Arthur soudainement, les yeux pleins de larmes.

Lui-même parut surpris par sa propre audace. Il avait toujours peur, mais quelque chose le poussait à agir malgré lui. Sa voix assurée dépassait les cris de l'alarme.

Le tortionnaire se figea un instant, surpris par le regain de courage d'un si minuscule corps.

— Qu'est-ce que tu as d…

Le silence se fit. Il y eut un étrange instant durant lequel il ne se passa rien. Puis, la main du médecin lâcha soudainement le visage d'Arthur. Son immense corps de géant s'éloigna du garçon. La lampe torche s'écrasa par terre et roula jusqu'au paravent et tandis que des gémissements étouffés de panique et des objets tombaient à grand fracas sur le sol blanc, le cousin se précipita plein d'une énergie nouvelle vers la lumière et l'empoigna pour la retourner vers l'homme qui se recroquevillait vers la porte d'entrée.

Une de ses mains glissait sur l'endroit où aurait dû se trouver une bouche. Une bouche qui avait disparu. La peau entre le nez et le menton semblait s'être soudée comme s'il n'y avait jamais eu de lèvres à cet endroit.

— Taisez-vous, répéta Arthur, plus fort.

Et cette fois-ci, même les gémissements s'éteignirent. La face déformée du Docteur laissa entrevoir que quelque chose en lui avait disparu.

— Vous êtes complètement taré, chuchota le jeune garçon qui ne comprenait pas bien ce qu'il se passait, vous ne poserez plus vos mains sur aucun d'entre nous !

Aussitôt dit, aussitôt fait. Les doigts de l'homme glissèrent dans sa blouse et ce dernier avait beau tirer de toutes ses forces, elles semblaient coller dans le fond de ses poches, comme si le tissu avait fusionné avec sa peau.

— Incroyable, murmura Arthur en touchant ses lèvres du bout de ses doigts. C'est moi qui…

Il regarda le Docteur qui tentait d'ouvrir la porte sans ses mains.

— Et maintenant, continua le jeune garçon qui voulait voir jusqu'où il pouvait le faire obéir, je veux que vous disparaissiez !

Arthur paraissait sûr de lui, plus grand, plus fort que d'habitude. Du haut de ses cent-quarante-et-un centimètres, il écrasait son bourreau par sa volonté de sauver tout le monde. Mais alors qu'il pensait avoir vaincu ce monstre, ses intestins se nouèrent. Une chose paraissait étrange. Les contours du médecin, ses vêtements, son visage, ses jambes semblèrent perdre en substance. Était-il en train de disparaître pour de vrai ? « *Je veux que vous disparaissiez !* » C'est ce qu'il venait de dire.

Comme un fantôme ? Cette idée troubla profondément Arthur.

Le Docteur Nouille-trop-cuite leva vers lui un regard méprisant et paniqué. Comprenait-il ce qui se passait réellement ? Ce pouvoir allait échapper à son contrôle, lui, l'enfant dont les mots pouvaient encore paraître si difficiles à maîtriser… Ce n'est pas ce qu'il voulait non plus. Disparaître, cela voulait dire mourir un peu, non ?

Et pourquoi était-il si fatigué ? Il pourrait simplement oublier ça et se coucher pour dormir. Il jeta un regard en arrière et éclaira le fond de la salle. Hermione pleurait en silence. Elle avait peur. Peur de qui ? Du médecin ou de lui ?

— Je veux que tu disparaisses, reprit Arthur avec quelques hésitations dans sa voix, mais juste le temps que les gens puissent quitter le bunker en sécurité ! Tu… tu pourras réapparaître après. Dans… dans quelques semaines. Non dans quelques jours. Ça suffira !

Doucement, les contours du Docteur se firent moins troubles et au lieu de s'effacer, un drap blanc se glissa sur son corps pour le cacher à la vue de tous, immobile derrière son voile comme un mannequin dans une vitrine de magasin laissé à l'abandon.

Et alors qu'Arthur ne lâchait pas le voile blanc de ses yeux, une petite main tremblante vint se glisser dans la sienne comme pour le rassurer. Hermione la souleva et glissa sa joue chaude dedans comme elle le faisait tout le temps. Il baissa son regard sur elle et tous les deux éclatèrent dans un sanglot puissant, relâchant une pression si forte que tout semblait sur le point d'exploser.

— On va s'en sortir, chuchota Arthur, épuisé.

Soudain, derrière eux, le paravent en métal vola sur le sol à quelques centimètres à peine de leurs pieds. Apparu dans l'encadrement de la porte matelassée, un homme de taille moyenne, les épaules solides et musclées, la peau du visage brunie par le soleil comme un vacancier. Il avait la tête de quelqu'un qui commençait à perdre patience.

— Bon, grogna-t-il en regardant les deux gamins minuscules, ahuris devant cette entrée fracassante, où qu'ils sont ces emmerdeurs ?

6
SPÉ, le véritable

— Par ici ! cria Madame Audrey, tenant les mains de ses filles comme si les lâcher allait les faire disparaître à jamais.

En tournant dans le couloir, au milieu des enfants et des surveillants affolés, elle était allée chercher Samuel et Elvire. Ils avaient réussi leur part du contrat et il était hors de question qu'elle les laissa croupir dans ce bunker. C'était le deal. Ils s'entraidaient. Elle pouvait s'échapper, car *LUI* voulait les faire sortir. Peut-être pas de cette manière, mais tant pis ! C'était comme ça que tout s'était enchaîné. Le chef de la résistance voulait les voir en sécurité.

— Vite avant que le médecin ne comprenne d'où vient le problème, enchaîna-t-elle en entrant dans le bureau du Docteur Prancq. Il ne doit pas nous tomber dessus ! Il faut espérer que la panique de tout le monde le ralentisse.

La porte s'ouvrit et se rabattit légèrement en cognant sur quelque chose de mou.

— Il doit nous attendre !

— Qui ça ? demanda Samuel, essoufflé.

De qui parlait-elle ? Du médecin ? Mais elle venait de dire qu'il ne devait pas les trouver.

Il n'eut pas le temps de réfléchir plus longtemps, car son corps percuta celui de Madame Audrey, ses filles toujours accrochées à elle comme une seule entité.

— Il était temps, grogna une voix d'homme devant elle.

Leur cœur battait à tout rompre et ils avaient tellement sommeil ! À qui appartenait cette voix ? Samuel et Elvire se penchèrent sur le côté pour apercevoir qui s'adressait à eux. Quelle ne fut pas leur surprise quand une petite fille aux cheveux blond foncé, le visage ruisselant de larmes se jeta sur eux en couinant comme un animal blessé.

— Minione ! cria Elvire, submergée par la joie et le soulagement.

Samuel serra ses sœurs dans ses bras en lançant un regard chargé de gratitude à son cousin. Il lui serait éternellement reconnaissant d'avoir emmené sa petite sœur ici saine et sauve.

— OK, OK, regrogna l'homme au visage sévère. On va les gêner si on reste ici. Bougeons !

— Gêner qui ? demanda Arthur.

L'homme qui se tenait devant eux était un peu plus petit que son père. Il avait l'expression des militaires dans les films américains avec sa petite barbe naissante mal taillée. Il tourna le dos sans répondre et s'enfonça dans l'ombre du couloir.

Alors que Madame Audrey le suivait dans l'entrebâillement de la porte matelassée, les enfants regardèrent en arrière une dernière fois. Ils allaient plonger dans l'inconnu. Ils allaient plonger dans l'incertitude et le danger. Mais ils allaient plonger ensemble.

— Bon ! lança Elvire en grimaçant. On attend quoi ?!

Elle fut la première à suivre l'homme dans la pénombre, les trois autres sur ses pas, si près que chacun pouvait sentir la respiration chaude et accélérée de celui qui le suivait.

— On va où ? demanda Arthur, le bout des doigts de sa main gauche glissant sur les parois sombres du couloir et sa main droite tenant fermement la lampe de poche du médecin qui, par leur promiscuité, ne faisait que projeter des ombres étranges et difformes.

— Moins vous en saurez, répondit l'homme devant eux sans finir sa phrase. Dépêchons-nous. La cavalerie arrive.

— La cavalerie ? interrogea Samuel.

Au bout du couloir, un hangar au plafond très haut se dessina devant leurs yeux, plus lumineux malgré le peu de rayons du soleil qui perçaient les fenêtres noircies à la peinture. Elvire se mit à sautiller sur elle-même. Depuis combien de temps n'avait-elle pas quitté le bunker blanc immaculé ? Cette noirceur inquiétante au premier abord avait quelque chose de libérateur, comme une jolie tâche sur une serviette qu'on vous interdit de salir.

— Le camion est au bout, grogna l'homme en accélérant le pas. On se dépêche les mioches ! Dans une minute, ça va être envahi d'Archanges par ici.

Samuel ne posa pas de question. Des Archanges ? C'était une blague parce qu'on les nommait des

Séraphins ici ? Il retint un bâillement et attrapa fermement les mains de ses sœurs. Il accéléra pour se retrouver au même niveau que l'homme. Son visage lui semblait familier. Il avait la sensation d'avoir déjà rencontré cette personne quelque part… un visage rond et carré en même temps… un air bourru avec sa barbe de trois jours. Des cheveux clairs et coupés courts en piques. Une masse musculaire justement travaillée et un tatouage tribal sur l'épaule.

— Je vous connais, chuchota le jeune garçon. Je vous ai déjà vu quelque part.

Pour toute réponse, l'homme lâcha un ricanement qui adoucit son visage. Il parut moins bourru et plus abordable l'espace de quelques secondes. Puis rattrapé par sa mission, il reprit son ancienne expression de militaire.

— Au galop les merdeux ! Vous traînez la patte. On dirait des grand-mères !

Au bout du hangar, un immense camion était grand ouvert sur l'arrière. L'homme aida Madame Audrey à grimper à l'intérieur et hissa ses filles à côté d'elle.

— Allez au fond, ordonna-t-il en attrapant Hermione sous les bras. Allez vous glisser derrière les caisses de café.

Samuel et Arthur grimpèrent sur le bord et s'engouffrèrent dans l'immense remorque. Ils glissèrent sur des emballages tombés pendant le transport. Quant à Elvire, elle tendit les mains vers le camionneur mal rasé et lorsqu'il la souleva pour la faire grimper, elle chuchota quelque chose à son oreille qui le fit rire gentiment.

— Ils vont bien, répondit-il avec un vrai sourire. Toi au moins, t'as de la mémoire. Allez ! Va au fond, dépêche.

La petite sœur se pressa de se coller contre son frère, à côté des autres lorsque, au moment où la fermeture allait claquer, une voix de jeune fille puissante retentit en écho dans le hangar.

— Emmenez-moi ! cria-t-elle.

La tête d'une brune d'environ quatorze, quinze ans apparut dans l'entrebâillement des portes. Elvire la reconnut tout de suite. C'était la jeune fille qui lui avait coupé la chique, la veille au réfectoire. Celle qui pensait que tout le monde à l'extérieur du bunker était sûrement déjà mort. Celle qui avait dit que sa petite sœur avait été tuée…

L'homme ne réfléchit pas plus de dix secondes. Il ouvrit juste de quoi la laisser glisser à l'intérieur et referma à grand fracas. Il râlait que *l'autre nain de jardin n'allait pas aimait ça*. Les sons des verrous résonnèrent avec force à l'intérieur et leur donna envie de se boucher les oreilles.

— Tenez, lança Madame Audrey en jetant des petites couvertures sur eux. Il faut vous couvrir.

Les enfants s'emmitouflèrent en boule, comme des petits chats. Au-dessus d'eux, une lampe accrochée au plafond se mit à valser de droite à gauche, répondant aux vibrations que produisait le moteur allumé du camion. Les couvertures dégageaient une odeur forte de café qui plaisait beaucoup à Samuel. Cette odeur lui rappelait celle de la maison. Le café de sa mère qui coulait. En jetant un regard sur les autres, il comprit qu'il n'était pas le seul à se faire cette réflexion.

Quand le camion avança, Hermione se sentit projetée en avant et aussitôt ramenée contre le torse de son frère sur sa gauche et contre le torse de sa sœur sur sa droite. Ils se lovaient contre elle, caressant du bout de leurs doigts la paume de ses petites mains.

Arthur ramena ses jambes contre lui, ses mains crispées sur ses genoux. Il regardait Samuel avec l'envie de rire et de crier en même temps. Son cousin, lui, paraissait toujours très inquiet. Peut-être n'allait-il jamais perdre son froncement de sourcil, même éloigné de ce bunker. Lorsqu'Arthur glissa sa main gauche sur son crâne, une petite douleur aiguë se réveilla, lancinante. Il lâcha un gémissement. Avec l'adrénaline, il n'avait pas réellement ressenti la souffrance.

— C'est là qu'il t'a frappé ? demanda brusquement la fille brune, plantant ses yeux noirs dans ceux brillants du garçon.

Les autres tournèrent leur visage vers lui.

— Quelqu'un t'a frappé ? demanda avec horreur Madame Audrey. Qui ? Ça va ?

Il n'eut pas le temps de répondre qu'elle se leva en tanguant à peine malgré le tremblement de la remorque qui glissait à folle allure sur la route.

— Montre-moi, dit-elle.

Elle attrapa la lampe torche et fit glisser ses doigts sur les cheveux très courts d'Arthur.

— C'est Nouille-trop-cuite, répondit la jeune fille en clignant compulsivement trois fois des paupières. J'ai vu toute la scène. Il a donné un coup de pied vers la nuque.

Elle pointa du doigt sa propre nuque.

— Comme tu bougeais plus, j'ai cru que t'étais déjà mort. Même s'il continuait à te parler. J'étais même étonnée que tu te relèves…

— Et qu'est-ce que tu faisais là ? questionna Elvire qui ne l'aimait pas beaucoup.

Elle soupira et se mit à trembler.

— Quand le courant a sauté, j'en ai profité pour m'éclipser de BELLATOR et j'ai suivi l'autre abruti dans SPÉ, ajouta-t-elle sans avoir besoin de préciser de qui elle parlait. Quand je l'ai vu quitter le réfectoire avec un air inquiet et énervé, j'ai compris que quelque chose ne tournait pas rond et que c'était peut-être ma chance… j'ai pensé ça, c'est tout. Depuis que tu t'es excitée sur la table du réfectoire, quitter cet endroit est devenu une obsession…

Elvire détourna son visage pour cacher son envie de sourire. Au moins, elle avait réussi à toucher le cœur de quelqu'un avec sa révolte miniature.

— Finalement, reprit l'adolescente en regardant Arthur avec un air contrit, je l'ai vu te taper et je… je…
— Et tu as eu peur, acheva Madame Audrey. Et c'est normal.
— Je suis désolée, chuchota-t-elle en clignant trois fois des paupières. Je me suis cachée dans l'ombre du couloir pour attendre qu'il ressorte ou que ça se termine ou… je ne sais pas en fait… je voulais juste que quelque chose se passe…

Elle repointa ses yeux dans ceux d'Arthur.

— On s'entraîne depuis des mois et je n'ai pas été capable d'intervenir pour t'aider… j'en avais envie, je t'assure !
— T'inquiète, marmonna Arthur. Être entraîné, ça ne fait pas tout. Je m'en suis aperçu aujourd'hui. J'ai eu la peur de ma vie !
— Moi aussi, se confia Samuel en serrant la plus jeune de ses sœurs encore plus fort.

L'adolescente fixa le garçon aux yeux bleus avec insistance. Ce dernier en était même mal à l'aise. Pourquoi le regardait-elle comme ça ?

— Qu'est-ce qu'il s'est passé ? finit-elle par lâcher. Comment tu as fait pour qu'il disparaisse ? Je ne l'ai pas vu sortir et pourtant, quand je vous ai suivis, je ne l'ai vu nulle part !

Madame Audrey rit gentiment. Il était clair qu'elle ne comprenait pas bien ce qu'il s'était passé, car elle-même n'avait vu personne d'autre dans la salle. Mais elle devait maintenir certaines choses secrètes. Elle ajouta dans un murmure qui ne trompait personne :

— De qui tu parles ?

— Nouille-trop-cuite… je l'ai entendu s'agiter et gémir. C'était horrible.

— Il a dû sortir sinon nous l'aurions forcément croisé. N'est-ce pas Arthur ?

— En fait, balbutia-t-il maladroitement, il s'est enfui. Quand il a entendu le chauffeur de ce camion arriver. Il a compris que ça allait dégénérer et il a pris ses jambes à son cou.

— C'est vrai que si des enfants s'échappent, c'est sur lui que les accusations vont retomber, ajouta Samuel qui sentait qu'il fallait aller dans ce sens pour protéger le secret des Mistrals Gagnants.

Si Arthur était encore en vie d'après ce que venait de dire l'adolescente, c'était sûrement grâce à un de ces étranges bonbons. Il ne voyait pas comment il aurait pu s'en sortir autrement. Il faudrait qu'ils en parlent quand ils seraient en sécurité. Tout ça était tellement bizarre et incroyable ! Par ailleurs, s'ils étaient tous encore vivants, c'était grâce à cet étonnant *coup de pouce*.

Arthur approuva d'un timide signe de tête. Ce qui s'était passé était vraiment étrange, pas normal. De la magie ? On aurait dit comme de la magie. Madame Audrey savait qu'il s'était passé un truc bizarre et sûrement ne voulait-elle pas qu'ils se confient devant la jeune fille.

Même si la réponse ne persuada pas cette dernière, elle n'en laissa rien paraître. Elle plongea sa tête sous la couverture.

— C'est quoi ton nom ? demanda l'aînée de Madame Audrey, faisant rouler une mèche des cheveux de sa petite sœur entre ses doigts. Tu ne te mélanges jamais aux autres.

La jeune fille sembla hésiter un instant. Elle laissa dépasser ses mèches brunes et le haut de son visage. Comme chaque fois qu'on s'adressait à elle, elle cligna trois fois des paupières comme des ailes de papillons.

— J'm'appelle Bérénice, répondit-elle toujours enfouie dans le tissu.

Elvire croisa le regard de Samuel et s'empêcha d'éclater de rire. L'un et l'autre savaient ce que ce prénom avait d'extraordinaire. Bérénice... Quelque part, dans une maison à la campagne reposait une peluche avec un air bête, une espèce d'autruche rose à collerette blanche, une bouillotte rigolote avec laquelle leur maman les attaquait en rigolant quand ils étaient petits. Cette peluche s'appelait Bérénice parce que leur mère adorait ce prénom.

C'était un simple souvenir, juste une brève relique du passé et pourtant, ce petit morceau d'un *avant* le bunker remua le frère et la sœur comme un tremblement de terre dévastateur. Enfin ! Ils avaient quitté la première porte de l'enfer. Bientôt, ils pourraient retrouver ce pour quoi ils avaient risqué leur vie aujourd'hui. Les Séraphins pourraient bientôt prendre leur envol pour la première fois depuis des mois.

SPÉ.63-07 était derrière eux. Réellement.

Samuel se rappela que Monsieur Trou de Balle, le surveillant, leur avait enseigné pendant les premiers cours que « spe » en latin signifiait « espoir ». Ils étaient l’espoir de la patrie. Ceux qui sauveraient la France de leurs ennemis. En se battant.

« *C’est vrai* », pensa le jeune garçon en laissant tomber sa tête aux cheveux clairs sur celle d’Hermione *« vous avez raison. Ma vie va être pleine d’espoir et je vais me battre pour ça Monsieur Doriane. Pas pour mon pays. Mais pour ma famille. Je vais nous construire un véritable espoir. »*

Bercés par le balancement de la route sous leurs fesses, tous se laissèrent gagner par le sommeil. Principalement ceux qui avaient goûté à la force des Mistrals Gagnants. C’était irrépressible. Il fallait qu’ils dorment.

Beaucoup de choses les attendaient. En bien, en mal ? Ils n’avaient aucune idée de ce à quoi pouvait ressembler le monde à présent. Plus d’une année sans voir le jour. Sans voir leur famille. Ce qu’ils en avaient vu était contrôlé par la propagande. Quelques minutes de détente avant de s'immerger dans le vrai monde ne leur ferait pas défaut. Tous se laissèrent aller à un repos bien mérité. Tous sauf une qui luttait.

Elvire, avant de fermer ses paupières lourdes, posa son regard marron-vert sur une palette solidement accrochée contre une paroi de la remorque. Dedans il y avait des conserves. Sur ces conserves, il y avait marqué : « *Courgettes à la provençale* ».

— Des courgettes, chuchota-t-elle. Berk…

La petite fille cadenassa ses paupières pour empêcher les larmes de couler et se laissa enlever par Morphée, l'odeur du café de maman lui chatouillant les narines.

7
Le Front de Libération des Nains de Jardin™

Elle marchait dans une grande rue. Ce lieu lui semblait familier, bien que difficile à reconnaître tant l'obscurité qui y régnait était épaisse et lourde. Le noir s'engouffrait par les ruelles, comme avalé par un gigantesque aspirateur sans pour autant neutraliser cette oppressante opacité. Comme si l'ombre était une chose que l'on pouvait toucher.

Elle leva ses doigts pour caresser l'air autour d'elle. Sans succès. Ses mains, au contraire, étaient d'une clarté incroyable. La noirceur qui l'entourait en paraissait encore plus étouffante.

Chacun de ses pas résonnait sur les grandes façades de vieilles pierres moyenâgeuses. Ils projetaient des coups de tonnerre, plus puissants que les cris orageux du ciel. Pourquoi son village était-il désert ? Depuis quand la tempête avait-elle tout englouti ? Où étaient les habitants ? Les commerçants ?

— Vous êtes où ? chuchota une petite voix intérieure.

Plus elle avançait et plus le noir s'épaississait autour des bâtiments, ne laissant plus voir ni angle, ni hauteur, ni ruelle aspirante, ni fenêtre ! Elle accéléra le pas, essayant désespérément d'échapper à l'obscurité qui commençait à grignoter ses propres contours. Ses chaussures continuaient de claquer si fort qu'elle ne pouvait plus distinguer ce qui venait d'elle ou du ciel. Y avait-il un ciel au-dessus de sa tête ?

Elle leva les yeux dans l'espoir d'y trouver quelque chose pour s'accrocher, quelque chose qui l'extirperait de ce cauchemar terrible, mais quand ses yeux rencontrèrent le firmament, tout bascula, littéralement. Le ciel n'existait pas. C'était un trou gigantesque, un puits sans fond.

Et elle tomba tout à coup, tête la première, ses pieds arrachés à la gravité inversée, son corps dépassant les longs bâtiments de pierres en quelques secondes à peine.

— Au secours ! cria la petite voix intérieure. Aidez-moi !

Mais personne ne vint. Personne ne lui tendit ni main, ni corde, ni quoi que ce soit auquel se raccrocher.

Allait-elle mourir ainsi ? Dégringolant éternellement dans le vide ? Pourquoi ne venaient-ils pas ?

Elle avait dû être vilaine, méchante. C'était sa punition et à cause de cela, elle ne verrait plus jamais ni son papa ni sa maman… Elle ouvrit grand la bouche, mais aucun son ne sortit. Sa voix restait bloquée là, dans le fond de son ventre, même en pleine chute vers les ténèbres, toujours apeurée par l'idée de sortir et de dire enfin ce qu'elle ressentait. Elle voulait crier « C'est moi ! C'est à cause de moi ! Papa et maman ne reviendront pas ! Je suis trop méchante… »

Alors elle se laissa tomber sans lutter, totalement immergée dans l'opacité du désespoir…

— Hermione ? Hermione ?!

Une voix. Douce. Plus douce que sa voix intérieure. Plus grave. Calme.

— Minione ! Réveille-toi !

Une autre voix, plus aiguë. Plus piquante. Plus énergique.

— Chatouille-la. Ça peut marcher.

Trois voix. Comme des lumières. Comme des mains tendues vers la sortie. Trois garde-fous devant le gouffre qui l'aspire… et quelque chose qui fait frissonner son corps… un nuage de plumes qui tombe sur elle et la recouvre pour l'extirper du néant.

— Elle gigote ! Elle sourit ! Ça fonctionne !

Hermione ouvrit si vite ses yeux, que les trois enfants qui l'entouraient sursautèrent. Son regard brillait d'une étrange lumière entre peur, tristesse, soulagement et envie de rire aux éclats.

— On est bientôt arrivée grosse dormeuse, susurra Elvire en lui tendant ses bras.

Elle referma ses paupières en soupirant. Son cœur battait si vite qu'il lui faisait mal. Mais ce n'était qu'un cauchemar. Encore un. La petite fille se glissa contre sa grande sœur, toujours ensommeillée d'une nuit qui ne l'avait pas reposée. Depuis combien de temps n'avait-elle pas profité aussi longtemps de la présence des siens ? Elle planta ses yeux dans ceux d'Elvire. Ils étaient similaires. Grands, clairs et pleins de vie. Il y avait de l'amour dans cet échange silencieux.

— Je t'aime, chuchota Elvire en déposant un léger baiser sur son front.

Et tandis que sa petite sœur attrapait une mèche de ses cheveux entre ses doigts comme un doudou, elle remarqua que la lumière vacillait moins sur le plafond.

— On ralentit, lança Madame Audrey.

— Où on va ? demanda la plus jeune de ses filles. Tu peux nous le dire maintenant ?

La cantinière sembla hésiter quelques secondes.

— On va là où les enfants et leurs parents sont en sécurité. Je ne peux pas vous en dire plus. Mais une fois arrivé, je veux que vous obéissiez au règlement qu'on nous donnera, c'est compris ?

Elle jeta un regard sur tout le groupe.

— Encore et toujours un règlement, grogna Bérénice, un peu à l'écart des autres. Ça me saoule ! Faut toujours se plier aux règles partout où on va…

Madame Audrey sourit. C'était bien une réflexion de la jeunesse insouciante. Samuel remarqua un éclat brillant dans les yeux de son ancienne enseignante. Avait-elle déjà ressenti la même chose que l'adolescente assise à deux mètres de lui ? Sûrement, on ne naît pas adulte et comme le disait parfois sa mamie, faussement vexée « *moi aussi, j'ai eu ton âge !* ».

— S'il n'y avait pas de règle, répondit Madame Audrey, ce serait l'anarchie et alors, on ne pourrait pas vous protéger. Ce qui est important, c'est que ces règles veillent à vous laisser des libertés en plus des contraintes. Pas comme à SPÉ… Tiens ! Ce serait un bon sujet de philosophie si celle-ci était encore enseignée.

— C'est quoi la philo-truc ? demanda Bérénice.

— C'est quoi l'anarchie ? demanda Arthur.

— La philosophie t'apprend à penser par toi-même en étudiant les pensées des autres et l'anarchie, d'un point de vue politique, c'est quand il n'y a aucune règle, aucune loi.

Samuel avait la sensation d'être retourné à l'école. Mais pas dans le bunker. Plutôt à l'époque où les enfants avaient encore la possibilité de poser des questions à leur professeur sans être punis pour avoir essayé de penser au deçà du programme imposé.

— C'est bizarre, renchérit Elvire. Est-ce que c'est pas obéir à une loi si tu obéis à celle de n'en avoir aucune ?

Le silence se fit dans le compartiment. Certains ennuyés par la conversation, d'autres complètement décontenancés par ses propos. C'était du Elvire tout craché. Une gamine de dix ans avec, parfois, des réflexions d'un autre âge…

— Bon, grogna l'adolescente aux cheveux bruns, vous ne pouvez rien nous dire, on ne peut pas vous poser de question, on doit obéir sans discuter… j'ai un peu la sensation qu'on part de BELLATOR pour aller vers un autre BELLATOR…

— Arrêtez de râler, se fâcha Madame Audrey. Vous vous ferez votre propre opinion une fois sur place !

Comme pour ponctuer sa phrase, le camion freina doucement jusqu'à s'arrêter totalement. La porte de la cabine grinça et claqua d'un coup sec. Puis ce fut au tour des verrous des portes de la remorque de sauter bruyamment.

L'homme au visage à la fois rond et carré apparu plus sérieux que jamais.

— On laisse le camion ici, ordonna-t-il. C'est les *autres* qui vont se charger de le faire disparaître. Nous on se casse.

Madame Audrey attrapa les mains de ses filles et longea le camion avec une aisance déconcertante. Elle paraissait savoir où ce périple les emmenait et si aucune hésitation ne semblait passer dans son regard alors Samuel fit de même. Il aida Arthur à se relever et chacun attrapa la main d'une des filles, Bérénice sur leurs talons.

Lorsqu'ils émergèrent de cette grande boîte de métal et de bois, quelle ne fut pas leur surprise ! Entre émerveillement et effroi.

Partout autour d'eux des bâtiments immenses dans un état plus que pitoyable. C'était comme une apocalypse. Leur monde était en ruine. Les herbes avaient partiellement envahi la ville et l'on entendait parfois des bruits de voitures (quoique plutôt rares pour une grande ville) preuve que la vie continuait d'une certaine façon, mais les murs des immeubles étaient allègrement fissurés, des morceaux de toits manquaient par endroits et les routes, plus crevassées encore que les bâtiments, étaient parfois bloquées par des pierres noires qui barraient plus ou moins certains chemins. Des fenêtres dépassaient des morceaux de plastique en entonnoir ou des tuyaux – certainement pour récupérer les eaux de pluie.

— C'est la guerre, répondit l'homme qui regardait le visage terrifié de Samuel. À cette heure, il n'y a que les hauts placés, les gardiens et les médecins qui ont le droit de se déplacer. Faut pas qu'on se fasse surprendre alors go !

Arthur attrapa un papier qui s'était bloqué sur sa jambe, emporté par le vent. Il le déplia et le reconnut tout de suite. C'était une attestation. De celles qu'il fallait que ses parents remplissent pour aller travailler quand toutes les décisions de la France se prenaient autour du virus du Covid 19.

— Ah ça ! renchérit l'homme. C'était le bon temps !

Madame Audrey eut un rire qui n'avait rien d'amusant.

— Qui aurait cru que tout partirait en live après ça ? interrogea-t-il, plus pour lui que pour faire réellement la conversation.

Samuel porta son attention sur ses sœurs. Il eut soudain peur qu'elles paniquent à la vue de ce paysage délabré et triste. Mais ce fut l'inverse qui se passa : son corps relâcha la pression comme un caillou qu'on lance dans un étang et qui envoie autour de lui des ondes de choc à sa surface.

Elvire souriait de toutes ses dents, humant pleinement un air nouveau qui brûlait ses poumons comme si elle respirait pour la première fois depuis longtemps. Le vent frais du matin arrachait des larmes de joie sur ses joues et ce n'était pas les toits brisés qu'Hermione regardait avec tant de bonheur, mais le ciel illuminé de mille couleurs de l'aurore naissante. Des reflets pastel coloraient de rose la peau diaphane de ses petites sœurs, comme deux véritables poupées de porcelaine.

Samuel pensa à « l'espoir » qu'il voulait réinventer pour eux. Peut-être fallait-il qu'il commençât par regarder plus haut, vers le ciel comme le faisaient ses petites sœurs ? Au-delà de ces paysages d'apocalypse, il y avait le même ciel qui illuminait leur famille. Et c'était ce même ciel qui les verrait de nouveau ensemble…

— Allez ! Suivez-moi vite, coupa net l'homme aux muscles saillants. On ne traîne pas. Le couvre-feu va bientôt se terminer et les volets vont s'ouvrir. Puis, on va gêner les Archanges et ils n'aiment pas ça.

Il s'engouffra dans un immense trou qui passait sous le sol. Des barrières baissées, tordues, empêchaient les voitures d'y pénétrer.

— Ce serait débile d'être arrivés jusque-là pour se faire chopper…

Mais lorsque Samuel s'avança pour le suivre, une petite main le retint. Cette main tremblait dans la sienne.

— Qu'est-ce qu'il y a ? demanda Arthur en se retournant.

Hermione ne bougeait plus, ses yeux scrutant l'obscurité du parking souterrain dans lequel l'homme venait de disparaître. Elle semblait complètement sidérée.

— Hermione, dit Elvire en se plaçant à côté, tu ne crains rien. On est avec toi, tu sais ?

— Et puis, c'est juste un parking souterrain.

Mais Hermione fixait l'obscurité avec l'envie de fuir. Si elle avançait, le sol allait se retourner et ils allaient tous sombrer dans un trou sans fin, le néant de ses cauchemars… sa tête se mit à trembler de gauche à droite. Non. Elle ne voulait pas y entrer.

Un gémissement échappa à ses lèvres toujours closes, un gémissement qui déchira la poitrine de sa famille.

— Il faut qu'on se dépêche, couina Arthur dont la panique revenait. Il va partir sans nous sinon !

Les regards qu'il lançait sur l'ombre du parking annonçaient que les autres avaient déjà disparu de son champ de vision.

— Minione, supplia Elvire qui s'accroupit à côté d'elle, il faut avancer…
— Je ne te lâcherai pas, je te le promets ! renchérit Samuel qui n'était pas sûr d'être assez fort pour la tirer vers l'intérieur.

Hermione s'écroula sur le sol, secouée par des larmes incontrôlables. Mais, venant de nulle part, les bras justement musclés de l'homme attrapèrent la petite et la bloquèrent contre son torse comme un gentil gorille protecteur. Il paraissait soudainement plus grand que d'habitude. Son tatouage animal sur son épaule s'animait avec ses mouvements.
— C'est juste un mauvais moment à passer, dit-il plus doux que d'habitude, je te le promets. J'ai une surprise pour toi au bout de ce tunnel, OK ?

Il leur fit signe de le suivre de près et s'engouffra dans le parking souterrain où les autres attendaient avec de petites lampes torches qui éclairaient à peine. Juste de quoi voir sans tomber. « *Sans être repéré surtout* » pensa Samuel en attrapant celle que lui tendait Madame Audrey, le regard attristé par les sanglots de la petite.
— Tu sais Hermione, chuchota l'homme, je t'ai déjà rencontrée quand tu étais un minuscule bébé. Et je

connais aussi ton frère et ta sœur puisqu'ils sont déjà venus chez moi plusieurs fois.

Le corps de Samuel se stoppa net et fut projeté en avant par ceux d'Elvire et d'Arthur qui le suivaient de très près. Relancé tout aussi vite dans sa marche, il courut à côté de l'homme qui avançait si vite que tous - même Madame Audrey - devaient quasiment courir.

— Je savais bien que votre visage me disait quelque chose, s'exclama le jeune garçon en tentant de rassembler ses souvenirs.

Il entendit Elvire rigoler derrière.

— Ta sœur est plus perspicace que toi, ricana-t-il à son tour.

— Tu te rappelles de tonton Camion-Ben ? lança sa sœur avec ce ton enjoué et insouciant qu'elle pouvait avoir en toute circonstance.

— Camion-Ben ? grogna l'homme concerné. Ça, c'est au moins une bêtise qui vient de votre père…

Ce fut comme si des images floues arrivaient à faire le point dans son cerveau embrouillé. Benjamin ! Bien sûr ! Le meilleur ami de son père. Celui qu'on ne voyait pas souvent, mais que papa aimait beaucoup.

Il se rappelait avoir mangé une raclette chez eux. Il se rappelait qu'il avait une femme aussi petite que sa mère et un fils du même âge qu'Arthur.

— Je me souviens maintenant, conclut Samuel un peu honteux d'avoir oublié l'ami de son propre père.

— T'inquiète, répondit Ben, ses bras toujours solidement enlacés autour d'Hermione dont les larmes coulaient plus discrètement. Ça fait un sacré bail. Puis t'as eu d'autres choses à penser pendant ces derniers mois.

Personne ne répondit. Tout le monde était d'accord pour dire que chacun avait eu ses propres préoccupations.

Pendant plusieurs minutes qui parurent interminables, l'ami de leur père leur fit traverser le parking d'un étage à un autre, descendant, remontant, toujours dans un ordre qui paraissait précis, à des moments très chronométrés. Parfois, ils restaient tous derrière une porte sans bouger, attendant qu'il donne l'ordre de passer de l'autre côté. C'était comme un jeu où il fallait obéir au maître à la seconde près. En tout cas, c'est comme ça qu'Elvire semblait prendre la chose. Le sourire toujours accroché à ses lèvres, elle se retenait de parler pour sentir chaque frisson que la tension déclenchait chez elle. De rebondissement en rebondissement, comme un film d'action ! Peut-être se prenait-elle pour un ninja de ses mangas préférés.

Subitement, Benjamin cogna deux coups contre une petite paroi métallique derrière un pilier en béton, à peine assez grande pour laisser passer un homme de sa taille. Elle s'ouvrit délicatement, avec une infinie lenteur. Un éclairage vif inonda le petit groupe.

Soudain, des bras se jetèrent sur eux, les attrapèrent fermement pour les attirer à l'intérieur d'une pièce. Ils étaient secoués dans tous les sens avec une fougue angoissante ! Ils avaient beau cligner des yeux, ils n'arrivaient pas à faire le point avec ce passage de l'ombre à la pleine lumière. Des voix fortes parlaient en même temps pour leur poser des questions qui restaient sans réponse.

Elvire cria de peur et donna des coups dans tous les sens pour les faire lâcher. Arthur et Samuel eurent le même réflexe et se jetèrent vers la porte et, tandis que Madame Audrey se laissait entraîner par le flot de bras sans visage, Ben poussa un grand cri qui calma tout le monde autour d'eux.

— C’est pas un peu fini ! dit-il avec son air de militaire. Vous leur foutez la trouille ! Laissez-les respirer !

Et alors que les bras sans visage disparaissaient au fond de la salle, un homme de la quarantaine, les cheveux noirs avec une petite mèche blanche sur le front, une minuscule cicatrice sur la joue gauche s’avança doucement vers eux, un grand sourire aux lèvres.

— Salut les morveux ! lança-t-il. Bienvenue au Quartier général du Front de Libération des Nains de Jardin !

— Qu…Quoi ? bégaya Samuel, étourdi par le flot de nouvelles informations.

— Je te l’avais dit, grogna Benjamin. Ton histoire de « Nains de jardin », il n’y a que toi qui la comprends !

Le cri d’étonnement d’Elvire fit éclater le peu de repères que les cerveaux des garçons tentaient de rassembler en peu de temps. Elle se releva, droite comme un piquet, fronça les yeux comme si ce simple geste l’aidait à mieux percevoir, s’écrasa une main sur la bouche puis, repoussa un cri de stupeur en courant dans la direction de l’homme à la mèche blanche.

— Nicky ! rugit la petite fille en sautant dans ses bras. C’est tonton Nicky !

Ce fut comme si une année et demie de tension venait tout à coup de lâcher prise. Alors qu'Hermione, qui ne se rappelait pas bien de lui, cessait de pleurer toujours accrochée au torse de son sauveur, les trois autres se surprirent à verser des larmes en continu. Des larmes de soulagement. Des larmes d'espoir…

8
Le calme avant la tempête

Quartier Général
Salle à manger
Vendredi 4 octobre 2030 :

— Ché po intédit d'utiliger che tite pou une ébellion ? demanda Arthur à Samuel pendant qu'il enfournait goulument un aliment qui ressemblait à un croissant.

— Quoi ? demanda distraitement le garçon dont les cheveux clairs reprenaient un peu de longueurs.

— Le Front de Libération des Nains de Jardin, articula son cousin. J'ai entendu un copain de tonton lui dire qu'il fallait qu'il arrête avec ce nom stupide et qu'il allait avoir des problèmes quand la guerre serait finie.

Samuel jeta un regard par le peu de lumière que laissait passer la fenêtre d'une salle dans laquelle ils mangeaient entourés d'autres membres de ce fameux « Front de Libération ». De toute évidence, ils avaient été secourus par une organisation rebelle qui s'en prenait aux bunkers du Puy-de-Dôme, là où ils habitaient. Et de toute évidence, les « Nains de Jardin » faisaient référence aux enfants enfermés à l'intérieur.

Son oncle était une des têtes pensantes de cette organisation. Il leur avait confié avoir réussi à cacher sa fille Alice pendant la « Grande Récolte » et s'était débrouillé avec sa femme Élidie pour venir en Auvergne afin de retrouver le reste de sa famille. Les gens s'étaient simplement ralliés à lui sans qu'il le demande, au fur et à mesure de son voyage clandestin.

Samuel se rappela la conversation qu'ils avaient eue avec lui le premier jour de leur arrivée dans le Quartier Général. C'était le mardi 3 septembre et il était encore très tôt. Peut-être 7h30 ou 8h… Son oncle les avait conduits dans un vieux bâtiment qu'on avait vainement essayé de rafistoler à coup de peinture et de faux plafond. Les quelques néons encore vivants grésillaient comme des insectes pris dans un piège en été.

Quartier Général - Salle Racine

Mardi 3 septembre 2030 :

« Je savais que papa et les parents d'Élidie étaient déjà en sécurité. Un vieux copain a réussi à les installer dans les bateaux pour la Corse quand tout a dégénéré, dit Nicky en les installant dans une petite salle aux murs, au sol et au plafond noirs. La partie encore émergée, je veux dire… On peut reprocher ce qu'on veut aux Corses, et à la Nouvelle Union des îles de Bretagne et de Normandie, mais leur chauvinisme extrême les a suffisamment soudés pour mettre des bâtons dans les roues à cette garce de dictatrice. À peine l'État militaire avait-il été proclamé que ces régions avaient mis en place une stratégie pour se protéger et repousser les forces armées.

— Le fait que ce soit devenu des îles a bien aidé, je pense, ajouta Elvire en se remémorant la carte de la France telle qu'elle était devenue.

Le pays avait changé si rapidement avec l'accélération de la fonte des glaciers terrestres…

— Mais l'État militaire a été installé à cause de nos ennemis qui sont aux frontières non ? demanda Samuel dont le seul point de vue était celui qu'on lui avait enseigné dans SPÉ. On nous parlait de l'Italie, de l'Allemagne et de l'Espagne surtout.

— De l'Angleterre aussi, précisa Arthur.

— On installe un État militaire quand on veut contrôler sa propre population. Et je ne suis plus très sûr que les pays extérieurs soient les véritables fautifs. Sinon, comment la Corse et l'Union des îles feraient-elles pour résister à la fois à la France qui les attaque et aux autres pays qui les entourent ? Aux dernières nouvelles, les États-Unis et la Russie maintiennent toujours entre eux un climat de guerre tacite. La France, elle, serait aux prises avec les pays frontaliers, mais bon... personne n'y croit vraiment. En 2028, quand Calamus a commencé ses réformes, l'ONU nous avait déjà envoyé des mises en garde contre la façon dont notre démocratie était grignotée petit à petit par ces rats du gouvernement.

Arthur ferma ses paupières. Il faisait ça quand il dessinait les informations dans sa tête comme un schéma qui lui permettait d'y voir plus clair. C'était une technique apprise dans le bunker et il la maîtrisait plutôt bien.

— Donc, continua le jeune garçon aux yeux bleus, nos parents seraient envoyés à la guerre contre ceux qui viendraient en réalité, pour les libérer de ce régime militaire ?

— Donc la présidente Calamus forme les adolescents pour écraser des alliés, grimaça Elvire. — Et pour se défendre de nous, ajouta Samuel, les potentiels alliés tuent ceux qu'ils sont venus libérer, faisant d'eux nos ennemis…

— C'est tordu.

— Assez tordu pour fonctionner, ajouta Nicky en prenant Hermione dans ses bras. Ça crée de la haine dans les deux camps. Et dans plusieurs générations, plus personne ne saura pourquoi on se bat. Mais on se battra quand même.

— Donc nos parents sont peut-être bien morts, chuchota l'adolescent en posant son regard sur le mur noir.

— Je ne pense pas.

Tous les enfants se tournèrent vers Nicky qui souriait discrètement.

— On sait de source sûre que certaines régions utilisent leurs citoyens pour confectionner des armes ou des trucs utiles dans des usines et qu'ils n'envoient quasiment personne aux frontières.

— L'Auvergne en fait partie ?

— L'Auvergne en fait partie, affirma son oncle avec le sourire. C'est aussi pour ça qu'ils forment les enfants à se battre. Ils les formatent. C'est plus facile après de les envoyer au combat que des vieux qui n'y connaissent rien et qui posent trop de questions !

— Les adultes ne sont pas efficaces.

— Pas rentables.

— C'est pourquoi, expliqua leur oncle, on a décidé que sauver les enfants des bunkers devenait une priorité avant qu'ils ne soient assez vieux et trop endoctrinés pour être sacrifiés à la place de leurs parents. Envoyer des gosses à la guerre…

— Et les gosses de SPÉ ?

Arthur songea aux petits enfants qu'il avait laissés à SÉMÈN. Ils pleuraient, car les nounous les avaient abandonnés quand les œufs pourris avaient éclaté sur le sol.

— Quand j'ai su que vous étiez sûrement enfermés dans le bunker 63-07, on a mis les bouchées doubles pour sortir vos fesses de là. Je suis arrivé sur Clermont-Ferrand avec mon groupe et c'est là qu'on a rencontré les résistants d'ici.

— Les Archanges ? demanda Samuel.

— Les Archanges. Ils n'aiment pas trop qu'on les appelle comme ça, mais apparemment, ça vient du fait qu'ils se cachaient dans la cathédrale au début. Ils nous ont beaucoup aidés avec leur connaissance du terrain et nous, avec le matériel qu'on avait réussi à piquer à l'armée. Et voilà que le jour J, après des mois de stratégie pour libérer le 63-07, tout se déroule n'importe comment ! Des mois de répétitions complètement appliqués à l'arrache par nos infiltrés. Vous avez été beaucoup trop exposés. Ça ne s'est pas passé comme prévu…

— C'est pas la faute de Madame Audrey, dit timidement Elvire. Le Docteur voulait s'en prendre à Minione et à moi…

— J'imagine, t'inquiète. Puis, ça a fonctionné donc…

Nicky soupira d'épuisement.

— Vous étiez censés partir avec les autres enfants pour être mis à l'abri loin d'ici.

Arthur tilta sur la dernière déclaration.

— Les autres enfants ? demanda-t-il plein d'espoir. Ils ont été sauvés ?

— On a envoyé une équipe nettoyer les lieux et récupérer les gosses, juste après votre départ... Comme je l'ai dit, le conseil de la résistance les nomme « la Compagnie des Archanges ». Ils sont vraiment efficaces. En moins de trente minutes, ils embarquent les enfants captifs et disparaissent dans la nature. Sinon, c'est foutu ! Quand le sauvetage prend plus de temps, on se fait repérer sept fois sur dix et après on doit déménager dans un autre Quartier Général en moins de temps qu'il ne faut pour le dire. On perd toujours une grande partie des nôtres quand ça échoue… Heureusement, la cheffe de ce quartier connaît les lieux comme personne et nous trouve toujours des abris.

— Des Archanges pour des Séraphins, chuchote Arthur soulagé de savoir les autres enfants en sécurité.

— Qui est la cheffe ? demanda Elvire avec une pointe d'admiration dans la voix.

— Ce sera une autre surprise quand elle reviendra de sa mission, répondit son oncle en lui faisant un clin d'œil. Tout ce que je peux dire c'est qu'elle a investi ce conservatoire abandonné comme une pro. C'est notre base depuis déjà deux mois. C'est la première fois qu'on reste si longtemps dans un endroit aussi sûr et confortable…

Samuel grimaça discrètement. Quels étaient les autres lieux ? Ce bâtiment était pas mal, mais les murs étaient si fissurés par endroit qu'on pouvait presque voir l'extérieur. Le froid s'y engouffrait en puissant courant d'air par instant. Des salles étaient scellées par des rubans jaunes, car, d'après Benjamin, derrière leur porte, il ne restait que le vide, une chute de plusieurs mètres sur le trottoir et dans les décombres.

Hermione était descendue des bras de son oncle et avait disparu sous les couvertures douces d'une des couchettes posées au sol. Elvire, quant à elle, tentait vainement de voir à travers les couches de peinture noire qui recouvraient les fenêtres de la salle, empêchant toute lumière naturelle de pénétrer à l'intérieur – et par la même occasion, tout regard indiscret.

— Pour en revenir aux autres gosses de votre bunker, les autres enfants enfermés avec vous ont été transférés dans un endroit plus sécurisé qu'ici où ils auront des gens pour s'occuper d'eux. On essaie d'en savoir plus sur leur famille pour les réunir dès qu'on le peut.

— Tu as l'air fatigué, remarqua Arthur.

Son oncle s'étira comme un chat, les mains touchant le faux plafond noir. Il avait l'air blasé. Il n'était pas du genre à vouloir s'embêter avec tous ces gens qui attendaient ses directives. Il aspirait plus à une vie tranquille sans trop d'embrouilles.

— Et pour nos parents ? demanda Samuel. Tu as des nouvelles ?

— Et mamie ? ajouta Elvire.

L'aîné des quatre avait vu la couverture se relever doucement pour laisser apparaître le visage d'Hermione. Sa grand-mère avait une place aussi importante dans leur cœur que celle de leurs parents respectifs. Ils avaient encore plus peur pour elle que pour les autres. Une mamie, c'est fragile, c'est doux ! Ce n'est pas fait pour la guerre…

Nicky avait fait glisser sa tête de droite à gauche, l'air contrit.

— Pas encore. Mais dès que j'en saurai plus, je vous le dirai. En attendant, reposez-vous. Vous êtes en sécurité avec nous.

Les jeunes garçons avaient rejoint Hermione sur la couchette tandis que leur oncle éloignait Elvire de la fenêtre.

— Éloigne-toi de là. Même quand tu as l'air en sécurité, c'est toujours par les fenêtres que le mal s'infiltre.

Elvire éclata de rire.

— Tonton ! ricana-t-elle. Tu as l'air d'un vieux sage de manga !

Ce dernier éclata de rire. Peut-être qu'à force de trop en regarder avant la guerre, ces animés avaient fini par dépeindre sur lui.

— J'ai une surprise pour toi, dit-il tout à coup en se redressant.

Il se tourna vers la porte fermée et lança un « *tu peux entrer !* » avec un grand sourire qui fit frémir sa minuscule cicatrice sur sa joue gauche.

La porte noire s'ouvrit à la volée et laissa apparaître une jolie fille de dix ans à la tignasse châtain dont le visage blanc et enfantin était étiré par le plus grand des sourires.

Encore une fois, Elvire poussa un cri de joie en même temps que ses bras s'écartèrent pour attraper cette silhouette plus grande qu'elle et qui lui avait tant manqué.

— Alice !"

Quartier Général - Salle à manger

Vendredi 4 octobre 2030 :

— Alors ? insista Arthur.

— Alors quoi ? demanda Samuel en grignotant une biscotte au beurre qui se cassa dans sa main.

— Ben, t'en penses quoi du nom de l'organisation ?

Samuel leva les épaules au ciel. Il n'avait pas vraiment d'avis sur la question. Surtout les doigts pleins de miettes grasses.

— Je trouve que c'est drôle, finit-il par dire. Ce n'est tellement pas approprié à la situation que c'en est parfait ! Puis tu ferais un super nain de jardin.

Arthur lui donna un coup de coude dans les côtes qui arracha une petite grimace à son cousin dont le visage souriait encore.

Les deux garçons savouraient avec beaucoup de bonheur ces instants de tranquillité. Ils n'avaient plus à surveiller constamment les plus petites. Elvire et Alice - la fille de Nicky - ne décollaient plus l'une de l'autre, comme deux siamoises. Même leur respiration semblait synchronisée. Elles s'aimaient sincèrement et se retrouver de nouveau réunies après toute cette tempête, c'était comme revivre un peu de ce passé qui paraissait si loin d'eux maintenant. Deux chipies qui s'évertuaient à rendre fous les résistants.

Les adultes passaient leur temps à travailler, affairés à mettre des bâtons dans les roues du gouvernement. Cependant, aucun d'entre eux ne semblait en vouloir aux siamoises qui les enquiquinaient à longueur de journée. Au contraire, ils les laissaient faire leurs petites coquineries sans jamais les gronder réellement. Pour Samuel, ces débordements de vie rendaient les habitants clandestins du Quartier Général très heureux.

Quant à Hermione, elle passait de bras en bras. Un coup enlacé par son grand frère ou son cousin, un coup dans les bras des siamoises. Mais ses bras préférés étaient ceux de son sauveur, Benjamin. Même occupé, il laissait tout tomber pour embarquer avec lui la petite et lui montrer comment fonctionnait son travail. Puis, quand Ben s'absentait pour ses missions, elle venait s'asseoir contre sa compagne, Jessy.

Hermione trouvait Jess très belle avec ses cheveux châtains, sa peau qui, malgré l'absence de soleil, restait plus brune que la sienne, ses yeux marron foncé qui brillaient de vivacité et son grand sourire charmeur. Elle avait aussi un piercing au nez comme sa maman. Un petit détail qui avait, pour elle, toute son importance.

La compagne de Benjamin avait des doigts de fée et un savoir-faire incroyable ! Ancienne fourmi de chez Hermès, elle manipulait les tissus et les aiguilles comme personne. Son truc, c'était plutôt les sacs - lui avait-elle avoué - mais pour aider la Résistance, elle avait étendu ses connaissances à la confection de vêtements et d'objets en tout genre. « Recycler ou créer à base *de pas grand-chose* ». C'était la devise de Jess. Pour lui faire plaisir, elle avait fabriqué une sorte de petit doudou avec une tête toute ronde, comme une pieuvre multicolore. Deux boutons noirs faisaient office d'yeux et sous la tête était accroché un long tissu dépareillé et doux qui pendait, emporté par les mouvements d'Hermione.

Parfois, son fils Erwan lui rapportait des petits biscuits qu'il avait chapardés pour elle dans la cuisine du bâtiment. Elle ne le voyait pas souvent, car il préférait traîner avec son cousin. Du même âge, Erwan et Arthur s'entendaient vraiment bien. Samuel les rejoignait de temps en temps, quand il ne suivait pas Nicky pour essayer d'en apprendre davantage sur la disparition de leurs parents et le fonctionnement du Front de Libération des Nains de Jardin…

Savoir que son grand frère se préoccupait encore d'eux malgré la détente qui régnait - pour les enfants - rassurait Hermione et lui permettait de fermer les yeux la nuit sans trop faire de cauchemars. Sa voix, toujours cachée, semblait moins lourde dans son estomac. Les bras de Ben. Les bras de Jessy. Les sourires et les rires d'Elvire, d'Alice, d'Erwan et d'Arthur. La détermination de son grand frère. Un cocktail de joie pour une petite fille de six ans et demi qui n'en paraissait que quatre…

— Tu es heureuse, Minione ? demandait parfois son frère comme pour se rassurer.

Alors sa petite sœur venait se lover dans ses bras avec le sourire. Mais dans ses yeux, un feu intense brûlait. Il savait lire en elle mieux que quiconque. Oui, elle était heureuse, mais oui, elle était prête à abandonner tout ça pour retrouver les bras de son papa. Les bras de sa mamie. Les bras de sa maman…

Quartier Général - Chambre des enfants - Salle Racine
Dimanche 17 novembre 2030 :

— Alice ! Elvire ! grondait une petite femme, les mains sur les hanches.

Les deux chipies s'étaient cachées sous les couettes des lits de Samuel et d'Arthur. Les garçons, quant à eux, étaient assis contre un mur, lisant une histoire à la plus jeune avant que les siamoises n'entrent en trombe dans la chambre noire.

— Sortez de là, insista la dame aux cheveux bruns, avec un ton sévère, mais fatigué.

Alice sortit la tête en premier, recouverte par la grande capuche de sa veste en laine, levant vers sa mère un regard implorant. Elvire, qui était le parfait reflet de sa cousine sortie à son tour avec un regard de petit chat qu'on emmène à l'abattoir vers sa tante. Si Jess était un repère pour Hermione, Élidie était celui des chipies. Quand elles avaient du chagrin, c'était vers Élidie que les demoiselles se tournaient pour avoir leur dose d'affection. L'une comme l'autre savait comment faire craquer le cœur de ce petit brin de femme qui devait déjà tenir toute une base secrète avec son conjoint. Même les enfants comprenaient combien il était sportif d'évoluer auprès de leur oncle ! Lui-même reconnaissait n'être pas de tout repos. Elvire avait d'ailleurs déjà entendu sa mère dire que sa tante méritait une médaille.

Élidie s'approcha et s'accroupit au niveau des filles. Elle repoussa leur capuche et attrapa leur menton pour fixer leur visage face au sien.

— Si je vous vois encore traîner vers la salle de réunion, gronda-t-elle, je vous punis pour tout le week-end qui vient !

Les filles continuaient leur petit cirque, mais cette fois-ci, des larmes de crocodile se joignaient à leur bouille de tristes martyres.

— Elles étaient encore en haut ? s'énerva Samuel.

— Vous savez qu'il y a des gens qu'on ne connaît pas bien là-haut ! ajouta leur tante. Je ne peux pas vous protéger de tout le monde avec le boulot qu'on a. Restez ici.

Le Quartier Général était divisé en plusieurs parties pour éviter que les enfants hébergés dans les lieux ne se retrouvent en présence de trop d'inconnus. Les familles restaient ensemble et les lieux dédiés à la résistance pour libérer les bunkers étaient naturellement interdits aux plus jeunes. Chacun avait ses instructions et des lieux de prédilection, à l'exception de la salle à manger où tout le monde se retrouvait pour dîner. Là-bas, les plus jeunes devaient toujours être accompagnés par Samuel, Élidie, Nicky, Jessy ou Benjamin.

— Je dois retourner en haut, conclut Élidie en se relevant. On a une réunion importante avec beaucoup de passages ce soir donc, *s'il vous plaît*, les filles ! *Restez ici* avec Samuel ! D'accord ?

Elle s'éloigna avec énergie vers la porte noire de la chambre, passant une main dans ses cheveux coupés courts. Puis, juste avant de sortir, elle posa un regard sur l'aîné qui fusillait sa sœur du regard.

— Je peux te confier ma fille ? demanda gentiment sa tante.

Samuel acquiesça d'un signe de tête et lui sourit. Elle était d'une patience d'ange avec sa sœur. Maman avait raison. Il lui enverrait une médaille du mérite quand tout serait rentré dans l'ordre.

Lorsque sa tante fut sortie, certainement pour rejoindre la salle où tout se décidait, Samuel prit sur lui pour garder son calme et invita les filles à rejoindre

Hermione qui avait déjà sorti des feuilles blanches et des feutres.

En riant, elles s'allongèrent à même le sol, sur le ventre en s'étirant comme deux chats. Elvire gardait une de ses mains dans sa poche, sûrement pleine d'objets ramassés dans tous les coins. Elle chuchotait dans l'oreille de sa cousine, les sourcils froncés.

— Vous êtes pas possible, grogna Arthur en envoyant un regard chargé de reproches aux siamoises.

Samuel plongea sa tête dans ses bras. C'était reparti ! Il faisait tout pour calmer les ardeurs des deux félins qui ne pouvaient s'empêcher de se sauter au cou dès que l'occasion se présentait ; mais à la moindre étincelle, c'était l'incendie qui brûlait tout sur son passage.

— On n'a rien fait de mal, grogna Elvire en renvoyant plus de décharges électriques qu'une centrale à son cousin.

De nouveau, ce combat silencieux entre eux…

— Dites, grogna l'aîné qui sentait sa peau cuire sous la tension brûlante de cet échange muet, si vous n'arrivez pas à vous contenir quand vous êtes en désaccord, je me casse sans vous pour aller chercher les parents.

Une avalanche de reproches se mirent à fuser. D'un côté contre sa décision, de l'autre contre les actions irréfléchies des filles, puis le tout mélangé en réponses grossières. Ressortaient à cet instant toutes les choses qui leur pesaient sur le cœur.

— Et bien casse-toi sans nous ! Comme ça, t'auras plus à te soucier de tes sœurs !

— T'es vraiment qu'une égoïste !

— Vous êtes toujours en train de chercher l'occasion de vous sauter au visage. C'est pas vrai ? Sérieux !

Seul un cri de colère, plus aigu que les leurs stoppa net cette guerre explosive. Hermione, qui s'était réfugiée dans un coin de la chambre noire, une feuille dessinée représentant sa famille comme bouclier, gémissait de plus belle.

Ce fut comme une douche froide. Ce n'était pas ce genre de son qu'ils voulaient voir sortir de la bouche muette de leur petite protégée. Samuel se leva d'un bon, suivi par les autres qui l'enlacèrent comme une chose précieuse.

— Pardon, pardon, s'empressa de dire Elvire.

— Désolé, ajouta son grand frère en la serrant tendrement.

— Tout va bien, rassura Arthur.

Hermione jeta un regard chargé de colère à tout le monde et surtout à Samuel.

— Je te promets de ne pas partir sans toi pour aller chercher papa et maman, s'excusa-t-il. J'étais juste énervé, c'est tout.

Elle fit une moue vexée et s'assit contre le mur en boudant.

— Pour ça, il faudrait déjà qu'on sache où aller, précisa Arthur, amer.

— Moi je sais peut-être, ajouta l'adolescent. D'ailleurs, il faut qu'on parle de notre départ.

Il se releva, écartant tout le groupe sur son passage. Quand il prenait cet air sérieux, Elvire avait la sensation que son frère paraissait plus vieux, plus mature.

— Tu rigoles ?

— Je crois que je sais où nos parents peuvent être, ajouta-t-il.

Arthur se jeta sur lui, plein d'énergie tout à coup. Son cœur battait la chamade comme il n'avait pas battu depuis son départ de SPÉ.

— Les miens aussi ? demanda-t-il plein d'espoir.

— Les tiens surtout.

Alice enlaça de ses petits bras sa siamoise qui s'était assise à côté de sa petite sœur. Tatie Salomé et tonton Victor étaient les parents d'Arthur. L'une était médecin libéral et l'autre infirmier. Dans ce régime militaire, les soignants étaient tenus d'une main de fer par le pouvoir, car ils étaient à la fois précieux et considérés comme potentiellement à risque avec leur savoir.

— J'ai entendu dire que ces bonbons bizarres, expliqua Samuel, ceux que Madame Audrey a appelés « les Mistrals Gagnants » avaient été créés par un Docteur pour aider les gens qui souffrent dans les usines ou aux frontières pour soulager leurs douleurs.

— J'en ai entendu parler, renchérit Elvire. Ils sont interdits parce que le gouvernement dit que c'est une drogue dangereuse !

— C'est ce que dit le gouvernement, coupa son frère, pressé de raconter ce qu'il avait découvert en restant près de son oncle. Mais la vérité c'est qu'ils veulent garder un total contrôle sur les substances qu'ils vendent aux gens. Qu'ils vendent très cher. Or, les

Mistrals Gagnants sont peu coûteux et fonctionnent vraiment bien !

— Tu crois qu'ils sont au courant des effets sur les enfants ? demanda Arthur, quasiment dans un chuchotement.

— Le gouvernement non. Sinon ils les auraient déjà testés sur nous dans les bunkers. Pour les résistants, oui, je suis persuadé que certains s'en doutent. Mais apparemment, le médecin qui les distribuait aurait arrêté d'en fabriquer à cause des effets incontrôlables sur les plus jeunes. C'est pour ça que Madame Audrey nous en a donnés sans trop vraiment savoir comment ces « bonbons » allaient agir sur nous. C'était risqué, mais elle a eu raison vu les problèmes qui nous sont tombés dessus.

— Je ne suis pas sûre qu'elle s'imaginait ce genre d'effet.

— Je pense que *personne* s'imagine ce genre d'effet. Il faut l'avoir vécu pour y croire non ?

— J'ai du mal à te suivre, grogna Alice qui n'avait pas expérimenté l'effet de ces médicaments sur le corps des enfants.

— Pas grave, enchaîna l'aîné en passant une main dans ses cheveux qui repoussaient dans tous les sens.

L'important c'est de savoir que le médecin qui serait à l'origine de ces bonbons travaille à Issoire, à genre trente minutes en voiture d'ici et que ce médecin se fait appeler Docteur Schmout.

Pendant une fraction de seconde, le silence s'installa.

— Docteur… comment tu dis ?

— Ne me fais pas répéter…

— …

Tout à coup, les quatre plus grands des enfants réunis dans la chambre noire éclatèrent de rire en même temps. Leur petit corps fragile était secoué par les spasmes du fou rire, laissant s'échapper des mois de tension à travers une hilarité commune. C'était complètement incontrôlable ! Pliés en deux, les mains posées sur le sol pour se retenir de s'écrouler entièrement, ils hurlaient plus qu'ils n'auraient dû. C'était libérateur. C'était fou. C'était extraordinaire !

Seule Hermione ne riait pas. Elle semblait inquiète, tournée vers la fenêtre, l'oreille tendue comme un chat aux aguets. La terre tremblait sous ses mains. Les rires de sa famille pouvaient-ils déclencher un phénomène si puissant ?

Elle les regarda en fronçant des sourcils. C'était inquiétant, comme une rumeur qui grossit au loin. Non. C'était le mur qui tremblait. Avec le sol. Les autres ne le sentaient pas ?

Quand Samuel leva les yeux vers elle, son rire se stoppa aussi sec que si on l'avait giflé en pleine figure.

— Minione ? demanda-t-il. C'est quoi ce…

Mais il n'eut pas le temps de se relever qu'un tremblement atténué par le lino noir, lui parvint de sous le sol qu'il touchait toujours avec ses mains. Un grand « boum » se fit entendre, résonnant si fort dans leurs oreilles qu'un cri de frayeur s'échappa de leur bouche. Puis, de nouveau, un grand tremblement. Quelque chose quelque part, près d'eux s'écroulait de tout son poids. Et les vitres de la salle noire éclatèrent en millions de morceaux.

Sous leurs yeux, Hermione disparaissait derrière un nuage de gravats.

9
L'assaut

— Alice ! Alice ! criait une voix suraiguë de jeune fille paniquée.

— Hermione ! en criait une autre.

— Samuel, s'emportait la première voix, tu saignes !

Un nuage de poussière épais envahit la salle noire et ses occupants. Dans un coin, un morceau de mur s'était déchiré et les enfants, recouverts de petits débris et de morceaux de verre brisé, suffoquaient à s'en arracher la gorge. Mais même avec la vue brouillée et les oreilles sifflantes, Elvire vit un filet rouge foncé couler du front de son frère. Lui ne semblait pas s'en inquiéter. Il écartait avec un livre les débris de verre qui le séparaient de ses sœurs. La plus jeune restait immobile et recroquevillée dans un angle. Elle se protégeait avec son dessin tout froissé par l'accident. Des bris de verre s'étaient plantés dans son épaule droite, mais elle ne s'en était pas encore aperçue.

Arthur aussi peinait à bouger. Sa cheville s'était retrouvée bloquée entre le sol et une petite pierre peu lourde, mais qui, avec la vitesse de l'impact, lui avait écorché la peau sur plusieurs centimètres.

Elvire et Alice, assises près d'Hermione, avaient seulement basculé à cause de la secousse due au choc. Elles avaient quelques égratignures par-ci par-là, mais seulement en surface. Elles se relevèrent en agrippant la plus jeune par la manche de son sweat, s'éloignant rapidement du rebord instable de leur chambre. Juste à côté d'elles, des pans de murs entiers s'effondraient, entraînant dans leur chute des morceaux de sol et des pierres immenses qui rebondissaient, roulaient ou s'écrasaient dans la cour intérieure du Quartier Général.

Un immense portail en fer forgé penchait vers le centre, laissant pénétrer des véhicules armés et des hommes en uniforme. Des coups de feu retentissaient déjà dans les ruelles autour et dans le bâtiment.

— Le mal s'infiltre par les fenêtres ! cria Elvire. Il faut retrouver tonton ! Vite !

— Vous pouvez marcher, les garçons ? demanda Alice, la voix tremblante, en tirant sur le bras de sa cousine pour l'entraîner dans le couloir.

Mais à peine avait-elle fini sa phrase que la porte vola en éclat, laissant entrer Élidie, le regard affolé, mais d'un calme serein dans ses mouvements.

— On a été repéré, dit-elle, soulagée de retrouver sa fille saine et sauve.

Elle attrapa Alice et la serra si fort que la peau blanche de cette dernière vira au rouge vif.

— Tu n'es pas blessée ?

Sa fille secoua sa tête de gauche à droite.

— Suivez-moi ! enchaîna Élidie. Il faut quitter les lieux rapidement.

Un nouveau bruit d'explosion et de fracas retentit derrière eux.

— Mais le Quartier Général ? demanda Samuel en soutenant son cousin qui boitait.

— L'armée nous attaque, répondit-elle en les entraînant à travers des couloirs et des escaliers encore plus fragiles qu'auparavant. Dans peu de temps, les lieux seront complètement envahis. On n'y peut plus rien ! Il faut trouver un autre endroit où se cacher !

Élidie tenait sa fille par la main, qui tenait Elvire, qui tenait Hermione fermement. C'était une course éperdue pour la petite de six ans qui trébuchait à chaque pas.

— Les Archanges et des civils les retiennent pour nous laisser le temps de récupérer les informations importantes et détruire le reste.

— On va où ? cria Arthur qui n'arrivait pas à suivre le rythme.

— Il faut ralentir ! s'écria Samuel.

Des coups de feu retentir à l'extérieur et une vitre éclata en morceau juste derrière eux. Impossible de ralentir… l'ennemi allait les tuer. Qu'ils soient adultes ou enfants, ils étaient des cibles à abattre.

Leur tante s'arrêta dans un grand escalier de pierres noires qui menait vers les sous-sols aménagés par la Résistance. Elle attendait les garçons quand une deuxième explosion retentit, cette fois-ci, plus forte, plus tonitruante que les précédentes. Elvire lâcha la main d'Alice pour plonger en arrière avec sa sœur.

Lorsqu'elle rouvrit les yeux, sa tante et sa cousine étaient à trois mètres d'elle, séparées par un effondrement. L'escalier qu'ils descendaient était coupé en deux et le peu de plafond qui restait au-dessus de leur tête était sur le point de céder.

— Reculez ! cria Samuel en attrapant ses sœurs par le poignet.

À l'instant où les quatre se jetaient dans la salle qu'ils venaient de traverser, l'escalier tomba en morceaux, enfoui sous des tonnes de gravats. Le bruit était si puissant qu'ils eurent la sensation que tout l'étage tombait avec l'escalier. Aussi furent-ils étonnés de voir qu'en réalité, ils étaient sains et saufs sur un sol solide.

À travers le nuage de fumée opaque, ils entendirent les hurlements d'Alice qui criait le nom de sa cousine et la voix d'Élidie qui tentait de la calmer en l'éloignant.

— *C'est trop dangereux !* insistait leur tante, les larmes dans la voix.

— *Elvire !* criait-elle encore.

— *Je t'en prie, Alice ! On ne peut rien faire ! Ils vont nous entendre !*

Alors, Elvire respira un grand coup et se releva pour s'approcher le plus possible des éboulements. Son frère la tenait par sa veste de peur qu'elle bascula. Elle se força à sourire de toutes ses dents en ravalant ses larmes qui coulaient de plus belle. Puis, recouvrant les cris de sa cousine bien-aimée, elle clama avec une joie surjouée :

— Je vais bien, Alice ! On va tous très bien !

— C'est vrai, ajouta Arthur en souriant aussi. On est en sécurité !

Les cris cessèrent. Ils arrivaient à s'entendre à travers l'épaisse barrière qui s'était dressée entre eux.

— Je vais bien, tout le monde va bien, conclut Samuel en articulant exagérément pour qu'Élidie comprenne son message.

— Il faut que tu suives tatie ! enchaîna Elvire.

— *Pas sans toi !* hurla Alice.

— Mais si ! gronda Elvire. Tu sais qu'on a quelque chose d'important à faire ! Et je ne t'emmène pas… Je suis désolée… « *je ne t'enlève pas à tes parents* », pensa-t-elle en son for intérieur. « *Reste avec eux… c'est si précieux…* »

— Tatie ! lança Samuel. Dis à Nicky qu'on part. Il sait où ! On en a longtemps discuté !

Un silence s'installa où seuls résonnaient les sanglots d'Alice, ponctuait par des coups de feu.

— Ça va aller ? demanda Élidie dont les pieds étaient collés au sol, incapable de s'éloigner de ses neveux et de ses nièces.

Elle ne trouvait pas la force de s'en aller en les laissant derrière elle.

— Merci ! cria Arthur.

— Je t'aime ! cria Elvire.

— *Je t'aime aussi !* cria Alice.

Et dans le calme du couloir, les pas de leur tante et de leur cousine tintèrent de nouveau et doucement s'étouffèrent jusqu'à disparaître complètement, emportant dans le néant le chagrin des petites filles.

Les quatre enfants ne bougèrent pas pendant quelques secondes qui parurent une éternité. Ils n'entendirent pas les bruits des armes se rapprocher d'eux.

Les murs tremblaient toujours. Des cris résonnaient autour d'eux de façon totalement irréelle. Comment échapper à l'armée qui cloisonnait sûrement toutes les sorties, là dehors ? Dans quelques secondes, les barricades céderaient et ils n'auraient plus aucune échappatoire.

Samuel ferma ses yeux. Il se rappelait qu'il y avait plusieurs passages créés par la résistance et qui ne figuraient sur aucune carte, sur aucun plan. Mais où ? Nicky les lui avait montrés une fois et il avait déjà oublié. Il avait envie de se frapper la tête contre la porte.

— Qu'est-ce qu'on fait Sam ? demanda Arthur complètement déboussolé.

Ce dernier glissa sa main dans sa poche pour en sortir quelque chose quand, alors que tout espoir semblait perdu, une grande femme noire, sans âge, avec de longues tresses rousses sur des racines noires, apparue près d'eux, une arme à feu dans la main.

La vue du revolver fit l'effet d'une douche froide. Samuel et Elvire se relevèrent comme un seul homme pour faire bouclier. Arthur tenta de se relever, mais sa cheville, qui gonflait à vue d'œil, lui arracha un cri de douleur. Hermione s'accrocha à lui en se cachant derrière son doudou pieuvre et son dessin froissé.

Elle s'arrêta net et les pointa avec son arme. Cependant, elle ne tira pas. Elle ouvrit grands ses yeux noirs et se rapprocha d'eux en baissant le canon vers le sol.

— Mais, hésita la femme en plissant ses paupières, je te connais, toi…

Elle rangea son arme dans une ceinture et tendit sa main à Elvire. Samuel se glissa entre elle et l'inconnue.

— Non ! s'excusa-t-elle en levant ses bras comme si elle se rendait. N'ayez pas peur. Je suis une alliée.

Elvire s'approcha, son visage captant un rayon de lumière qui traversait une vitre brisée.

— Je rêve ! Alors la rumeur était vraie. Vous êtes les enfants de… je crois ! Tu es la fille de Lisette ?

Elvire ouvrit de grands yeux écarquillés.

— Vous connaissez ma maman ?

Un bruit inquiétant retentit à quelques mètres à peine. La grande femme se retourna vers le couloir sombre d'où elle venait et ressortit son revolver. Puis elle recula doucement vers les enfants, le revolver pointant vers le danger.

— Il faut sortir d'ici, ajouta-t-elle précipitamment. On ne peut plus les retenir bien longtemps. Vous venez avec moi !

Elle glissa son grand bras sous l'aisselle d'Arthur et l'aida à se relever.

— Grimpe ! ordonna-t-elle en se glissant devant lui, agenouillée.

Même si l'idée de monter sur le dos d'une personne qu'il ne connaissait pas ne l'enchantait guère, il obéit sans discuter. Il ne se sentait pas du tout de marcher plus longtemps.

— L'escalier s'est effondré, s'empressa de préciser Samuel. On ne peut pas passer par là.

La femme se releva difficilement, car même s'il était plutôt léger et fin, Arthur n'avait plus la taille d'un enfant. Elle se dirigea dans un autre couloir, les trois autres sur les talons. Elle avait de grandes jambes élancées d'où se tendaient de nombreux muscles sous son pantalon moulant. Sa combinaison était si près du corps et si sombre dans ce couloir sans lumière qu'il était difficile de savoir où commençait son vêtement et où commençait sa peau. Son corps, tonique et cambré, était vraiment impressionnant et ses cheveux roux faisaient presque l'effet d'une torche sur cet ensemble si bien camouflé.

La fuite était confuse. Aucun d'entre eux n'aurait pu dire le chemin qu'ils avaient parcouru, mais soudain, il n'était plus dans ce grand bâtiment en passe d'être détruit, mais dans une ruelle où régnait un chaos organisé.

Partout, des femmes et des hommes en combinaison embarquaient dans des véhicules des documents, des papiers, des ordinateurs ! Partout des passants en tenues civiles qui, l'air de rien, attrapaient discrètement d'autres documents et s'enfermaient dans les appartements d'en face comme si de rien n'était. La résistance était omniprésente. Dans le Quartier Général. Dans les Archanges en combinaison bleu marine, noire ou marron foncé. Dans les passants qui les aidaient du mieux qu'ils pouvaient.

— Entrez dans le bâtiment en face de vous ! cria la femme qui déposait déjà Arthur à côté de Samuel. Des gens vous dirigeront. Montez ! Ne vous retournez pas !

Et tandis que les enfants se précipitaient du mieux qu'ils pouvaient dans l'entrebâillement de la porte, de l'autre côté de la ruelle étroite, des coups de feu retentirent à l'extérieur, bientôt étouffés lorsque la vieille porte en bois se claqua, laissant les enfants seuls, dans les ténèbres de l'inconnu.

« 78.79.80.81.82.83… »

— Tu veux pas la mettre en veilleuse, râla Arthur que la douleur de sa cheville rendait nerveux et grognon. Inutile de compter les marches. C'est déjà assez ch…

— Ne commencez pas, coupa Samuel qui sentait sa tête lanciner là où le sang avait séché.

Il était tellement sur les nerfs que les deux autres n'insistèrent pas. Les étages ne finissaient pas de s'enchaîner sans jamais trouver de fin. À chaque palier, deux portes se faisaient face. Toujours fermées. Jamais aucune réponse lorsqu'ils frappaient contre la paroi.

Arthur commençait à devenir vraiment lourd sur les épaules de son cousin et de sa cousine et à chaque marche, son front se crispait si fort que sa peau peinait à retrouver sa place entre les grimaces.

— J'en peux plus, grogna-t-il à la quatre-vingt-dixième marche. Il faut que je fasse une pause sinon je vais craquer.

Hermione s'assit à côté de lui. Comme à son habitude, elle attrapa la main de son cousin et plongea sa joue dedans, reposant sur ses genoux en essayant de ne pas trop peser pour ne pas lui faire mal.

Leurs douleurs lancinaient. Des coupures de verres aux plaies dues aux projections de roches et de poussières, ils avaient tous les quatre leur lot de tourment. Rien de grave, mais c'était cela ajouté à l'angoisse qui grandissait dans leur cœur. Comment allaient ceux qu'ils aimaient ?

Le calme semblait être revenu dans la ruelle. Les murs ne tremblaient plus. Ou alors était-ce parce qu'ils s'étaient trop éloignés à force de grimper ? Il leur semblait que parfois, des gens criaient et frappaient aux portes comme des colporteurs. Sans réponse.

— Comment on va faire pour retrouver le Docteur Truc maintenant ? tonna Arthur, à bout de nerfs. Surtout avec ma cheville ?

— C'est le Docteur Schmout, corrigea Samuel qui faisait un effort surhumain pour contenir ses émotions négatives. Et on attendra que ta cheville aille mieux. Faut qu'on se soigne avant de toute façon, alors arrête de râler, OK ?

Le silence s'installa entre eux une fois de plus, cette fois-ci ponctuée par le bruit d'une pluie lointaine, mais forte comme un torrent.

« **Un** »

Le tambour clair de l'eau sur le toit du bâtiment avait quelque chose d'irréel. C'était magnifique et apaisant. Même le grondement de l'orage ne leur faisait aucunement peur. Les trois plus grands levèrent la tête vers le plafond encore haut d'au moins cinq mètres. Cette distance n'avait plus rien d'effrayant.

— Vous aviez remarqué qu'il y avait une fenêtre sur le toit ? demanda Elvire, les yeux hypnotisés par la beauté de l'onde sur la vitre.

« **Deux** »

Les respirations se firent plus profondes. À chaque fois que se soulevait leur poitrine, leurs soucis fondaient comme neige au soleil. C'était si agréable ! La douleur lancinante d'Arthur paraissait plus supportable alors... les uns se collaient aux autres, les yeux clos par l'épuisement et la descente de l'adrénaline qui ne semblait plus quitter leur veine depuis la première explosion.

« **Trois** »

Samuel s'autorisa une petite pause, une rêverie... Il songeait à ses amis d'avant. Quand il pouvait râler contre ses parents, car son copain d'école pouvait jouer aux jeux vidéo plus souvent que lui ! Il s'imaginait chez lui, abusant du confort de son canapé. C'était si merveilleux ! Il s'imagina assis près de sa grand-mère, les yeux sur une tablette, mais le cœur contre ceux qu'il aimait tendrement. Ils étaient tous là.

« **Quatre** »

Arthur se voyait courir dans son jardin avec Mandy, sa chienne, qui n'était plus seule à présent. Ils couraient ensemble sous le regard bienveillant de sa mère et de son père, qui riaient aux éclats. Arthur criait fort, presque trop ! Comme un cri guerrier, une victoire ! Et sa chienne répondait par des aboiements de joie ! Il se voyait allongé devant le poêle, blotti contre eux, comme l'enfant insouciant qu'il était avant son départ.

« **Cinq** »

Elvire chantait et dansait devant sa famille entière, réunie autour d'elle pour fêter son anniversaire. C'était l'apothéose de l'amour autour de la table à manger. Tout le monde riait, tout le monde souriait et l'applaudissait quand elle faisait quelque chose ! Sa maman et son papa enroulant leurs grands bras réconfortants à la moindre occasion autour d'elle, rattrapant ces longs mois sans embrasser ses joues !

« **Six** »

Le bruit de la pluie se faisait doucement plus ténu, moins rythmé sur le toit du bâtiment. C'était la berceuse qui leur fallait pour se reposer enfin. Laisser derrière eux les soucis et à la douleur qui les dévorait de l'intérieur depuis trop longtemps. Ils n'étaient que des enfants, après tout.

« **Sept** »

Leur corps s'alourdit, nullement gêné par la froideur et la dureté de la pierre des escaliers. Au contraire, ces derniers semblaient s'être ramollis, tel un nid de coton pour les accueillir.

« **Huit** »

Une barrière invisible, un dôme de chaleur les entourait. Impossible de tomber, de glisser, de s'écarter les uns des autres dans ce cocon protecteur.

« **Neuf** »

Sur les murs de la cage d'escalier, des petites lumières minuscules comme des milliers de Leds s'éclairaient doucement. C'était magnifique ! On aurait dit une nuit à la belle étoile ! Une nuit sous les étoiles avec le bruit de la pluie et la chaleur d'un après-midi de printemps.

« **Dix** »

Hermione cala ce qu'il restait du Mistral gagnant dans le coin de sa joue pour qu'il ne fonde pas trop vite. Elle ne voulait pas qu'ils se réveillent trop vite dans cette réalité. Elle avait trouvé le bonbon dans la poche de son cousin en allongeant sa tête contre ses jambes. C'était celui qu'il ne lui avait pas donné quand ils s'étaient échappés de SPÉ. Arthur le gardait toujours sur lui au cas où. Il le sortait la nuit parfois et le regardait à la faible lumière de la lampe quand il croyait que tout le monde dormait. Elle savait que, d'une façon ou d'une autre, cette petite friandise pourrait leur apporter ce dont ils avaient besoin. Elle n'avait pas imaginé que c'était un sommeil profond que ses protecteurs trouveraient, mais si c'était ça qui était apparu, alors c'était ce qu'elle désirait aussi.

La petite fille se lova contre sa sœur et, avalant le Mistral Gagnant en croisant les doigts pour que le sol garde encore un peu de son moelleux, se laissa aller dans les bras de Morphée, bercée par la douce musique de la pluie.

10
La compagnie des Archanges

— Ce sont eux ? chuchota une voix d'homme.

Samuel n'ouvrit pas les yeux. Il ne connaissait pas cette voix. Il ne se rappelait pas très bien non plus ce qu'il s'était passé. Était-il encore dans sa chambre noire du Quartier Général de la résistance ? Alors que faisait cet homme près de lui ? Ce n'était pas la voix de Nicky ou de Benjamin. Ce n'était pas la voix d'Erwan ou d'Arthur non plus. Puis, cette explosion… l'effondrement du plafond… les escaliers, les portes closes…

— Je ne suis pas très sûre, répondit doucement une voix de femme sur sa droite. Ça fait longtemps que je ne les ai pas vus. Mais Tata m'a dit que la petite a reconnu être la fille de Lisette. Et Nicky nous a dit que ses neveux et nièces étaient à l'abri dans la partie encore viable du conservatoire.

— Encore viable, rajouta une autre voix de femme avec un accent que Samuel ne reconnaissait pas. Plus vraiment, malheureusement…

Les paroles se turent quelques secondes. La tension était assez forte pour que le garçon aux cheveux clairs la ressente aussi.

— Comment ça se fait que ces gosses ne se réveillent pas ? grogna l'homme. Tu crois qu'ils sont en état de choc ? Les escaliers étaient complètement déformés sous leur corps… ils auraient reçu… un coup ? Un truc du genre ?

— Aucune idée, répondit la femme sur sa droite. Je ne suis pas plus docteur que toi.

— Tata a dit que les escaliers avaient comme…fondus. Je suis allé voir ça de mes propres yeux et franchement, c'était à peine croyable ! Tu crois que c'est à cause de…

— Tais-toi ! On nous a demandé de ne rien dire à ce sujet. Puis ce ne sont que des suppositions.

— Tout le monde s'est de nouveau éparpillé depuis l'assaut de l'armée, râla la voix de l'homme. Il va nous falloir encore plusieurs semaines avant de réussir à nous retrouver tous.

— Tous, rien n'est moins sûr.

— Arrête Nourhane ! grogna-t-il. Qu'est-ce qu'il t'arrive ?

Samuel entendit le bruit d'une chaise qui grinçait sur le sol et des bruits de pas s'éloigner avec hâte.

— Qu'est-ce qui lui prend ? insista l'homme. Ça ne lui ressemble pas d'être si défaitiste.

— Elle est sûrement fatiguée, c'est tout, conclut simplement la femme. À chaque fois, on repart de zéro. À chaque fois, on prend le risque de tout perdre et elle a plus à perdre que toi et moi. Si on se fait attraper, sa fille lui sera de nouveau enlevée et elle n'aura sûrement plus aucune chance de la revoir.

— Heureusement qu'ils ont déplacé le 92e Régiment d'infanterie aux frontières et que l'armée placée ici est composée de grosses brêles !

— Ne parle pas trop vite. Les yeux de Calamus commencent à se tourner vers nous.

— N'empêche *et j'insiste*, heureusement que l'armée d'ici n'est pas une armée de pros…

— Heureusement, comme tu dis, sinon la Résistance aurait disparu plus vite qu'elle n'a été pensée.

Samuel sentit une masse lourde se retourner contre lui dans le lit. Quelque chose vint se coller à son nez ! Des cheveux épais lui chatouillèrent les narines soudainement. Il ne put contrôler le tressaillement qui traversa son corps comme une convulsion. Ses doigts s'écrasèrent sur son nez par réflexe, frottant avec virulence cette partie très sensible. Quand il ouvrit les yeux, surpris, il vit la tête d'Arthur, encore endormi, à quelques centimètres de son propre visage. C'était ses cheveux qui le faisaient éternuer !

— Il bouge ! cria l'homme, surpris.

Samuel se redressa très vite sur ses coudes, prêt à bondir s'il le fallait. Mais lorsqu'il posa son regard dans celui de la personne assise en face de lui, des ombres se mirent à danser devant ses yeux et ses oreilles sifflèrent avec force.

— Allonge-toi ! ordonna la femme en l'aidant à se rallonger doucement. Tu as une blessure à la tête.

Le jeune garçon sentait la nausée le gagner. Les mouvements à côté de lui indiquèrent qu'Arthur avait aussi ouvert les yeux.

— Qu'est-ce qu'il se passe ? demanda-t-il à la fois paniqué par la situation et apeuré par ces nouveaux visages. Qui êtes-vous ? Et qu'est-ce que vous lui faites ?
— Calme-toi petit, coupa l'homme en plaçant ses mains devant lui comme pour signifier qu'il n'était pas un danger.

Son cousin s'assit doucement, une main posée sur l'épaule de Samuel dont la fatigue était plus importante qu'il ne l'avait imaginée. Cependant, lorsqu'Arthur voulut rabattre ses jambes, une douleur lancinante se remit à brûler en lui, lui arrachant un cri de surprise et de douleur.
— C'est ta cheville ? demanda la femme.

Alors qu'elle se penchait vers lui pour l'ausculter sans trop de convictions, Samuel en profita pour observer les lieux et ses habitants. Son premier réflexe fut de chercher ses sœurs du regard. Elles étaient là, allongées dans un petit lit de l'autre côté de la chambre. Les mini battements de cils de la plus grande des deux lui laissèrent penser qu'elle faisait semblant de dormir comme lui, quelques secondes avant.

Rassuré, il jeta son regard sur le lieu. Une petite chambre qui sentait l'humidité. Les vieux papiers peints marron orangé, surchargés de motifs géométriques, se décollaient par endroits. Tout le mobilier faisait penser à un vieil appartement des années 70 qui n'avait jamais vu la moindre rénovation. La minuscule fenêtre ronde, trop petite pour la chambre, et le plafond penché indiquaient qu'ils étaient sous les toits, tout en haut du bâtiment.

— Tu vas mieux ? demanda calmement l'homme assis à côté de lui.

Il avait avancé sa chaise avec délicatesse. Un sourire d'une blancheur immaculée se dessina sur un beau visage noir, doux et avenant. Son regard marron très foncé avait quelque chose de bon enfant, comme un grand frère regarde son benjamin après une journée à s'amuser avec lui. Il dégageait de cet homme une aura bienveillante et rassurante. Plus petit que sa collègue toujours penchée sur Arthur, il n'en était pas moins très musclé et très à l'aise dans ses mouvements.

La femme, quant à elle, était l'exact opposé de son camarade. Quoique très jolie aussi - plus une beauté à l'état brut qu'une beauté de magazine - elle était très grande, très blanche, très froide, l'air plus sévère et plus strict. Ses sourcils faisaient un dessin en forme de chapeau pointu. Ils s'animaient en même temps que ses lèvres pulpeuses s'exprimaient. Son visage était à la fois expressif et renfermé. Le corps basculé en avant, ses cheveux châtains tombaient en longues mèches sur ses bras. Moins musclée que l'homme assis, on la devinait tout de même plutôt tonique derrière sa tenue noire d'Archange.

Elle tenait dans ses mains un sac plastique noué et rempli d'eau qui aurait pu contenir un poisson rouge comme dans les fêtes foraines.

Quand il leva son visage, il s'aperçut qu'elle posait ses yeux verts sur lui depuis déjà plusieurs secondes. Samuel, gêné, détourna rapidement son regard. Il s'empourpra de l'avoir examinée sans retenue.

— Maintenant que tu es réveillé, dit-elle, je te reconnais bien. Tu ressembles toujours beaucoup à ton père, mais je vois aussi ta mère dans tes expressions.

Ce dernier releva subitement la tête, pris de court par cette révélation. La jeune femme souriait, illuminant un visage qui paraissait soudain moins froid et moins strict - au point qu'il se demanda d'où lui était venue cette première impression.

— Vous connaissez vraiment... vous... vous... balbutia-t-il, son cerveau connectant le peu de neurones assez réveillés pour faire le lien entre cet aveu et le visage tout à coup très familier de la femme.

— Évita ? se risqua-t-il, plus sûr de lui qu'il ne le pensait. Tu es Évita ! L'amie de maman !

Sa deuxième affirmation sonna comme un cri de soulagement. La tension qu'il avait pu ressentir au début de ces échanges avait complètement disparu.

Et comme si son frère venait de lui donner le signal, Elvire ouvrit les yeux franchement et se redressa à son tour, sa petite sœur toujours endormie à côté d'elle.

— Et toi, tu es le garçon qui jouait aussi dans la même pièce de théâtre que ma mère, ajouta Samuel que la surprise n'arrêtait plus. Avec les perruques et les hommes rigolos en boxer !

— C'est bizarre dit comme ça ! ricana l'homme en passant sa main sur ses cheveux crépus.

Il échangea un regard plein de nostalgie vers sa camarade avec qui il avait partagé plusieurs fois la scène.

— Je m'appelle Madani, dit-il en se levant de sa chaise, un peu fier que quelqu'un se souvînt d'un de ses rôles dans une vie qui lui paraissait lointaine.

Il se dirigea vers le deuxième lit et s'accroupit pour être plus accessible à la petite fille, à une hauteur convenable et moins intimidante.

— Tu es Elvire, c'est ça ? demanda-t-il en souriant. Tu vas bien ?

Elvire ne répondit pas. Elle sourit à pleines dents à son tour, lui rendant sa douceur avec entrain. Son frère remarqua que les joues de sa petite sœur avaient légèrement rosi.

— Bon, conclut Évita qui avait l'air rassurée, il faut vous reposer encore un peu. Toi, tu es Arthur, le fils de Salomé ?

Le garçon aux yeux bleus acquiesça d'un signe de tête. Ces retrouvailles ne le réjouissaient guère. Il avait trop mal. Il était trop fatigué. Et il ne connaissait pas ces personnes.

— Madani, demanda Évita en lui tendant le sac plastique noué, tu peux aller voir s'il reste des glaçons et du paracétamol pour sa cheville, s'il te plaît ?

— Ça n'a pas l'air infecté, mais on ne devrait pas lui donner aussi des antibiotiques ? Par précaution, je veux dire. On n'a pas de médecin pour s'assurer que tout va bien…

Éva sembla hésiter un court instant. Les médicaments devaient sûrement être précieux, surtout quand la résistance était éparpillée aux quatre coins de la ville.

— Pas encore, dit-elle. La plaie a l'air de bien guérir, il n'a pas de fièvre et ça dégonfle déjà. On désinfecte, on nettoie au savon et ça devrait le faire. Je ne suis même pas sûre que ce soit une entorse…

— Et pour Samuel ? demanda Arthur. Pour son front…

— Ce n'est rien ça ! lança Madani en posant sa main sur la tête de l'adolescent. C'est une égratignure, pas vrai ?

Samuel acquiesça en souriant.

L'homme lui fit un clin d'œil, se retourna et disparut dans un couloir aux tapisseries avec d'abominables motifs floraux bleus et verts.

— Je vais aller chercher du baume du Tigre, ajouta-t-elle en se relevant à son tour. Il doit m'en rester un peu. Sinon Nourhane doit bien avoir de l'arnica ! Il paraît que les mamans ont toujours de l'arnica.

— C'est pas trop le genre de la mienne, se moqua Samuel. Je ne suis même pas sûr qu'elle ait des mouchoirs dans son sac…
— Ah ça ! lança-t-elle. Je suis d'accord avec toi !
— C'était toi la surprise ? coupa Elvire qui n'avait pas encore pris la parole et qui commençait à s'ennuyer.
— La surprise ? répondit Évita, étonnée.
— Quand j'ai demandé à tonton Nicky qui était la cheffe de la Résistance, il m'a dit que c'était une surprise. Il sait que tu es une amie de maman, non ?
— Bien sûr qu'il le sait. Quand j'ai entendu son nom de famille, j'ai tout de suite fait le rapprochement avec le nom de jeune fille de votre mère. Des noms comme celui-là, il n'y en a pas deux !

Soudain, une ombre très grande et athlétique sortit de la porte en riant.
— Cheffe de la résistance ? s'esclaffa théâtralement cette ombre. Toi, notre cheffe ?

Ce rire ironique appartenait à la femme noire et aux cheveux flamboyants qui les avait faits sortir du bâtiment jusqu'à ce qu'ils soient à l'abri dans la cage d'escalier. Le rire n'avait rien de méchant, au contraire. D'ailleurs, Évita sourit à son tour et lui rétorqua :

— C'est une question de charisme. Ne sois pas jalouse, Tata. Un jour, toi aussi tu y arriveras… qui sait ? En restant à mes côtés !

Elvire se leva et se dirigea vers Tata pour la serrer dans ses bras.

— Merci, dit-elle en souriant toujours. J'ai vraiment cru qu'on ne s'en sortirait pas cette fois.

— Il y a une photo de vous deux chez tatie ! constata soudainement Arthur, comme s'il venait de se réveiller.

— Au-dessus du canapé, précisa Samuel.

Les deux femmes sourirent. Des photos qui devaient bien dater maintenant. L'époque de l'insouciance.

— Dommage que ma mère ne soit pas avec vous, chuchota Samuel discrètement.

Cet aveu qui résonnait dans ses oreilles l'affaiblissait encore davantage. C'était bête d'avoir espéré une telle chose l'espace d'un instant, quand il s'était aperçu qui était ces personnes autour de lui.

— Ta mère en Archange ? cria Tata en riant. Maladroite comme elle est !

— Et tête en l'air, ajouta plus calmement Évita en faisant de grands yeux désespérés. Ce serait comme… essayer de détruire nous-même la résistance !

— Quoique, « *la Compagnie des Archanges* » pour notre faction, c'est exactement le genre de nom assez kitch qui lui plairait !

Les femmes rirent de bon cœur.

Elvire, seule, boudait un peu. Les garçons, eux, rirent aussi. Il y avait bien une part de vrai dans ce qui avait été dit.

— Bon ! conclut Évita en se relevant du lit. Il faut en profiter pour vous reposer encore un peu. Nous partons bientôt pour notre point de ralliement. Et ce sera dangereux.

— J'ai croisé Madani dans le couloir, dit Tata. Il ramène du froid pour ta cheville. Nourhane est en train de voir pour te fabriquer une béquille.

Alors que les femmes quittaient la chambre, Samuel se redressa de nouveau, ses mains enfoncées profondément dans le matelas. Il glissa ses jambes sur le rebord du lit et dit, plus fort qu'il ne l'aurait voulu :

— Nous ne venons pas. Dès qu'Arthur ira mieux, nous partirons pour Issoire.

Il avait fallu beaucoup de temps pour convaincre les Archanges de les laisser partir. Les quatre s'étaient fermement opposés à leur départ dès le début. Puis s'étaient rajoutés d'autres adultes qu'ils ne connaissaient pas.

« On ne laisse pas des enfants partir en pleine guerre ! »

« Vous êtes complètement inconscients… »

« Lisette ne nous le pardonnerait jamais ! »

« Ils connaissent notre identité. S'ils sont interceptés – ce qui arrivera sans l'ombre d'un doute – ils ne garderont pas longtemps le secret et nos familles seront en danger ! »

« Cet appartement est le seul refuge qui n'a jamais été découvert ! »

À quoi les enfants avaient répondu :

« Nous avons été formés dans les bunkers pour la survie et le combat – bien plus que vous ! »

« On en sait assez pour ne pas se faire attraper. »

« Non ! Ne touchez pas à ma petite sœur ! Elle reste avec nous ! »

« On va vous gêner si on vous suit. Et de toute façon, et quoi qu'il arrive, on fera tout pour s'échapper au risque de vous déranger dans vos opérations… autant nous aider vous ne croyez pas ? »

Ce dernier élément fit plus mouche que les autres. Deux préadolescents et deux petites filles qui n'en feraient qu'à leur tête risquaient de compromettre toute manœuvre pour retrouver le reste de la Résistance.

« Moi je dis qu'on les envoie dans le village caché. »

« Tout ça, c'est de la faute de Nicky ! Il leur a sûrement monté le bourrichon. »

« Ne parlez pas de lui comme ça. Il nous a toujours soutenus. S'il leur fait confiance, on devrait en faire de même, non ? »

« Mais ce sont des gosses ! »

Les adultes finirent par se disputer entre eux. Tata et Nourhane – une belle femme à la peau brune et aux yeux noirs, un bel accent du Liban sur ses lèvres – étaient plus virulentes que les autres. Il était hors de question de laisser ces gosses dans la nature. D'autres argumentaient que c'était déjà assez difficile comme ça de s'en sortir vivant après chaque échec de la Résistance,

alors se coltiner des mioches, c'était se mettre délibérément des bâtons dans les roues.
« Mais c'est quoi ces arguments moisis ? Bon sang ! CE SONT DES GOSSES ! »
« S'il vous plaît ! Laissez-nous partir… »
« On ne s'est pas échappé de SPÉ pour se retrouver contraint par des adultes encore une fois. »
« Tu oses nous comparer à… une bonne fessée, ça te remettrait les idées en place ! »
« N'y pense même pas ! »

Éva, quant à elle, gardait le silence. Les bras croisés, elle observait les quatre enfants, serrés comme des manchots sur la banquise. Tout petit sur le lit au fond de la chambre, leur visage exprimait autre chose que de l'inconscience. Plus déterminés que jamais, plus soudés que des abeilles, rien ne les arrêterait…

Le regard marron-vert de Samuel croisa ceux, très verts de cette grande et belle femme. Celle qui était si chère au cœur de sa mère… il savait qu'elle, elle pourrait comprendre. Même s'ils avaient seulement treize, onze, dix et six ans, ces *mioches* comme disaient les *grands*, avaient réussi à faire seuls, sans aucune aide des adultes des choses incroyables pour leur âge. Tous ces moments de solitude dans leur lit superposé, toutes ces blessures de l'âme qui ne guériraient peut-être jamais – tout comme la voix de leur petite sœur. Toutes ces humiliations vécues dans le bunker. Ils avaient affronté des adultes avec l'aide des Mistrals. Mais ça, ils ne le savaient certainement pas.

Samuel se chargea de leur expliquer la vie à SPÉ. Il insista encore. De toute façon, ils finiraient par s'enfuir. Leur détermination n'avait pas de limite.

Leur résolution était plus solide qu'un roc. Ils s'étaient endormis dans la chaleur de la Résistance, protégés et choyés, mais maintenant que l'explosion les avait ramenés à la réalité, il fallait agir. Mettre leur plan à exécution.

— Taisez-vous, coupa Évita en se décollant du mur en face des enfants.

Les autres obéirent. Non pas parce qu'elle était réellement la cheffe désignée, mais plutôt, car lorsqu'Éva ouvrait la bouche, c'était rarement sans avoir réfléchi sérieusement à la question.

— Qu'est-ce qui vous fait dire que vous trouverez vos parents là-bas ? demanda-t-elle d'une voix grave.

Arthur se redressa, droit comme un piquet, se tenant à peine à la béquille de fortune que lui avait fabriquée Nourhane. C'était sa façon à lui de montrer qu'il n'avait pas peur de ce qui les attendait.

— Tonton… je veux dire Nicky... a dit qu'à Issoire, un médecin avait fait circuler des pilules pour soulager les douleurs des gens dans les usines et aux frontières qui ne coûtaient quasiment rien.

— J'en ai entendu parler, ajouta Madani. Elles ont totalement disparu de la circulation du jour au lendemain. Elles s'appelaient comment déjà ? Des… des…

— Des Mistrals Gagnants, ajouta Samuel.

— OK, grogna un homme aux cheveux longs et à la barbe hirsute. Quel rapport avec vous quatre ?

— On dit que ce Docteur se fait appeler le Dr Schmout et qu'il se cacherait dans les Centres de Soins Populaires sur Issoire.

— C'est une blague ? ricana une femme rousse à la peau diaphane et au visage étourdi. Schmout ! T'entends ça Évita ? Schmout !

— Tais-toi Nine.

La femme se mit à rire comme une folle, ses doigts s'entortillant dans ses cheveux orange. Elle se tourna vers la fenêtre en répétant *Schmout Schmout ha ha Schmout*.

— Encore une fois, insista l'homme à la barbe, c'est quoi le rapport ?

Arthur s'avança un peu plus, défiant les adultes comme on le lui avait appris à SPÉ.

— Quand j'habitais avec mes parents, Docteur Schmout était le pseudonyme d'Admin que ma mère avait inscrit sur ma console.

— De plus, ajouta Samuel, mon oncle et ma tante jouaient tous les deux de la musique et j'ai déjà entendu ma mère parler d'une musique qui s'appelle Mistral Gagnant.

— Une musique que mes parents aimaient beaucoup tous les deux !

— Tout le monde connaît cette chanson, gronda Nourhane. Ça ne veut absolument rien dire.

— Vraiment beaucoup ! insista Arthur. Au point que ça ne peut pas être anodin… La chanson… Schmout… Issoire ! Bon sang ! Vous n'écoutez pas !

— Et puis tatie Salomé est médecin, renchérit Elvire. C'est bien le genre à avoir tenté de soulager les douleurs des gens avec des médocs pas chers et faciles à camoufler…

Les adultes se regardèrent. Personne ne semblait véritablement convaincu par ces arguments. Cependant, la détermination des enfants était bien palpable. Ce n'était peut-être qu'un espoir basé sur des suppositions douteuses, mais c'était déjà mieux que rien.

— Puis, conclut fermement Samuel, il y a deux-trois trucs que je sais sur les Mistrals Gagnants dont il faut que je parle avec le Docteur Schmout – qu'il s'agisse de ma tante ou pas d'ailleurs. Si ce que je pense est vrai, alors peut-être que nous pourrions faire quelque chose qui aiderait vraiment la Résistance.

— De quoi tu parles ? demanda Tata, suspicieuse.

Le jeune garçon ne répondit pas. Il en avait déjà trop dit. Si jamais ses doutes se confirmaient, alors les enfants deviendraient un véritable rempart pour leurs parents. Mais si son idée échouait, alors c'était donner de l'espoir pour rien et surtout, il prendrait le risque de mettre tout le monde en danger.

— Est-ce que vous savez où sont cachés les autres enfants que vous avez déjà sauvés ?

Évita acquiesça d'un signe de tête. C'était le travail des Archanges de faire cela. Ils étaient très peu à connaître leur emplacement.

Les quatre enfants se levèrent d'un bloc, soudés par le corps et par la volonté.

— Alors préparez-vous à les faire sortir de l'ombre, lança Samuel. Car les enfants seront peut-être la clef de la victoire. Je crois… non, je sais qu'on peut gagner cette guerre. Mais par pitié, il faut que vous nous laissiez partir.

11
En mode furtif

Dans l'aurore naissante, juste au moment où le ciel ne s'éclaire pas encore de ses couleurs pastel, cinq silhouettes fendaient l'obscurité éphémère d'un pas rapide et discret. Les quelques gardiens de nuit qui attendaient la relève imminente étaient, pour la plupart, somnolents, voire complètement endormis sous leur casque gris et noir. La visière baissée n'empêchait pas leurs ronflements de briser le silence du matin jusqu'à la levée du couvre-feu.

C'était une chance pour le groupe qui avançait furtivement. Clermont-Ferrand était une ville paisible et l'État ne s'en méfiait pas. Depuis toujours, l'Auvergne était vue comme une région où ne résidaient que des vaches et des paysans. Ainsi la passivité des gardiens mal formés pour ce travail était une aubaine pour la Résistance.

Dans moins d'une demi-heure, les portes d'entrée allaient s'ouvrir pour laisser sortir les travailleurs essentiels à la vie en temps de conflit. Tous, en surnombre depuis la montée des océans, marchant en ligne droite les uns derrière les autres dans des couloirs tracés à la bombe de peinture, allant rejoindre le poste qu'on leur avait assigné au début de la guerre :

- les brassards rouges au bus rouge pour distribuer les gens dans les commerces centralisés de nourritures et de fournitures
- les brassards bleus aux bus bleus dans les hôpitaux
- les brassards verts pour le nettoyage.

Etc., etc., etc. Un véritable contrôle de la population. Des hommes en combinaison grise et noire, tenant des fusils contre leur torse, veillaient à la bonne obéissance du peuple. Ils avaient l'autorisation de tirer et ne s'en privaient pas quand quelqu'un osait s'opposer à leur autorité.

Les femmes de la vingtaine étaient interdites dans l'armée, car elles étaient considérées comme instables psychologiquement – l'argument du virus millénaire, *appelé Virus des Glaces*, qui les tuait avait aussi servi à ce recul des mœurs. C'était – proclamait avec fierté la présidente Calamus – pour protéger nos mères et nos femmes ! Elles étaient envoyées avec les plus âgées dans les Centres de Soins Populaires, dans les usines ou dans les commerces. Les jeunes filles de seize, dix-sept, dix-huit et dix-neuf ans, sans formation militaire, disparaissaient inéluctablement dans les hôpitaux spécialisés et secrets de l'État – *pour leur bien*. Celles qui sortaient de leur formation dans les bunkers (les BELLATOREM) avaient le droit de combattre aux frontières, mais *seulement* si l'endoctrinement semblait efficace.

Les obéissantes se battaient, les résistantes attrapaient le Virus des Glaces et l'on ne les revoyait plus jamais.

Et alors que cette oppression de l'armée aurait dû resserrer les liens qui unissaient habituellement l'être humain, la suspicion était devenue monnaie courante et hommes et femmes se faisaient un plaisir de dénoncer ceux qui murmuraient des paroles révolutionnaires.

C'était un phénomène qui avait déjà été observé lors de la pandémie du Covid 19. Les gens s'étaient complètement séparés entre ceux qui se faisaient vacciner et ceux qui pensaient que c'était une erreur. L'homme n'avait finalement de cesse de se diviser.

Mais les cinq silhouettes dans l'obscurité n'eurent pas à endurer cette douloureuse vision de la déchéance humaine. Car, à l'heure où ils sillonnaient les vieilles ruelles historiques de Clermont-Ferrand, les gens étaient entassés chez eux à attendre avec angoisse le moment de baisser la poignée de leur porte d'entrée.

— Par ici, chuchota la femme aux cheveux orange avec l'air de s'amuser comme une petite folle.

Ils s'engouffrèrent dans d'innombrables rues, entrant par une porte pour ressortir par une autre dans une nouvelle rue parallèle, évitant gardiens et caméras. Un véritable jeu de cache-cache dans un immense labyrinthe en pleine ville.

— Vous êtes prêts à courir ? chantonna la femme en sautillant sur place.

Et dans un dernier effort, épuisés, les quatre enfants la suivirent, le sang battant dans leurs tempes comme une timbale en pleine symphonie.

C'était le même jeu que celui du parking souterrain quelques semaines plus tôt. Mais il faisait alors plus froid qu'en septembre et la possibilité de se faire attraper, plus forte en raison de leur exposition.

Au bout de quarante minutes de jonglage entre extérieurs/intérieurs, la femme ouvrit une trappe cachée dans le sol, derrière un bâtiment tellement recouvert par les graffitis qu'on ne pouvait plus deviner sa composition que par sa ressemblance architecturale avec d'autres bâtiments.

— C'est beau, hein ?

La femme souriait en admirant les peintures.

— Ces dessins-là, mes p'tits choux, c'est aussi ça, la liberté.

Quand tous eurent pénétré dans le sous-sol, la femme sauta à son tour comme un félin sur ses tennis rapiécées. Elle ferma doucement la trappe et alluma une lampe torche.

Les enfants haletaient d'épuisement. Ils venaient de parcourir un chemin quatre fois plus long que s'ils étaient allés tout droit. Mais à devoir entrer, sortir, entrer à nouveau par des portes cachées chez des résistants, ressortir à l'abri des regards, ils s'étaient rajoutés des kilomètres et des kilomètres dans les pattes !

— C'est bon, chuchota-t-elle avec un grand sourire si enjoué qu'il en paraissait effrayant au vu de la situation réelle. On est en sécurité ici !
— On est où ? demanda Arthur qui se massait sa cheville avec un baume à l'odeur très forte.

Ce dernier n'avait apparemment pas d'entorse, mais Samuel n'était pas sûr qu'arpenter une ville pendant si longtemps et en courant était une bonne chose dans son état... Hermione, épuisée sur ses petites jambes, s'accroupit à côté de son cousin.
— Tu as mal ? demanda Elvire en se penchant sur lui.

Samuel ouvrit une petite bouteille d'eau à un quart pleine et y glissa une poudre blanche à l'intérieur.
— Bois ça, lui ordonna-t-il.

Alors qu'Arthur buvait la mixture amère de la bouteille, un léger grondement, comme une rumeur, envahit doucement le sous-sol, faisant trembler les murs avec force. Prise de panique sous le brouhaha de plus en plus intense qui absorbait tout, Elvire se jeta sur Hermione pour lui boucher les oreilles.

À l'horreur de ce grondement vint s'ajouter le sifflement du métal qui crisse sur un autre métal, plus crispant que des doigts grattant l'ardoise noire d'un vieux tableau.

Puis, tout à coup, le silence.

— C'était quoi, ça ? cria Arthur.

La femme leur fit un clin d'œil et continua de s'avancer dans le sous-sol, s'enfonçant dans le couloir avec un pas de lutin qui se promènerait dans un jardin féérique. Le lieu, pourtant, n'avait absolument rien de féérique au contraire. Les murs qu'ils éclairaient à la lampe torche au fur et à mesure qu'ils la suivaient, étaient vétustes et les tuyaux rouillés. Les gouttes qui tombaient de ces vieilles installations sentaient une forte odeur d'eau stagnante et d'égouts.

— On est dans les sous-sols de l'ancienne gare, conclut Samuel en passant devant plusieurs portes avec les écriteaux « *Danger. Risque d'électrocution* » et des panneaux avec un train et un homme tombant en arrière dessinés dessus.

— Oui, oui, oui ! chantonna la femme.

Elle s'arrêta net au bout du couloir où grimpait un escalier sans rambarde.

— Les fournitures de soins sont toutes concentrées dans les CHU des grandes villes, expliqua-t-elle. Et c'est d'ici qu'elles sont expédiées dans les plus petites villes alentours, vers les Centres Populaires. Par les trains de marchandises.

Elle grimpa les marches avec douceur, presque à plat ventre. Les quatre autres l'imitèrent. Arrivés en haut, ils virent un gigantesque hangar à ciel ouvert avec, sur la gauche et sur la droite, de vieux quais où étaient amarrés des trains à l'allure moderne. Cependant, les peintures écaillées et la saleté des vitres trahissaient un manque complet d'entretien. On ne pouvait pas concentrer tout l'argent de l'État dans l'armement et s'occuper des infrastructures en même temps… C'était flagrant !

La femme pointa le bout de son nez vers une porte en métal rouge entre-ouverte. Ignorant le fait que n'importe qui aurait pu les voir, elle se releva un peu plus.

— Allongez-vous ! gronda Elvire en tirant sur son t-shirt pour l'obliger à se baisser.

— Calme-toi gamine, rigola Nine en attrapant les joues de la fille entre ses doigts. On a un arrangement avec le chef de ce quai. On a sauvé son rejeton d'un bunker et du coup, il nous rend un petit service de temps à autre…

Comme nous laissez trafiquer les caméras quelques minutes à cette heure-ci. Normalement, ça nous permet de récupérer un peu de matos pour soigner les blessés de la Résistance, mais aujourd'hui, vous allez en profiter pour vous infiltrer au milieu des cartons. Mais comme je me trimballe une gamine et un éclopé, on est un peu en retard. Il part dans trente secondes alors, grouillez-vous.

— Il part pour Issoire, c'est ça ?! s'exclama Samuel en se relevant. Vite !

Il attrapa le bras de son cousin pour l'aider à se relever et prit Hermione dans ses bras pour la hisser dans le wagon ouvert où reposaient des paquets de sérums physiologiques et de compresses stériles.

— Va te cacher au fond, ordonna-t-il à la plus jeune tout en aidant son autre sœur à grimper.

Un sifflement retentit. Arthur et lui sautèrent à l'intérieur sans hésiter une seule seconde. Et alors que les portes du train se refermaient automatiquement et en douceur, Elvire se pencha une dernière fois vers la jeune femme.

— Merci ! cria-t-elle dans le brouhaha mécanique du départ imminent.

Et au moment où la porte se ferma, la femme s'écria avec un sourire immense « Restez en vie les mioches ! ».

— Tu n'as pas froid ? demanda Samuel en s'asseyant contre la paroi qui faisait face à la porte du train.

Il voyait Hermione jouer avec ses doigts, mal cachée derrière un grand carton. Elle répondit que non en secouant sa tête, faisant virevolter ses boucles.

— On doit s'arrêter dans combien de temps ? demanda Elvire qui écoutait le son mécanique et régulier du train comme un chat à l'affût du moindre bruit étrange.

Elle s'était postée vers la porte du fond qui conduisait au wagon d'à côté. Située en bout de train, c'était le seul endroit où un intrus pouvait pénétrer. Sa posture était tendue et détendue à la fois, prête à agir rapidement, plus vive qu'un félin.

Son grand frère se rappela qu'elle était la plus douée en combat rapproché. Même s'ils n'avaient pas encore appris grand-chose, elle avait fait preuve d'une grande capacité à ingérer toutes ses informations en un temps record.

— Nicky m'a dit que les trains ne faisaient jamais d'arrêt entre deux points pour éviter de multiplier les risques d'attentat. Donc, si celui-ci part pour Issoire, il ne s'arrêtera qu'une fois arrivé dans cette gare précisément. Et sans détours.

Arthur, caché derrière un autre carton, éloigné des autres, laissa un gémissement sortir de sa bouche. Les trois autres se redressèrent instinctivement.

— Ça va, ça va ! s'empressa de rajouter leur cousin qui avait senti le mouvement. J'ai juste ma cheville qui me brûle. Ma plaie s'est rouverte et ça me lance vachement…

Hermione attrapa la manche du sweat noir de son frère et l'emmena vers un carton mal fermé, caché derrière elle. Il y avait tout ce qu'il fallait pour s'occuper d'une plaie légère.

— Tu es sûr que tu ne veux pas de quoi te tenir la cheville ? demanda Samuel en récupérant des compresses, du sparadrap et du désinfectant. Tu aurais peut-être dû garder la béquille que cette femme t'avait faite…

— Comme je t'ai déjà dit, répondit Arthur en tendant sa jambe en avant avec une grimace, si j'ai la cheville bloquée ou une béquille dans les mains, je ne vais pas pouvoir courir. Je me reposerai quand on aura trouvé ce Docteur Schmout…

Tout à coup, Samuel sentit un grand vide se creuser dans le fond de son ventre, comme une grosse boule d'angoisse. C'était lui qui avait parlé du Docteur Schmout aux autres, mais maintenant qu'ils étaient sur le point de le rencontrer, il se demandait si cette personne existait vraiment, et si oui, était-il quelqu'un de bien ? Dans l'optique où il ne s'agirait pas de leur tante, peut-être qu'il s'était trompé sur l'objectif à atteindre… l'existence du Docteur Schmout était une simple supposition basée sur des bruits de couloirs, mais lui, il avait vendu son existence comme quelque chose de sûr !

Et s'il s'était trompé ? Que penserait son cousin qui espérait tant voir sa mère ! Que penseraient ses sœurs qui cherchaient un nouvel endroit où s'arrêter en toute sécurité ?

— Sam ? interrogea Arthur. Ça va ? T'es tout pâle.

Le plus âgé d'entre eux avala sa salive comme un gros caillou et fit mine de se concentrer sur la cheville blessée.

— Je suis malade en train, mentit-il pour camoufler ses doutes.

Il sentait sa colère grimper. Finalement, s'éloigner des adultes maintenant n'avait peut-être pas été la meilleure de ses idées. Comment allait-il gérer tout le monde ? Il n'était pas un leader. Juste un grand frère qui se sentait perdu et moins courageux loin du filet de sécurité qu'offraient les murs de la Résistance.

Délicatement, une main fraîche se posa sur son épaule, puis une tête aux joues toutes roses. Comme si elle sentait le désespoir de son frère, Hermione était venue le rejoindre pour lui apporter le plus de chaleur possible. Elle aussi regrettait d'être si petite et si incapable. Avec cette voix qui ne voulait pas sortir de sa boîte ! Elle aurait aimé chuchoter à son frère un « *je t'aime* » pour lui redonner de la force, mais rien ne sortait.

— Ça va Minione, dit Samuel en se forçant à sourire. Tout ira bien si tu restes près de moi, pas vrai ?

Elle acquiesça en lui rendant son sourire.

Elvire, quant à elle, ne lâchait plus son poste de guet. Elle tenait sa lampe torche à l'envers, prête à frapper quiconque entrerait dans le wagon. Le fait d'être sur le qui-vive l'empêchait de réfléchir. Comme ça, pas le temps de penser à Alice. À Élidie. À Nicky. À ses parents…

Une sensation désagréable la traversa comme une grande vague d'angoisse.

— Euh, hésita-t-elle en regardant autour d'elle, on est entré facilement grâce au pacte conclu entre la Résistance et le gars qui fait la sécurité du train, mais vous avez une idée de ce qui nous attend à l'arrivée ?

Les trois têtes se retournèrent hébétées.

— Je veux dire, ajouta Elvire, les personnes qui vont nous accueillir là-bas ne seront peut-être pas aussi cool, non ?

Et tandis que la jeune fille finissait cette phrase, relâchant son attention, la porte s'ouvrit avec fracas, faisant tomber Elvire en arrière. Sa chute fut amortie par les cartons qui s'écroulèrent au sol. Mais, entourée d'un tas d'objets, elle glissa encore plus lorsqu'elle tenta de se relever.

Une imposante silhouette pénétra dans le wagon de provision, faisant rebondir un gros ventre contre d'autres cartons qui vacillèrent et s'échouèrent sur la tête d'Hermione. Alors Elvire qui avait enfin trouvé un appui stable, se redressa sur ses jambes avec la vitesse d'un chat et sauta dans le dos de l'intrus en s'accrochant comme un singe sur un immense tronc. Elle enfonça le dos de la lampe torche si fort dans la nuque du géant que celui-ci laissa s'échapper un cri de stupeur.

Samuel et Arthur agirent en même temps. Le plus âgé extirpa Hermione de sous les cartons et la porta au fond du wagon, faisant un rempart de son corps pour la protéger tandis que leur cousin passait derrière Elvire pour fermer et bloquer la porte.

— Arrêtez ! cria la voix très grave d'un homme. Je suis de votre côté ! Je suis un allié de la Résistance !

L'homme leva ses mains en l'air en guise de soumission, mais la jeune fille ne relâcha pas sa prise. Elle attendit qu'Arthur fasse le tour de l'intrus pour vérifier qu'il ne possédait pas d'arme visible.

— Faut le fouiller, ordonna Samuel.

Les deux autres le regardèrent en écarquillant les yeux. Malgré les consignes apprises lors de leur formation dans SPÉ, l'idée de toucher une personne inconnue pour vérifier s'il cachait quelque chose les gênait.

— Vous êtes nuls, grogna l'aîné en se résignant.

— Inutile je vous dis, insista le gros homme.

Il baissa doucement ses mains et les enfonça dans ses poches, qu'il retourna vers l'extérieur pour montrer qu'elles étaient vides. Il écarta délicatement sa veste pour dévoiler sa chemise où rien ne pouvait être dissimulé. Ce n'était pas parfait, mais c'était déjà cela de vérifié.

L'homme releva la tête et dévoila une barbe poivre et sel hirsute et de gros sourcils broussailleux qui lui donnaient un air de pirate.

— Vous pouvez prendre mon manteau aussi, se risqua-t-il. Je mettrai mes mains sur la tête et je vous jure de ne pas broncher d'un poil, OK ?

Ses yeux noirs se plantèrent dans ceux du garçon le plus âgé, face à lui. Quelques interminables secondes s'écoulèrent pendant lesquelles les enfants réfléchissaient à toute allure.

— Lâche-le, finit par demander Samuel à sa sœur.

— Tu es fou ? s'indigna Elvire. Il est beaucoup plus grand et beaucoup plus fort que nous. Si je lâche sa nuque, on est foutu.

— C’est clair que s’il nous choppe, on est mort, conclut Arthur qui regardait cette masse de chair le surpasser d’au moins cinquante centimètres.

Samuel claqua sa langue avec agacement. Il s’approcha sans prendre de précaution.

— Tu crois vraiment que s’il voulait nous tuer, il ne l’aurait pas déjà fait ? s’énerva-t-il. Il fait 5 à 6 fois ton poids Elvire. Je ne suis pas sûr que, même en y mettant toute ta force, tu arrives à faire vraiment mal à ce géant…

Arthur passa derrière eux et vit qu’en effet, le corps de l’homme ne semblait pas réellement crispé. Il n’avait rien d’une personne douloureuse ou effrayée.

— Et puis, ajouta Samuel à l’attention de sa sœur, je ne crois pas que tu pourrais vraiment faire ça…

Elvire relâcha la pression dans la nuque. Pourquoi disait-il une chose pareille ? Ils avaient été formés pendant plus d’un an pour ce genre de moment. Bien sûr qu’elle pouvait le faire s’il s’agissait de sauver sa famille...

Elle se laissa glisser le long du dos du géant et recula contre la porte, sa main tenant toujours fermement la lampe torche, mais cette fois-ci, secouée de légers tremblements.

L'homme se redressa un peu plus, libéré du petit singe derrière lui. Il était immense et gras et il ressemblait à un monsieur Loyal avec son grand manteau coloré, trop étroit pour se fermer sur son ventre proéminent.

— Ce petit a bien raison, ajouta-t-il de sa grosse voix en se retournant vers la jeune fille. Il faut le véritable désespoir pour faire du mal à quelqu'un. Ou être complètement fou. C'est un peu comme avoir envie de se tirer une balle ! On y pense, mais on ne le fait pas. Sauf quand on n'a plus rien à perdre.

— Ça suffit, coupa Arthur qui n'aimait pas trop la façon qu'il avait de parler à sa cousine et la tournure que prenait la conversation.

Le géant s'avança vers la petite Hermione qui, toute minuscule qu'elle était, ne semblait pas plus effrayée que devant un ami.

— La rouquine un peu folle m'a glissé un petit mot par une fenêtre du wagon d'à côté. Elle a dit que tu ne décroches pas un mot toi, dit-il en pliant ses genoux. Désolé si je t'ai fait peur petite.

— Elle ne parle plus depuis qu'on nous a enfermés dans un bunker, précisa Arthur.
— Mais sa voix reviendra quand on sera à la maison ! lança Elvire avec espoir.

Le gros homme ne lâchait plus la petite fille des yeux. Il semblait la regarder sans vraiment la voir.
— J'avais une petite puce un peu plus jeune que toi, chuchota-t-il. Quand ils sont venus chercher mes enfants, je me suis débattu et ça s'est mal fini pour elle.

Hermione sentit que ce gros monsieur tout barbu à l'allure de pirate de cirque était aussi fragile qu'un verre fissuré de part et d'autre. Sa voix à lui aussi peinait à ne pas sombrer dans son ventre, comme la sienne. Alors, elle avança sa main et la posa sur la joue piquante de la montagne qui se penchait sur elle.
— Je suis désolée, murmura Elvire qui contrôlait mal ses émotions.

Elle avait subitement envie de pleurer. Cette masse immense qui l'effrayait deux secondes avant, cet ours paraissait moins grand, moins dangereux.
— Et les autres ? demanda-t-elle. Vous avez dit « mes enfants ».

Le géant se releva et se tourna vers Elvire.

— Ma fille qui avait treize ans a été envoyée dans un bunker. Celle de dix-sept ans a disparu dans un de ces foutus hôpitaux pour cacher les malades du virus qui rend les femmes complètement gagas.

— Votre fille l'a attrapé ? demanda Samuel qui se rendit compte qu'Elvire et Hermione ne se protégeaient pas du tout de ce virus dans leurs sorties à l'extérieur. Fallait-il qu'elles se munissent d'un masque comme ils en avaient pris l'habitude à l'école ?

— Il n'y a que mon fils qui a réussi à s'en sortir. La Résistance l'a sauvé six mois après « La Grande Récolte ». Ils l'envoyaient vers les frontières pour se battre. Il a dix-sept ans maintenant, mais à l'époque c'était qu'un ado de quinze ans…

Les enfants avaient déjà entendu ce mot dans le Quartier Général de la Résistance. « La Grande Récolte » correspondait au jour où les militaires avaient fait irruption dans les écoles en pleine journée pour enlever les enfants, faisant beaucoup de victimes et plongeant le peuple français dans le désespoir le plus total. Des maisons avaient encore leur porte d'entrée brisée, datant de cette « Grande Récolte », quand les militaires avaient récupéré ceux qui étaient restés chez eux ce jour-là.

— Officiellement, enchaîna le gros homme, on n'est pas au courant que des bunkers sautent dans tous les sens et que certains enfants d'ici sont saufs. L'État n'a pas envie de perdre l'emprise toute puissante qu'elle a sur les parents. Mais la Résistance, elle, se fait un malin plaisir de nous avertir.

— Alors votre fils va bien ? s'empressa de demander Elvire, qui avait besoin d'un peu d'espoir après ce récit malheureux.

L'homme fit oui de la tête.

— Je m'appelle Isaïe et suis le contrôleur de ce train, précisa-t-il avec fierté. Je ne sais pas pourquoi la Résistance a décidé de laisser partir quatre enfants si jeunes en pleine guerre, mais je me dis qu'elle doit avoir de bonnes raisons. Et si la Résistance vous fait confiance, alors moi aussi. Je veux vous venir en aide.

12
L'arche d'Isaïe

« Cachez-vous dans les cartons et laissez-nous faire le reste. »

— Qui ça, « nous » ?

Isaïe leur fit signe de se taire en même temps qu'il refermait sur leur tête les cartons d'approvisionnement.

— Vous êtes sûr qu'ils ne vont pas s'apercevoir que vous avez balancé une grande partie des fournitures par-dessus bord ? insista Arthur.

— Taisez-vous, nom de nom ! grogna le géant. Faites-moi confiance et fermez-la. Si vous croyez que vous êtes les pionniers de ce système, c'est que vous ne savez pas à quel point la Résistance est active. Transférer des enfants vers la campagne pour qu'ils se rapprochent de leur famille, ce n'est pas une première mon gars.

Elvire était enfermée dans un grand carton, sur une plaque de plastique collée sur le fond par Isaïe pour solidifier le tout. Elle tenait sa petite sœur contre elle. Cette dernière tremblait si fort dans l'obscurité que les parois du carton peinaient à cacher leur marchandise clandestine.

— Minione, chuchota Elvire à son oreille, je suis là. Ne t'inquiète pas. N'aie pas peur du noir parce que je te protège.

Hermione se tourna vers elle et colla sa pieuvre en tissu sur sa joue.

— Oui, oui, et doudou est là aussi, ajouta Elvire en lui câlinant les cheveux. Maintenant, ne bouge plus. Ferme tes yeux. Ça risque d'être un peu long.

Elle cala des morceaux de coton et des compresses pour amortir leur corps si jamais ils venaient à se cogner pendant le déplacement. Soudain, elle sentit que le train perdait de sa vitesse. Le crissement du métal sur le métal confirma ce qu'elle pensait : ils arrivaient en gare.

Au bout de quelques minutes, la porte s'ouvrit lentement, laissant pénétrer un brouhaha tourbillonnant à l'intérieur du wagon. Des bruits de pas lourds et de grosses voix d'hommes résonnèrent tout près d'eux.

— Vas-y ! criait une voix dure comme un roc. Tu me fous ça dans le camion !

— Y en a encore qui sont tombés pendant le trajet, râla une autre voix plus lasse. J'en ai ras le bol de me ramasser tous ces trucs à chaque fois parce qu'ils ne sont pas foutus de les caler correctement !

— Arrête de gueuler et magne-toi, ajouta la première voix comme un supérieur hiérarchique. La dernière fois, tu nous as fait perdre un coupon repas avec tes jérémiades et ma femme m'a tiré la tronche toute la semaine.

— La grosse Juliette t'engueule pour un oui ou pour un non ! Va pas me foutre ça sur le dos.

Un rire gras accompagné d'une vilaine toux fit vibrer les parois des cartons dans lesquelles se cachaient les enfants. Puis, plus doucement que les autres, une voix légère et mal assurée se mélangea à cet échange.

— Monsieur ? demanda-t-elle.

— Qu'est-c'tu veux fiston ? répondit l'homme à la voix sévère.

— Je fais quoi de ces trois cartons ?

Il y eut un silence pendant lequel Samuel sentit qu'on le tournait sur lui-même. Il serrait dans ses mains une enveloppe que le géant Isaïe lui avait donnée avant de l'enfermer à l'intérieur. Il se forçait à respirer profondément et silencieusement pour ne pas paniquer.

— Bah ! ceux-là ont une marque rouge. Regarde.

— Ah ouais, ajouta la voix de l'autre homme qui ricanait encore tout seul. C'est ceux qui partent pour Saint-Austremoine ! Faut les coller dans la mini camionnette blanche.

— Celle avec le p'tit ventre béni qui attend en soutane devant la porte, la bouche en cul d'poule.

Un autre silence s'abattit dans le wagon. On entendait le chuchotement du plus jeune qui semblait ne rien comprendre.

— Le prêtre pardi ! cria l'un d'eux, exaspéré. Il est toujours là, à attendre pour voir si on veut bien lui donner un peu d'quoi soigner ses petites grenouilles de bénitier. Va ! Apporte-lui donc qu'il dégage.

— On n'sait pas bien pourquoi, mais des fois, l'État refile deux-trois trucs au cureton. Sans doute pour qu'il fasse un petit effort pendant sa messe du dimanche et qu'il ne balance pas contre l'État pendant son sermon.

Si les religieux sont du côté de la France, alors BAM ! Ils se carrent une bonne partie de la population dans la poche.

Étonné, Samuel sentit que son carton était manipulé avec soin. Ce n'était certainement pas un des deux hommes à la grosse voix qui se chargeaient de le faire bouger. Peut-être que le jeune homme timide avait quelques tendresses pour la religion, car il le fit se déplacer en douceur.

— Besoin d'aide le jeunot ? demanda une voix que les enfants reconnurent.

Isaïe n'était pas loin, au grand soulagement d'Arthur qui se demandait comment une seule personne allait pouvoir les trimballer sans les secouer dans tous les sens ou les faire tomber. Malgré leur petit poids, ils pesaient quand même assez lourd pour déchirer les cartons si ceux-ci étaient mal portés.

— C'est vous Monsieur Isaïe ! lança la voix du dit « jeunot » avec enthousiasme. Je veux bien. Ces cartons-là sont lourds.

Alors, chaque enfant se retint de respirer le temps de leur voyage, tentant de retenir le mouvement de ballotage par des pressions légères de leurs mains sur les murs fragiles qui les séparaient de l'extérieur.

— Voilà mon Père, conclut le jeune homme timide en déposant le dernier paquet qui contenait les filles.

— Merci mon fils, répondit une nouvelle voix, douce et calme.

— Bah alors, Padré, rigola Isaïe. C'est bien lourd ce que vous envoie la préfecture. Vous faites du trafic de gosses ou quoi ?

— Votre humour n'a d'égal que votre délicatesse, mon cher ami, se fâcha le prêtre qui ne riait pas du tout.

Les portes de l'arrière de la camionnette claquèrent, suivies de la porte de devant et d'un bruit de moteur très fort.

— Vous êtes en sécurité les enfants, chuchota la voix du prêtre. Je vous emmène en lieu sûr.

Le trajet était ridiculement court, au grand soulagement d'Hermione qui bataillait pour ne pas pleurer. Les ombres de ses cauchemars revenaient sans cesse la tirailler quand le noir s'abattait sur elle. Heureusement, les bras doux de sa grande sœur la réchauffaient tout entière. Elle se sentait mieux, blottie contre son torse. La respiration d'Elvire et les battements de son cœur étaient anormalement rapides, mais c'était, pour la plus jeune, un véritable réconfort. Tant que cette musique sonnerait à ses oreilles, alors cela voudrait dire qu'elle était bien vivante.

Soudain, elle sentit sa sœur se crisper, l'agrippant plus fort que jamais. La porte à l'avant et la porte du coffre venaient de grincer à l'ouverture.

— Vous trois, là, appela le prêtre en sourdine, la voie est libre ! Venez me filer un coup de main. On a de très gros paquets très délicats à cacher dans la sacristie.

Pendant quelques secondes, rien. Pas de bruits, pas de mouvements. Puis, tout à coup, les enfants sentirent qu'on les faisait glisser avec beaucoup moins de douceur qu'à la gare. Ballotée de droite à gauche, Elvire prit un coup de tête d'Hermione sur son menton. La douleur était si forte qu'elle sentit les larmes lui piquer les yeux.

— Punaise, c'est mégalourd ! râla une voix de fille.

— Taisez-vous et dépêchez-vous de rentrer tout ça avant qu'on nous aperçoive, vite ! La patrouille passe dans moins de cinq minutes.

Une fois déposé sur le sol, un glissement signifia aux enfants que le scotch qui fermait le carton venait d'être coupé. Et maintenant, il fallait sortir, une fois encore, plonger dans l'inconnu.

La première à sortir fut Elvire qui bondit hors du carton, sa lampe torche toujours dans sa main. Elle se retourna sur elle-même pour vérifier la situation et évaluer le danger. Et tandis que Samuel et Arthur émergeaient avec plus de retenue, elle sortit de l'emballage et s'approcha du prêtre qui leur faisait face. Ce dernier les accueillait avec un immense sourire.

— Pas d'inquiétude les enfants, dit avec beaucoup de calme le vieil homme qui se tenait devant eux.

Il était de taille moyenne et il portait un jean foncé avec une chemise noire fermée jusqu'en haut. Comme pour cacher la base de son cou, il y avait un petit carré de tissu blanc qui prolongeait le col de sa chemise. Plutôt mince, le vieil homme se tenait droit dans une belle posture. Il était rasé de près et donnait une sensation de propreté presque aseptisée. Ses cheveux poivre et sel étaient coupés court. Ses grands yeux bleus avaient quelque chose de mystérieux.

Arthur fut plus attiré par les silhouettes qui rôdaient derrière le prêtre. Immobiles, elles semblaient attendre des ordres de cet homme.

— Oula, ajouta le prêtre en cessant de sourire, il y a eu un petit accident à ce que je vois.

Tandis qu'il sortait de la sacristie en accélérant le pas, Samuel se retourna vers Elvire. Sa bouche et son menton étaient en sang.

— Elvire ! crièrent Samuel et Arthur en se précipitant sur elle.

— C'est rien, c'est rien, grogna-t-elle. Je ne ressens même pas la douleur. J'ai dû me mordre la lèvre pendant qu'on nous sortait de la camionnette. Ça remuait dans tous les sens et Hermione m'a filé un beau coup de boule…

Une des silhouettes laissa s'échapper un soufflement dédaigneux. Elle malaxait des bras maigres, plus fins que des bâtons.

— On a fait ce qu'on a pu, grogna-t-elle. Les cartons pesaient le poids d'un âne mort !

C'était une jeune fille d'environ dix-huit ans. Elle était petite, maigrichonne, sans forme, les cheveux très longs et très raides et des yeux noirs très en amande. Elle ne dégageait aucune bienveillance. Samuel remarqua que les deux autres silhouettes - des garçons - laissaient un bon mètre cinquante de distance avec elle. Certainement loin de la portée de ses poings.

Le prêtre revint avec un torchon humide qu'il tendit à Elvire.

— Merci, dit-elle en se frottant les lèvres et le menton avec l'aide d'Arthur.

Samuel s'avança et donna la lettre qu'il serrait fort contre lui depuis leur arrivée sur Issoire.

— C'est le monsieur du train qui nous a donné ça, expliqua-t-il. Isaïe, je crois.

— Oui c'est ça, affirma le vieil homme en ouvrant la lettre.

Pendant quelques minutes, le silence se réinstalla. Les enfants observaient chaque chose autour d'eux, un peu stressés. Les murs étaient en pierre. Il faisait frais et un peu humide. Le plafond au-dessus de leur tête était vraiment haut – ce qui impressionna grandement Hermione qui n'avait encore jamais mis les pieds dans un lieu de culte. Cette salle était aménagée avec des meubles en bois foncé qui tentaient de donner une sensation d'intimité, contrastée avec l'immensité de l'espace architectural.

— Faut pas vous inquiéter, lança la voix d'une des silhouettes qui attendait contre le mur.

Deux garçons s'avancèrent, à peu près du même âge que la fille aux yeux en amande. Ils étaient plutôt grands, mais l'un était aussi maigre que l'autre était trapu. L'un avait la peau caramel et l'autre la peau blanche. L'un paraissait imberbe et l'autre poilu comme un ours. Seule la couleur de leurs yeux était d'un marron foncé semblable. Et ce feu, ce même feu qui brûlait dans la plupart des regards adolescents.

— J'm'appelle Anouar ! lança le garçon longiligne à la peau caramel. Et voici Charlie - la jeune fille se détourna d'eux pour s'asseoir sur un banc en bois - et le débile derrière c'est Émile !

Le garçon désigné comme « débile » donna un coup de coude dans l'épaule d'Anouar avec un sourire.

— Vas-y ! répondit-il. Ne me présente pas comme ça, sale mangeur de couscous !

— M'en balec, le bouffeur d'escargot !

— Genre ! T'as des makrouts à la place du cerveau !

— C'est toujours mieux qu'un trou normand !

Les adolescents semblaient rire entre eux de bon cœur même si la situation mettait les enfants mal à l'aise. Samuel pensa que s'il avait tenu des propos pareils, sa mère l'aurait étripé. Peut-être existait-il un code entre eux ? Quelque chose qui leur permettait de s'envoyer ce genre d'insultes sans se mettre réellement en colère ?

— Eh ! t'as compris Émile ? insista Anouar en gesticulant pour éviter l'étreinte du bras de son ami autour de sa nuque. C'est ton cerveau le trou normand !

— Tu ne sais même pas ce que c'est ! rit le garçon qui avait plus de poils sur son visage qu'un adolescent lambda. Moi au moins je ne ressemble pas à du gressin trop cuit !

— Ça va, ça va les mecs, lança Charlie en passant sa main dans ses cheveux noirs. On a compris, vous êtes lourds.

— Eh ! les gosses, les interpela Anouar en faisant preuve d'une incroyable agilité pour échapper aux assauts de son ami, vous ne trouvez pas qu'il est aussi blanc qu'une paire de fesses de touriste en plein mois de juillet ?

Elvire éclata de rire tandis que le fameux Émile attrapa son ami et le souleva au-dessus de sa tête avec une force surhumaine. Le garçon à la peau caramel se mit à crier en riant en même temps.

— Alors ? s'esclaffa son ami. On rigole moins le bâton de cannelle ?!

— Sérieux les mecs ! gueula la fille en se levant. Vous devriez avoir honte. Vous avez quel âge sans déconner ?

Les trois enfants tournèrent la tête vers le prêtre qui s'était totalement détaché de la situation pendant sa lecture. Plongé dans la lettre, il ne paraissait plus en décrypter le contenu. Il était pensif. Peut-être cherchait-il une solution ?

— Stop les garçons, demanda-t-il en levant doucement sa main.

Le garçon poilu reposa Anouar sur le sol et tous les deux retournèrent contre le mur en se charriant discrètement.

— Je vous ai déjà dit, insista le prêtre avec un air las, que les mots peuvent être plus violents que les coups. Vous en riez aujourd'hui, mais peut-être vous blesseront-ils demain ?

Arthur comprenait très bien ce que le vieil homme venait de dire. Les mots… parfois, il était *vital* de réfléchir avant d'ouvrir la bouche…

Samuel s'avança vers le bureau du prêtre.

— Il y a écrit quoi sur la lettre ? demanda-t-il.

Le vieil homme se releva et fit le tour pour se poser à côté du garçon aux cheveux clairs.

— Isaïe m'explique vite fait d'où vous venez et pourquoi vous êtes ici, à Issoire. Il a aussi glissé la lettre d'une résistante appelée Nine qui parle également de vous. Leurs lettres ont été écrites très rapidement donc je n'ai pas trop de détails…

— Ils vous ont parlé du Docteur Schmout ? souligna Samuel. L'un ou l'autre vous a écrit que nous devions le voir à tout prix ?

— Elle l'a noté oui. Même si je ne connais pas personnellement de Docteur portant un nom aussi… original. Ça ressemble à une mauvaise blague…

Le prêtre enfonça ses grandes pupilles bleues dans celles du garçon. Ce dernier se sentit un peu déstabilisé. Caché derrière son âge avancé, il y avait chez cet homme une force intérieure absolument extraordinaire.

— Ce qui me dérange, dit le prêtre, c'est le danger que représente votre projet.

— On n'a pas peur du danger, s'exclama Elvire, brandissant son torchon plein de sang au-dessus de sa tête.

— Oui, ça je m'en doute, ajouta-t-il posément. On n'arrive pas clandestinement jusqu'ici sans un goût prononcé pour l'aventure ou par totale inconscience de la situation réelle à laquelle vous vous exposez… non, ce qui me dérange c'est le danger qui pèse sur notre Arche.

— Votre arche ? demanda Arthur.

— L'Arche d'Isaïe ! lança Émile avec fierté. C'est mon père. C'est lui qui a créé, avec le Père Abdiel, cet endroit pour nous protéger et nous cacher.

— Il faut que tu comprennes… euh, Samuel, c'est ça ?

Le garçon acquiesça d'un signe de tête.

— Donc je disais, il faut que tu comprennes que ce lieu que nous appelons l'Arche a été conçu pour protéger les enfants d'ici. Émile et Anouar que tu vois, sont tous les deux rescapés du train qui les menait vers les frontières pour se battre alors qu'ils n'avaient rien demandé et surtout, sans aucun savoir militaire !

Anouar fit un clin d'œil aux trois enfants qui lui jetèrent un bref regard.

— À peine trop vieille pour aller dans un bunker et sans formation au combat, continua le prêtre, Charlie aurait été prisonnière de ces drôles d'hôpitaux dans lesquels ils enferment les jeunes filles pour les protéger de ce soi-disant Virus des Glaces.

Le Père Abdiel se dirigea vers l'entrée de la sacristie.

— Derrière cette porte, continua-t-il, il y a trois autres enfants d'environ votre âge. Les protéger est ma mission.

— Je comprends, tenta d'ajouter Samuel, mais le prêtre enchaîna sans le laisser développer sa pensée.

— Tu ne peux pas comprendre. Les enfants qui sont ici sont également là pour aider toute la ville d'Issoire... comment vous expliquer...

— En gros, enchaîna Charlie, la résistance nous envoie de temps en temps un gosse dont le père ou la mère bosse par-là. Ça nous permet d'avoir un moyen de négocier certains passe-droits.

— Il y a Léopold dont le père est officier supérieur, expliqua Émile. En échange de sa protection, le père nous laisse récupérer assez de nourriture pour être tranquille un mois entier. Les patrouilles ne passent plus devant l'abbatiale à certaines heures l'espace de quelques minutes.

— Ouais, renchérit Anouar, et il fait en sorte qu'il y ait moins de contrôle entre la gare et l'abbatiale où on dort.

— Il y a Isobel et Cyrielle, les jumelles dont les parents travaillent pour le gouvernement.

— C'est eux qui transmettent les nouvelles lois imposées par le gouvernement. Ben, c'est vachement plus cool depuis qu'on a leurs filles avec nous.

— Bref, comme je le disais, conclut le Père Abdiel, l'Arche d'Isaïe n'est pas seulement un lieu pour protéger des enfants ! Il est le centre de la résistance de toute la ville d'Issoire ! Si vous vous faites attraper à l'extérieur, c'est toute notre organisation que vous mettez en péril !

Mais alors que le prêtre était convaincu que ces arguments suffiraient à faire obéir les enfants, Elvire tapa du poing sur la table, faisant vibrer tout son bras d'une puissante décharge électrique qu'elle fit semblant de ne pas ressentir.

— C'est vous qui ne comprenez rien ! cria-t-elle à la fois à cause du désespoir de se faire entendre du haut de ses dix ans et aussi, car la douleur qui avait résulté de son coup la faisait souffrir. Vous croyez qu'on ne sait pas tout ça ? Qu'on est juste inconscients ?

— Elvire a raison, gronda Arthur qui pour une fois était branché sur le même diapason que sa cousine. Nous ne sommes peut-être pas très conscients de ce qu'il se passe à l'extérieur, mais je peux vous assurer que vous, VOUS vous ne savez rien de ce qu'il se passe dans ces bunkers.

— La propagande en continu comme un mauvais tourbillon dans nos oreilles, les punitions dans les salles noires, les petites phrases humiliantes devant tout le monde pendant les séances d'entraînement soi-disant pour nous rendre plus solides ! La solitude, les séparations tous les soirs, la peur ! La peur de perdre ceux qu'on aime si on désobéit trop ! Le silence de ma sœur ! La disparition de sa voix ! Le manque…

— Vous croyez qu'on ne sait pas ? Courir parce que les murs s'écroulent sous les projectiles ? Perdre de vue les gens qu'on aime ?

Samuel ne s'interposa pas pour calmer sa sœur et son cousin. Ils avaient besoin de laisser sortir cette colère qui les dévorait de l'intérieur. Il se dirigea vers le carton du fond où dépassait une touffe de cheveux châtains et bouclés. Deux petits yeux inquiets le fixaient. Le grand frère tendit les bras à sa plus jeune sœur pour la sortir du carton où elle se cachait encore. Il la serra très fort pour la réconforter.

Arthur, en voyant la petite sortir du carton, se calma aussitôt. Mais ce ne fut pas le cas d'Elvire qui n'avait pas fini de crier ce qu'elle avait à dire.

— Votre organisation n'a rien d'une Résistance, car vous vous contentez de survivre en récupérant ce que la vraie Résistance vous envoie ! Résister, est-ce que ce n'est pas tenter de se battre contre des forces parfois plus fortes que nous au risque de tout perdre ? Vous, vous ne résistez pas ! Vous vous cachez comme des taupes derrière ces murs immenses ! Vous ne vous opposez à rien. Vous utilisez des enfants comme des otages pour faire plier des parents ! Alors, ne venez pas nous sermonner avec votre grand âge le vieux schnock ! Vous n'avez rien d'un sage ! Vous êtes…

— OK ! OK ! STOP ! coupa Samuel qui sentait que sa sœur perdait une nouvelle fois le contrôle de ses émotions. Tu vas trop loin. Tu respires. Tu te calmes.

La jeune fille se retourna sur elle-même, encore sous l'effet de sa rage. Elle s'approcha de son grand frère et agrippa la plus jeune pour la serrer à son tour.

Hermione était, sans le vouloir, le pilier vers lequel ils se retournaient quand ils se sentaient mal.

— Alors ça, murmura Anouar en observant les nouveaux arrivants.

L'éruption volcanique qui venait d'avoir lieu avait complètement scié le petit groupe de l'Arche qui ne bougeait plus. Et tandis que les enfants tentaient de garder une certaine contenance face aux grandes personnes qui leur faisaient face, Hermione descendit des bras de sa sœur.

Elle s'avança vers le Père Abdiel et fit une grimace que son frère et sa sœur ne lui avaient pas vue depuis très longtemps. La bouche tout écrasée sur elle-même dans une moue mécontente, elle ouvrit de grands yeux qui se voulaient effrayants et pleins de colère. Alors, comme une réponse naturelle à ce geste qui se voulait solidaire, toute la salle éclata de rire. Un rire bon enfant, un rire sincère et qui fit disparaître toutes les tensions accumulées les dernières minutes depuis leur arrivée.

— Elle est trop forte celle-là ! s'exclama Charlie.

Et même le visage sévère de l'adolescente parut tout à coup se détendre pour laisser place à quelque chose d'inexplicable, d'indescriptible. Quelque chose qui ressemblait à de l'insouciance.

13
Histoires de cœur

Il ne faisait pas trop froid entre ces immenses murs de pierre. La pluie battait contre les vitraux, résonnant dans toute l'abbatiale. L'orage qui grondait s'éloignait doucement et parfois, les enfants pouvaient entendre l'éclat d'une flaque d'eau sur laquelle des roues de voitures passaient rapidement. En écoutant ces sons plutôt épars, Samuel se demanda combien de personnes pouvaient encore disposer d'un véhicule. Était-ce une façon de montrer aux autres sa place dans la hiérarchie de la Nouvelle République ?

Arthur admirait les magnifiques peintures qui ornaient les piliers. Penché en arrière, son corps reposant sur ses avant-bras pliés, il sentait la fraicheur du sol traverser le long tapis récemment installé et le tissu de son sweat. Les fresques étaient vraiment magnifiques. Tantôt rouges aux motifs géométriques, tantôt jaunes sur les voutes, dégageant au-dessus de sa tête un plafond étoilé et des fleurs clairsemées, le jeune garçon en prenait plein la vue. Hermione, qui s'était beaucoup rapprochée de lui depuis leur fuite du bunker, le regardait avec une grande attention. Dès qu'il grimaçait à cause de sa cheville, elle passait sa main dans ses cheveux pour le consoler. En échange de cette affection, Arthur lui chantonnait discrètement des airs de dessin animé dont il se souvenait, ce qui la faisait sourire.

À leur gauche, Elvire faisait face à un orgue gigantesque. Elle semblait infiniment petite face à cet instrument époustouflant.

— C'est beau, n'est-ce pas ? demanda une voix claire cachée derrière un pilier rouge.

Elvire tourna la tête dans sa direction et vit apparaître un garçon avec des lunettes noires et carrées posées sur un bout de nez droit et rond. Il avait d'immenses yeux vert très clair. Du même âge qu'Arthur, à peine plus grand, ses bras, eux, avaient l'air d'avoir trop poussé. Il tourna vers l'orgue une tête ronde aux boucles rousses.

— C'est quoi ? demanda Elvire qui était plus curieuse d'en savoir davantage sur lui que sur l'instrument.

— Un orgue, précisa le garçon. On en joue à la messe du dimanche. Il paraît qu'il a été construit en 1871.

Il se retourna de nouveau vers elle et sentit un trouble qui modifia l'attraction naturelle de la gravité terrestre. Ces jambes se ramollirent comme du coton.

— Mais tu ne sais peut-être pas ce que c'est la messe, marmonna-t-il moins sûr de lui. Je veux dire, moi non plus je ne savais pas… avant. Et… euh… je ne suis pas sûr pour la date non plus en fait…

Il trouvait qu'elle était jolie avec ses cheveux en pagaille et ses lunettes en œil-de-chat un peu trop petites. Elle avait quelque chose de différent des autres. Non seulement elle ne paraissait pas ébranlée par la situation qu'ils vivaient tous, mais en plus elle souriait ! Elle lui souriait de toutes ses dents, creusant dans le bas de ses joues deux profondes fossettes qui rendaient son visage encore plus vivant.

— Il paraît qu'un gars a essayé de brûler cet endroit, mais qu'il n'a pas réussi alors c'est du solide ici… tu n'as pas à t'inquiéter de...

Pourquoi sortait-il des informations inutiles dans cette situation ? Elle devait sûrement se dire qu'il était le garçon le plus ennuyeux de la planète ! Il avait mal dans la poitrine.

— J'm'appelle Elvire, lança-t-elle en s'avançant vers lui. Et toi ?

— Je… je m'appelle Léopold, répondit-il en rougissant. Mais tout le monde m'appelle Léo alors… tu peux m'appeler Léo… ou Léopold ! Enfin comme tu préfères quoi…

Elvire se glissa à côté de lui, mettant son dos contre le pilier dans la même posture que le jeune garçon. Dans un étrange élan, les deux se laissèrent glisser vers le sol et s'assirent en regardant fixement les sculptures et les bancs de bois.

— C'est vrai que tu t'es échappée d'un bunker ?

— Oui, chuchota-t-elle. Mais ça fait un bail maintenant…

— C'était comment ?

Elle tourna dans sa direction un regard fatigué.

— C'était… c'était blanc. Très blanc… et puis trop de courgettes…

Même s'il ne comprenait pas ce qu'elle voulait dire, Léo n'insista pas.

— J'ai entendu dire que vous alliez partir… genre bientôt.

— Dès qu'on pourra.

— C'est risqué d'aller dehors… tu ne veux pas rester ici ?

La jeune fille plissa les yeux et sourit de plus belle.

— Tu veux dire, ajouta-t-elle, rester ici avec toi ?

Le garçon s'empourpra comme une flamme sur une torche. Même ses cheveux roux paraissaient rougir davantage.

— Dit, Léo ?

— Mmm ?

Elle s'étira comme un chat, faisant craquer sa colonne endolorie et laissa glisser sa main tout près de celle du garçon qui sentait étonnement bien la douce chaleur qui s'en dégageait.

— Merci pour toutes ces… précisions sur l'orgue, chuchota-t-elle en fermant ses paupières fatiguées. Je suis sûre que tu as des tas d'autres choses à m'apprendre ici. Faudrait que tu me fasses visiter plus tard.

Il cacha son visage dans ses mains, remontant ses genoux devant ses lunettes. Qu'est-ce qu'il se passait ? Il sentait son cœur battre si fort ! Peut-être faisait-il une crise cardiaque ? — Léo ?

— Mmm ?

— Merci.

Léopold ne comprit pas pourquoi elle avait dit ça. Il n'avait rien dit de spécial et pourtant, elle était là, à le remercier. Ils avaient l'air d'avoir vécu des moments difficiles. Il y avait le garçon aux yeux bleus qui boitait, la petite qui n'ouvrait jamais la bouche, le grand qui crispait tellement ses sourcils que sa peau avait du mal à se replacer quand il changeait d'expression et cette vilaine cicatrice sur le haut de son front à la frontière de ses cheveux et… et il y avait *elle*… elle qui souriait avec sa lèvre fendue et encore gonflée.

Lui aussi avait connu la vie au bunker. Mais sa vie là-bas avait été si brève qu'il ne s'en rappelait plus vraiment. A SPÉ.63-10, il y avait eu une émeute. Les adolescents s'étaient retournés contre leur surveillant et l'armée était intervenue. Pendant son transfert vers un autre bunker, un homme encapuchonné l'avait embarqué de force dans son coffre et déposé devant

Austremoine. Tout avait été si rapide ! Maintenant, il vivait ici, comme un membre à part entière de l'Arche d'Isaïe. Il ne savait même pas qui l'avait sauvé…

Il n'avait revu son père, le lieutenant-colonel Philippon, que très rarement, quand il accompagnait parfois le médecin qui soignait clandestinement les jumelles Cyrielle et Isobel.

Léopold se pencha un peu plus pour observer Elvire. Sa respiration calme et régulière lui indiquait qu'elle avait sombré dans le sommeil. Il n'osait plus bouger. Il avait peur de la voir tomber et se faire mal. Alors, il glissa légèrement son corps contre le sien pour soutenir sa tête qui se faisait lourde. Épaule contre épaule. Et sans comprendre pourquoi cela le rendait si heureux, il ferma aussi ses paupières et la laissa tendrement prendre appui contre lui.

À quelques mètres à peine, Samuel observait cet étrange manège qui se déroulait entre Elvire et cet inconnu. Il ne savait pas trop comment réagir. Dans les films et les séries, le grand frère intervenait pour protéger sa petite sœur et montrer à l'autre garçon qui prenait les décisions. Sa mère ne l'avait pas élevé comme ça.

— Tu ne vas pas surveiller ta sœur ? demanda Charlie en le fixant intensément.

— Ce n'est pas mon rôle, répondit simplement Samuel. D'un, elle ne m'appartient pas et de deux, elle n'a pas l'air en danger. J'ai plus peur pour le garçon que pour elle à vrai dire…

L'adolescente fit un sifflement approbateur qui surprit Samuel.

— Moi, mes frères se mêlaient toujours de mes affaires.

— Euh… dommage.

Cette conversation était bizarre. Il n'avait pas l'habitude de parler avec des adolescents et encore moins avec des filles. Dans le bunker, les âges se séparaient assez naturellement. Les plus jeunes dans SPÉ, les plus grands dans BELLATOR. Il arrivait qu'un plus grand prenne la défense d'un plus jeune quand les choses allaient trop loin. Ils avaient eu la chance de connaître une certaine entraide.

Cependant, Samuel était plutôt timide en temps normal et il traînait seulement avec son cousin et sa sœur.

— Ils sont mignons, ajouta Charlie. Ça fait du bien de voir ça. Qui aurait cru que des coups de foudre pourraient avoir lieu par les temps qui courent ?

— C'est qui ? demanda tout de même Samuel qui se sentait moins rassuré depuis qu'il avait entendu le mot « coup de foudre ».

— Léo. Son père est le Lieutenant-Colonel Philippon. Ce n'est pas un méchant gars, mais c'est un militaire donc... ben, on ne sait pas trop de quel côté il est vraiment. Mais depuis qu'on protège son fils, la vie est plus simple ici.

Samuel ne répondit pas. Ça ressemblait plus à une prise d'otage à son goût... ils utilisaient les enfants comme moyen de pression sur les responsables.

— Va savoir ! Il a été déposé ici comme un paquet-surprise. Le Père Abdiel pense que c'est Philippon qui a fait le coup. Donc, ça voudrait dire qu'une partie de l'armée serait de notre côté.

— Ou alors qu'il voulait juste sauver son fils.

Samuel soupira. Du bout de ses doigts, il frottait la plissure entre ses sourcils pour essayer de la détendre. Il espérait qu'Elvire allait quand même le suivre pour retrouver leurs parents. Elle se laissait parfois dévorer par ses propres émotions et elle vivait tout avec tellement d'intensité qu'il craignait de la perdre maintenant. En même temps, si elle avait réussi à trouver quelque chose qui la rendait véritablement heureuse dans ce monde pourri, ce serait cruel de l'y arracher.

« *Non* » pensa-t-il en secouant sa tête. « *C'est un peu prématuré de penser à ce genre de chose.* »

— C'est ton frère et tes sœurs ? demanda Charlie.

— Arthur est mon cousin, mais c'est tout comme. On vit ensemble depuis plus d'un an et j'ai partagé plus de souvenirs avec lui dernièrement qu'avec mes deux petites sœurs.

— Tu étais séparé de tes petites sœurs dans le bunker ?

Le garçon acquiesça.

— Surtout avec Minione. Je pense que ça sera dur de retrouver une vie normale après tout ça…

— Faudrait déjà qu'un retour à la normale soit possible, murmura l'adolescente.

Gardant ses suppositions pour lui, Samuel se retourna vers l'entrée de la sacristie d'où sortait Émile, le visage hilare.

— Qu'est-ce qu'y te fait rire ? lança Charlie suspicieuse.

— Les jumelles sont en train de torturer Anouar !

Il s'assit à un mètre d'elle, en riant ouvertement comme si le côté sacré de ce lieu ne l'impressionnait pas. Même Samuel qui ne croyait en aucune divinité n'arrivait pas à parler fort, comme si quelque chose rendait cela impoli sans qu'il sache vraiment pourquoi.

— Elles ont commencé par lui faire leur petit regard de chien battu et maintenant, elles tressent ses cheveux avec des perles de toutes les couleurs !

L'adolescente fit une moue exaspérée, mais les garçons virent bien qu'elle souriait discrètement.

— C'est toi le chef de la mini bande ? demanda Émile plus sérieusement.

— Il n'y a pas de chef, répondit Samuel en s'asseyant contre une table en marbre et en bois massif. Chacun fait ce qu'il peut pour qu'on s'en sorte.

— T'as de la chance, tu sais ? ajouta l'adolescent en sortant une photographie toute froissée de la poche de son jean. Moi j'ai perdu mes trois petites sœurs.

— Désolé…

— C'est comme ça… On était tous à la maison le jour de la « Grande Récolte ». On séchait toujours l'école quand c'était l'anniversaire de la mort de maman. On allait toujours sur sa tombe tous ensemble. Sauf que ça ne s'est pas passé comme ça…

Le visage de l'adolescent se contracta comme si ce souvenir était insoutenable et douloureux.

— Ils sont arrivés alors qu'on rentrait dans la voiture. Ils étaient une dizaine à sortir d'une camionnette. Avec leur uniforme gris et leur fleur greffée sur la poitrine… on les reconnaît de loin les partisans de Calamus !

Charlie fit une grimace qui en disait long.

— Mon père s'est débattu pour les empêcher de nous attraper, mais Chloé a ouvert la portière du côté de la route pour s'enfuir et elle s'est fait faucher par une autre voiture qui arrivait pleine balle…

— Je suis désolé, murmura Samuel qui ne pouvait qu'imaginer l'horreur de la situation. Et tes autres sœurs ?

— Disparues, chuchota-t-il la voix tremblante. D'après ce qui est arrivé à Charlie qui a le même âge qu'Eunice, ils ont dû l'enfermer dans un de ces hôpitaux secrets. Ils disent que c'est pour protéger les adolescentes, mais moi je crois que c'est des conneries tout ça ! Un virus qui s'en prendrait seulement aux jeunes filles ? Alors quoi ? Hop t'as 30 ans et le virus ne te touche plus ?

— Ben, le Covid était surtout dangereux pour les vieux, non ? se risqua Charlie. Alors pourquoi pas un truc qui ne toucherait que les jeunes ? Mais c'est vrai que même si je me balade rarement dehors pour ne pas me faire enfermer dans un hospice, je n'ai jamais rien attrapé de grave en respirant le même air que les deux guignols.

— Moi je dis qu'ils en profitent parce qu'on n'y connaît rien ! insista Émile.

— Et la troisième ? demanda Samuel en regardant sa petite sœur qui surveillait son cousin avec inquiétude. Tu sais où elle est ?

L'adolescent semblait content, malgré ses souvenirs tristes, de pouvoir parler de sa famille à quelqu'un. Il se leva et s'assit à côté du jeune garçon.

— C'est Judith, répondit-il en lui tendant la photographie. Plus aucune nouvelle depuis ce jour-là. Mais je peux te dire qu'elle ne s'est pas laissée faire quand ils l'ont embarquée ! Ils s'en souviendront de ce jour-là.

Samuel fit glisser la photographie sous ses doigts. Il reconnaissait bien Isaïe, l'homme gigantesque avec une grosse barbe et de gros sourcils noirs. Son fils lui ressemblait beaucoup. Ses cheveux étaient aussi noirs et il était clair qu'un jour, sa pilosité rattraperait celle de son père. Il y avait ses sœurs autour d'eux, toutes aussi brunes que les deux autres. La plus jeune souriait, la bouche grande ouverte, laissant entrevoir peu de dents. L'aînée était celle qui ressemblait le moins à la fratrie. De longs cheveux lisses glissaient sur un visage moins blanc et plus fin que ceux des autres. Puis, il y avait la troisième fille, la dénommée Judith…

Samuel se décolla d'un grand coup sec de la table. Les deux autres sursautèrent.

— Ça va ? demanda Charlie, inquiète.

Il ne répondit pas et se contenta de se lever, la photographie en avant pour chercher plus de lumière.

— Oh ! cria Émile. Je peux savoir quelle mouche t'a piquée ?

— Deux minutes ! ordonna Samuel.

— Quoi ? s'insurgea l'adolescent. T'es malade ou quoi ? Rends-moi la photo de mes sœurs !

— Deux minutes, je t'ai dit !

Samuel se rua sur Arthur qui le regardait comme un extra-terrestre.

— Regarde ça, ordonna-t-il à son cousin.

Étonné, ce dernier ne discuta pas et prit à son tour la photographie dans sa main. Ses yeux s'écarquillèrent presque aussitôt.

— La fille, balbutia-t-il.

— Oui, c'est elle pas vrai ?

— Quoi ? cria Émile qui perdait patience. Qu'est-ce qui vous prend ?

La porte s'ouvrit avec fracas et entra en trombe le Père Abdiel, Anouar et deux petites filles identiques.

— La fille ! reprit Samuel excité. C'est ta sœur ! Je veux dire que j'ai déjà parlé à une fille qui lui ressemblait comme deux gouttes d'eau. Sauf qu'elle a dit s'appeler Bérénice.

L'adolescent ouvrit la bouche et la referma. Il rouvrit encore une fois en laissant un raclement profond en sortir. Puis, il se laissa tomber sur le rebord d'une marche, sa tête plongée dans ses mains.

— Bérénice ? demanda-t-il. Tu es sûr ?

— Oui, je sais c'est bizarre, mais elle lui ressemblait tellement ! Pas vrai, Arthur ?

Le cousin hocha la tête avec conviction. Hermione aussi.

— Émile ? questionna Anouar qui ne comprenait rien à ce qui se passait.

Émile fondit en larmes.

— Bérénice, articula-t-il difficilement, c'était le nom de ma mère. Judith vous a donné le nom de ma mère parce qu'on disait toujours en rigolant que si l'un de nous était en danger, il ne devait pas donner son vrai prénom, mais celui de papa ou de maman…

— C'est pas croyable…

— Judith serait vivante ? Judith est vivante !

Charlie se positionna près de lui et posa une main maladroite sur son épaule pour tenter de le calmer. Mais en réalité, elle-même était complètement chamboulée par ce qui venait de se passer.

— Vous en êtes sûrs ? demanda le prêtre.

— Oui, confirma Samuel. Elle s'est échappée avec nous. Et elle a rejoint les bâtiments de la Résistance en septembre.

— Tu sais où elle est ? interrogea Anouar.

Les deux jeunes garçons se regardèrent. Une fois arrivés au Quartier Général, ils ne s'étaient pas vraiment souciés d'elle, car ils ne la connaissaient pas. Ils avaient fréquenté le réfectoire de SPÉ ensemble aux heures des repas pendant presque deux années, mais jamais il n'y avait eu le moindre échange entre eux avant la révolte d'Elvire.

Hermione se leva et s'approcha d'Émile. Elle attrapa ses poignets pour dégager ses mains de son visage et lorsque ce dernier la regarda, les joues humides, les yeux noyés de larmes, elle prit une pose de combattante.

— Qu'est-ce… qu'est-ce qu'elle essaie de dire ? bégaya l'adolescent.

— Elle veut dire que ta sœur se bat au côté de la Résistance, lança la voix fatiguée d'Elvire qui s'était réveillée à cause du vacarme.

Toujours appuyée contre le pilier, elle se frottait les yeux en grimaçant sous le regard timide de Léopold.

Hermione lâcha sa position de guerrière et sortit son doudou pour essuyer les larmes d'Émile. Si le bout de tissu sentait mauvais, l'adolescent n'en laissa rien paraître, trop reconnaissant.

— Tu lui as parlé ? demanda Samuel à sa sœur.

— Pas plus que ça, grogna Elvire en se relevant. Elle traînait beaucoup avec tatie Élidie et du jour au lendemain, elle a disparu. Quand je lui ai demandé où était passée Bérénice, elle m'a dit qu'elle voulait se battre avec la Résistance et qu'elle l'avait mise en relation avec la compagnie des Archanges. Je n'avais pas bien compris à cette époque.

Le père Abdiel soupira profondément.

— Envoyer une enfant de cet âge en pleine guerre ! dit-il. Quelle idée !

— Je vous l'ai déjà dit, râla Elvire. La vie au bunker, ce n'était pas un voyage de détente. On nous a appris pas mal de choses pour s'en sortir en cas de conflit. Surtout elle qui était entraînée à BELLATOR. Moi, j'irai pas lui chercher des noises.

Le Père Abdiel ferma ses paupières et respira un grand coup. Il se retint de rétorquer quoi que ce soit. Il devait faire preuve de modération et de sagesse en ces temps de conflit. Après tout, il s'agissait d'une enfant.

— C'est vrai, ajouta Arthur. Encore nous, pas trop parce qu'on est encore des gosses, mais les ados, eux, ils avaient des cours de combat et tout ! La vie est vachement plus dure du côté de BELLATOR.

Les petites jumelles qui s'ennuyaient attrapèrent les jambes d'Anouar en se mettant à chouiner qu'elles voulaient continuer à s'amuser avec lui. Léopold avait rejoint Elvire et restait très près d'elle.

— Vous êtes sûrs qu'elle saura s'en sortir ? demanda Émile.

— Elle est plus entraînée que les membres de la Résistance, affirma Samuel qui se rappelait que certains des Archanges étaient à l'origine des comédiens sans aucun savoir de guerre. Elle saura les aider. Puis, l'État a rappelé l'armée vers la Nouvelle Capitale et sur les frontières m'a dit Évita, alors ce qu'il reste à Clermont n'est pas trop dur à contrarier.

— Elle me manque, pleura l'adolescent à la fois soulagé et désemparé.

Le silence s'installa. Un silence pendant lequel Anouar s'était assis pour que les jumelles continuent leur occupation sans faire de bruit. Un silence pendant lequel Charlie et le prêtre tentaient de consoler le jeune homme qui n'avait plus rien d'un gros ours ainsi prostré sur ses genoux.

Aussi eurent-ils tous l'air surpris quand Elvire balança d'un air nonchalant : « Ben si ça vous intéresse, j'ai peut-être ce qu'il faut pour contacter la Résistance. »

14
Appel aux nains de jardin

— C'est une blague ! s'emporta Samuel contre sa petite sœur. Tu as ça sur toi depuis le début et tu ne nous as rien dit ?

Il criait après sa sœur qui tenait dans sa main un téléphone dont l'interface n'était pas tactile, mais recouverte de boutons à tourner ou à enfoncer. Elle grattait compulsivement une antenne qui se dépliait, aussi grande que le téléphone lui-même.

— Et je peux savoir où tu l'as eu ? continua-t-il.

— Tu te rappelles le jour où on s'est fait attaquer au Quartier Général ?

Son frère ferma les yeux pour se calmer. Cette question n'attendait aucune réponse.

— Eh bien, quand on est entré dans la chambre avec Alice et que tatie Élidie nous courait après, on s'est cachées sous la couverture. C'est à ce moment-là qu'Alice m'a glissé ça dans la poche de ma veste. Elle m'a dit que comme ça, on sera toujours ensemble, quoi qu'il arrive… C'est comme si elle avait deviné ce qui allait se passer. Je voulais juste l'utiliser pour essayer d'avoir de ses nouvelles quand on serait en sécurité…

Samuel blêmit légèrement. En repensant à la complicité qui liait ces deux filles que la guerre avait séparées, il se dit que peut-être il était exagéré de lui hurler dessus alors qu'elle ne cessait de penser à ceux qu'elle aimait tendrement.

— C'est un téléphone ! cria Anouar qui n'en avait pas vu depuis le « Jour de la Censure ». Je croyais qu'ils les avaient tous brûlés !

— On en trouve encore au marché noir, précisa le Père Abdiel. Mais la plupart sont inefficaces. Les réseaux sont contrôlés.

— Pas pour celui-là ! ajouta Anouar en dansant sur lui-même. C'est un téléphone satellite ! Vous savez ce que ça veut dire ?

— Ça veut dire qu'on peut communiquer avec la résistance de Clermont-Ferrand, conclut Charlie.
— On se calme, ordonna le Père Abdiel. La plupart des satellites sont devenus obsolètes depuis le crash de l'astéroïde. Les autres sont contrôlés par l'armée et les pays frontaliers. Je ne suis pas sûr que c'est une bonne idée les enfants.
— Et si ça me permet d'avoir des nouvelles de Judith ?

Émile avait cessé de pleurer, mais on sentait que le feu de la jeunesse brûlait en lui.
— S'il vous plaît mon Père…

Hermione pencha la tête en grimaçant. Pourquoi cet adolescent, Léo et les jumelles l'appelaient « mon Père » ou « Père Abdiel » ? Il lui semblait qu'il n'était le père de personne ici…

Le prêtre s'assit sur un banc, tiraillé entre l'envie de soulager l'âme de ce jeune garçon qu'il avait pris sous son aile et son devoir de protéger l'Arche. Cependant, Elvire n'attendit pas la réponse de l'adulte. Elle retourna le téléphone et montra un papier froissé, collé sur l'arrière.

— Il y a deux numéros, précisa-t-elle en cachant avec son pouce le petit mot doux qu'Alice avait noté pour elle en bas du papier.

— Sûrement le code PIN et le numéro à appeler, conclut Anouar en l'attrapant. Monsieur, laissez-nous essayer ! Si jamais ça fonctionne, ce sera plus facile pour récupérer d'autres enfants dont les parents bossent par là.

Le prêtre ne pouvait plus dire non. Tous lui portaient un regard suppliant. La majorité parlait et dans un monde qui manquait de démocratie, il aurait été mal venu d'ignorer leur demande.

— C'est d'accord, dit-il en soupirant. Mais je m'occupe de l'appel et je veux que vous vous taisiez, c'est compris ?

— Je m'occupe des petites, lança Charlie en prenant les jumelles par les mains. Mes frères ont été envoyés au casse-pipe aux frontières alors…

Elle ne finit pas sa phrase et sortit de la sacristie.

Père Abdiel alluma le téléphone d'une main tremblante et y entra le code PIN. Il leva les yeux vers les autres comme pour s'assurer que tout le monde était bien toujours d'accord avec cette décision. Aucun ne bougea, leurs battements de cœur tambourinant dans leurs tempes avec force.

— C'est parti, chuchota le prêtre en composant le numéro de téléphone et en activant le haut-parleur.

Comme un son magique, une tonalité se fit entendre. Puis deux. Puis trois. Et alors que la quatrième sonnait à peine, le son s'arrêta pour être remplacé par un vide d'une clarté étonnante. Samuel s'était attendu à un grésillement ou des bruits parasites vu que les satellites se faisaient rares, mais apparemment, c'était juste une idée qu'il s'était faite.

Au bout du fil, une respiration se fit entendre. Puis une voix de femme à la fois étonnée et excitée.

— Allô ? demanda-t-elle. Qui est à l'appareil ?

— Bonjour, répondit le prêtre. Je vous contacte, car une petite fille du nom d'Elvire m'a donné ce téléphone.

Il y eut un silence de quelques secondes pendant lesquelles la voix de la femme laissa place à celle d'un homme.

— Si c'est vraiment Elvire qui vous a donné ce numéro, je veux l'entendre.

— Je suis là, lança-t-elle. Je suis avec Samuel, Arthur et Hermione.

— C'est Elvire ? cria une voix au loin dans le combiné. Elvire !

— Alice ! s'écria-t-elle, les larmes aux yeux. C'est Alice !

Sa voix se brisa et elle se mit à sangloter si fort que l'émotion soudaine surprit toute l'assemblée. Hermione la serra dans ses bras et Arthur posa une main sur son épaule.

— Alice, reprit sévèrement la voix de l'homme dans le haut-parleur. Tais-toi où je te fais sortir.

— Pareil Elvire, ordonna Samuel. Respire. Comme on le fait à chaque fois.

De nouveau s'installa un petit silence chargé de tensions palpables par tout le monde. Seule faisait écho la respiration profonde de la jeune fille qui tentait de contrôler ses sanglots.

— Samuel, reprit-il, tu es en retard !

Tout le monde se tourna vers lui avec un air complètement ahuri. Le garçon se mit à rougir.

— Je n'arrive jamais en retard, répondit-il en puisant dans sa mémoire. Ni en avance d'ailleurs. J'arrive précisément à l'heure prévue.

Anouar et Émile reconnurent un extrait de film. Ils se regardèrent mi-amusés, mi-inquiets pour son mental.

— Je peux savoir ce qu'il se passe, gronda le prêtre qui perdait le contrôle de la situation une fois de plus.

— C'est un code en cas de séparation, dit Samuel. Deux réponses étaient possibles. Celle que j'ai donnée indique qu'on ne les contacte pas sous la contrainte.

— Je m'appelle Nicky, enchaîna la voix de l'homme. Je suis leur oncle et j'étais, malgré moi, le leader de la Résistance.

— Tu étais ? demanda Arthur.

— On n'a pas réussi à tous se réunir pour le moment. Les Archanges font ce qu'ils peuvent, mais les lieux pour se cacher commencent à se faire rares…

Au loin, la voix d'Élidie demandait comment allaient les enfants.

— Vous n'êtes pas blessés Samuel ? continua Nicky. Les autres vont bien ?

— Tout le monde va très bien. On n'est pas loin d'atteindre notre objectif, je le sens.

— Trouver le Docteur Schmout.

— Trouver le Docteur Schmout, reprit Samuel.

— Qui est avec eux ? demanda la voix d'Élidie.

— Je suis le Père Abdiel de l'abbatiale Saint Austremoine d'Issoire. Je m'occupe de l'Arche d'Isaïe.

— Oui, je vois, conclut Nicky. J'ai déjà entendu parler de vous par la Compagnie des Archanges. Comment ça se passe par chez vous ?

— Très bien. Nous sommes peu nombreux et nous ne faisons aucune action qui puisse nous mettre en danger. À part moi, il n'y a que des adolescents et des enfants ici.

Elvire s'avança à côté du prêtre, les joues baignées de larmes.

— Alice va bien ? demanda-t-elle.

— Oui, répondit son oncle. Elle nous a avoué avoir volé ce téléphone et te l'avoir donné le jour de notre séparation. On attendait votre appel.

— Tu ne l'as pas grondée j'espère…

— Juste un peu, ricana-t-il. Mais je suis heureux d'avoir de vos nouvelles. Quand Évita m'a dit que vous étiez partis pour Issoire, tout le monde est devenu fou ici. Ben et Jess étaient prêts à se jeter dans un camion avec leur fils pour aller vous récupérer à la sortie du train !

Arthur et Hermione sourirent. Ils étaient contents de savoir qu'eux aussi étaient sains et saufs.

— Ils se cachent dans une vieille maison en plein centre-ville vers un ancien hôpital. Sinon, vous avez une piste pour retrouver le Doc ?

— Il n'y a qu'un seul médecin qui prend le risque de venir jusqu'à l'abbatiale, expliqua le Père Abdiel. Elle essaie de venir une fois par mois. Parfois, un peu plus, mais c'est rare. Elle prétend me rendre visite pour une maladie chronique. Je suis vieux alors ça passe ! Mais en réalité, elle s'occupe surtout des enfants. Cyrielle est diabétique et Isobel est asthmatique. On manque vraiment de médicaments ici.

— Je vais voir ce qu'on peut faire, dit Nicky. Faites-moi la liste de ce dont vous avez besoin et on essaiera d'aider du mieux qu'on peut.

Le prêtre sentit un poids quitter son corps fatigué par l'âge et les responsabilités. Les transports de train qu'Isaïe contrôlait n'avaient jamais de médicaments précieux. Seulement des compresses ou de quoi soigner un petit rhume. Pour éviter le marché noir, les laboratoires faisaient transiter les traitements onéreux dans des camions blindés et les distribuaient au compte-goutte. Il n'y en avait pas assez pour tout le monde.

— Envoyez-moi aussi une liste des responsables qui gèrent la ville d'Issoire. On sait que du côté de chez vous, il y a le couple Jourdan. C'est pour ça qu'on vous a confié leurs enfants. On essaie de réunir les familles du mieux qu'on peut. Certains sont déjà dans des villages cachés au fin fond du Cantal. Mais si on arrive à vous en envoyer d'autres clandestinement pour qu'ils se rapprochent de leurs parents, on pourra vous tenir informé via le téléphone.

— Merci, conclut Père Abdiel.

Samuel jeta un regard chargé de reproches au prêtre. Il s'agissait de *rendre* les enfants à leur famille. Pas de les utiliser au profit de la Résistance. Où alors, peut-être était-ce lui qui se trompait ? Le monde des adultes était encore très compliqué à comprendre. Nicky était-il au courant de l'organisation de l'Arche d'Isaïe ? Les enfants ici n'avaient pourtant pas l'air malheureux.

— Et pour ma sœur ! lança Émile qui ne tenait plus en place.

Le garçon s'était levé, ses mains serrant le bord de la table si fort que les jointures de ses doigts blanchissaient.

— Ah oui, ajouta le prêtre. Est-ce qu'il y a une fille de quinze ans, plutôt grande, mince, brune aux yeux noirs qui répond au nom de Bérénice parmi les Archanges ?

On entendit la voix de Nicky s'adresser à sa compagne derrière lui : « Ce n'est pas la petite jeune qui suit le groupe avec l'air de s'ennuyer tout le temps ? Bénédicte ? Bérénice ? Tu sais, la fille qui cligne des yeux quand elle a l'air mal à l'aise ? »

— C'est elle ! cria l'adolescent. C'est Judith ! Elle a un toc quand elle stresse. C'est Judith ! Bérénice est bien Judith ! C'est Judith !

Émile se pencha davantage sur le bureau, renversant presque tous les livres et les papiers qui s'y trouvaient.

— Dites-lui s'il vous plaît qu'Émile et Isaïe vont bien OK ?

On entendit un bruit de papier qu'on déchire.

— Émile et Isaïe. C'est noté.

— Merci, sanglota l'adolescent. Merci monsieur… dites-lui aussi que si… si jamais elle veut rentrer, je l'attendrai ici, à l'abbatiale !

Et alors qu'il s'éloignait du téléphone pour se rasseoir auprès de son ami Anouar, les quatre enfants se rapprochèrent à leur tour.

— La batterie se vide rapidement, constata le prêtre en regardant l'interface du téléphone. Nous n'avons pas de quoi le recharger.

— Je vous enverrai ce qu'il faut par le train qui part le trente de ce mois. On ne pourra rien faire avant. En attendant, n'allumez le téléphone que cinq minutes tous les trois jours à partir d'aujourd'hui. À 21h. Au cas où, on pourra se contacter si on a des infos à vous transmettre pendant ce laps de temps. Samuel vous donnera les phrases à connaître pour s'appeler en toute sécurité.

— C'est noté, dit le Père Abdiel.

— OK, ajouta Nicky. Alors, bon courage à tous et faites gaffe. Je compte sur vous les mioches, c'est clair ?

— Promis, lancèrent Samuel, Arthur et Elvire en chœur.

Le téléphone raccrocha, laissant le groupe baigner dans un mélange d'espoir, de joie et de tristesse à la fois. Hermione serra sa sœur qui se remit à sangloter. Arthur s'assit à côté des adolescents en massant sa cheville, la tête baissée pour cacher le trouble qui traversait son visage et Samuel posa son front bouillant contre la table.

— Il est temps de se coucher les enfants, ordonna gentiment le prêtre.

Et comme si leur corps se rappelait depuis combien de temps ils étaient réveillés et toutes les péripéties de la journée, depuis la fuite à travers Clermont-Ferrand sous les yeux des gardiens de nuit jusqu'au train et enfin, jusqu'à l'abbatiale, ils furent incapables de bouger d'un millimètre, prêts à s'endormir sur place, à même le sol.

Alors, par reconnaissance ou simplement par gentillesse, le Père Abdiel, Émile et Anouar portèrent les plus jeunes dans leurs bras pour les déposer à l'abri du danger dans des matelas de fortune, l'aîné sur leur pas.

Allongés en boule dans des couvertures bien chaudes, tous les quatre s'effondrèrent les uns contre les autres.

15
La rencontre imminente

Arthur observait l'autre, en face, le *lui* qui allait bientôt fêter ses douze ans dans deux mois. Peut-être les fêterait-il avec sa mère et son père ? Il ne devait pas trop espérer, il le savait. Mais à chaque fois qu'il s'obligeait à ne pas y penser, cette image de lui entouré par le confort de l'amour familial revenait en force comme un boomerang, s'amplifiant davantage un peu plus dans son esprit.

Un profond soupir souleva son corps. Qu'est-ce qui avait changé chez lui depuis presque deux ans ? Il avait poussé à la verticale, mais même avec les exercices physiques et l'apparition de muscles très fins, il restait plutôt maigre. Son teint était plus hâlé que celui de Samuel, mais, comme son cousin et ses cousines, il gardait une pâleur presque maladive d'avoir été enfermé dans un bunker sans véritable soleil sur leur peau. Ses yeux et ses cheveux, eux, étaient ce qui ressemblait le plus au *Arthur* d'avant la « Grande Récolte ». Est-ce que sa mère et son père le reconnaîtraient du premier coup ?

Il pencha sa tête à gauche en grimaçant. Quelle tête faisait-il autrefois pour les faire rire ? Est-ce qu'il faisait une tête particulière d'ailleurs ?

Il pencha sa tête à droite en souriant. Est-ce qu'il devait prendre la même pose que sur une des photos magnétiques qui étaient posées sur le frigo ? Est-ce qu'il s'en souvenait ?

— Ça va bien se passer, affirma une voix derrière lui.

Elvire, d'habitude collée au garçon aux cheveux roux qu'elle avait rencontré le soir de leur arrivée au sein de l'Arche d'Isaïe, était postée derrière lui, posée contre l'encadrement de la porte.

— Qu'est-ce que t'en sais ? balança Arthur plus méchamment qu'il l'aurait voulu.

— Eh bien, hésita-t-elle, après tout ce qu'on a vécu, je crois juste que tu es assez courageux pour traverser ça.

D'un geste théâtral, il souffla un grand coup en soulevant les épaules avec dédain.

— Je n'ai rien fait de spécial, conclut-il. C'est toujours Samuel qui a pris les bonnes initiatives. C'est lui le courageux dans l'histoire. Moi, je n'ai fait que suivre sans jamais être le moteur de quoi que ce soit.

— Tu crois ? gronda sa cousine. Et qui est allé chercher Minione au milieu des adultes qui la surveillaient ? Qui a réussi à provoquer tout un mouvement de panique dans un bunker sécurisé ? Qui, encore, qui a protégé ma petite sœur contre un Docteur complètement maboul ?

— C'était de la chance. La chance et les Mistrals Gagn…

— Qui encore, le coupa-t-elle, qui a eu le courage d'avancer toujours plus loin après s'être pris un coup derrière la tête, s'être reçu une pierre sur la cheville – cheville qui je te le rappelle, saignait et avait gonflé comme un ballon. Qui a traversé toute une ville en courant avec cette cheville ? Qui a posé sa main sur mon épaule quand je pleurais le jour où on a téléphoné à Alice ?

— Elvire…

— QUI ENCORE, cria-t-elle en s'avançant si près qu'Arthur se retrouva coincé contre le miroir, QUI ose me tenir tête quand je m'énerve ? DIS-MOI QUI ?

Les yeux de sa cousine brûlaient d'un feu vif. À travers ses lunettes rouges, son regard avait plus d'intensité que ceux d'Émile ou d'Anouar. Finalement, l'adolescence les avait rattrapés… voilà ce qui différait d'avant le jour de « La Grande Récolte ». Presque deux années de perdues. De gâchées.

— Et si elle ne me reconnaissait pas ? chuchota-t-il en fixant le sol.

— Et alors ? se moqua-t-elle, gentiment. Laisse-lui le temps de percuter la pauvre. Moi, je trouve qu'on n'a pas changé tant que ça.

Elle jeta un regard à son propre reflet et sourit de toutes ses dents. Non, ils étaient toujours eux.

— Et puis, ajouta-t-elle très sérieuse, qui dit que toi tu vas la reconnaître ?

— Bien sûr que je la reconnaîtrai ! C'est ma mère, bon sang ! Elvire ! C'est ma…

Arthur s'arrêta net. Il voyait où elle voulait en venir. Bien sûr que sa mère le reconnaîtrait ! Tout comme lui saurait quand il serait face à elle.

— Et si ce n'est pas elle, le Docteur Schmout ?

— Et bien, on continuera de chercher avec toi sans jamais abandonner.

Elvire se tourna pour partir puis s'arrêta avant de sortir.

— Nous sommes tous courageux, ajouta-t-elle. Samuel agit souvent emporté par l'adrénaline. Elle l'aide à prendre les bonnes décisions, je suppose. Mais après il doute comme toi. Je le connais bien. Il doute constamment de tout. Samuel n'en dort plus la nuit en fait…

— Pourquoi ?

— Il a peur de t'avoir donné de faux espoirs. On n'est peut-être pas de vrais frères et sœurs, mais tu sais, on t'aime autant qu'on s'aime entre nous. On espère aussi de tout cœur que tatie Salomé se cache derrière ce pseudonyme.

Elle le pointa tout à coup de son index, sûre d'elle.

— Et puis, je vais te dire un truc Arthur : moi dans la vie, je suis plutôt chanceuse.

Son cousin fit la moue en repensant au nombre incalculable de fois où elle les gagnait aux jeux de société.

— Et je suis sûre que cette chance dont j'ai hérité, elle n'est pas que pour moi. Ça ne sert pas à grand-chose d'avoir un truc super si on ne peut pas en faire profiter ceux qu'on aime.

Elle pencha son visage souriant vers lui et lui lança un clin d'œil. Et tandis qu'elle disparaissait par la porte qui menait vers le point névralgique de l'abbatiale, Arthur se retourna vers son reflet dans le miroir et lui sourit de bon cœur. C'était un peu forcé, mais c'était mieux qu'une grimace.

C'était décidé. C'était avec ce sourire-là qu'il allait accueillir le Docteur Schmout, qu'il soit sa mère ou non.

Dans la nef, Hermione s'amusait à courir derrière les jumelles Cyrielle et Isobel. Leurs pas et les rires résonnaient avec force dans l'abbatiale. Comme à l'accoutumée depuis quelques semaines, Charlie, Émile et Anouar disparaissaient après avoir fini leurs tâches ménagères. Ils passaient des heures à l'étage à discuter de choses qui ennuyaient profondément les plus jeunes. Arthur et Samuel surveillaient d'un œil la plus petite en parlant tranquillement, assis sur un banc tandis qu'Elvire disparaissait dans la crypte accompagnée de

Léopold qui n'avait d'yeux que pour elle. Si elle faisait un spectacle du haut de la Chaire, alors il était le premier à applaudir. Si elle jouait à cache-cache dans les lieux interdits, alors il allait la chercher jusqu'à ce que les battements de son cœur retrouvent leur calme une fois à ses côtés.

— Viendrais-tu avec moi si je te le demandais ? lui avait-elle chuchoté à la dérobée un soir avant d'aller se coucher.

Léopold n'avait pas eu l'occasion de lui répondre, car elle s'était enfuie dans la chambre où elle dormait avec sa famille. En réalité, il n'aurait sûrement pas réussi à se décider si rapidement, car il était tiraillé entre elle et son père qu'il aimait également. Le lendemain, Elvire avait fait comme si de rien n'était. Peut-être s'était-elle rendu compte de la folie qu'elle lui avait demandé, car alors, elle n'avait jamais reposé la question, se contentant de profiter du moment présent.

Aujourd'hui encore, il la suivait partout où elle allait. Il ne pourrait pas la suivre quand elle partirait, mais il aurait profité d'elle le plus longtemps possible. Ou alors changeait-il d'avis petit à petit… arriverait-il à quitter cette agréable sensation d'être précieux pour quelqu'un ? La vie n'avait jamais été aussi belle pour lui qu'en ces instants. Il en était presque à remercier la guerre, car sans cela, il ne l'aurait jamais rencontrée. Puis, il s'en voulait d'y avoir pensé.

— Léo ! appela-t-elle en lui attrapant la main. À quoi tu penses ?

— À rien, mentit-il en rougissant.

— On joue à quoi ?

Sa main était toujours chaude et ne tremblait jamais dans la sienne. C'était le plus doux de tous les contacts. Et tandis qu'il allait lui proposer d'embêter les adolescents, son bonheur s'arrêta net, car Samuel venait chercher ses petites sœurs.

— Je suis désolé, s'excusa-t-il. Il faut vraiment que je leur parle.

— Ça peut pas attendre ? râla Elvire qui voulait s'amuser.

— Non. C'est pour bientôt m'a dit monsieur Abdiel.

Léopold la regarda enlever sa main toute chaude. Il sentit un grand froid se répandre dans tout son bras. C'était douloureux à l'intérieur.

— Tout va bien Léo, lança-t-elle en lui tirant la langue. Je reviens toujours !

Il se leva avec lenteur et partit se réfugier à contrecœur dans le bureau du prêtre.

— Tout le monde est là ? demanda Samuel en avançant vers le porche fermé par une immense porte en bois dans laquelle s'ouvrait une plus petite.

Il s'assit à même le sol, face à la nef pour surveiller pendant leur échange si quelqu'un approchait. Les dimanches étaient toujours stressants pour le groupe. Après s'être cachés pendant le temps de la messe, ils restaient sur le qui-vive une fois les portes fermées avec la peur au ventre que quelqu'un se soit dissimulé quelque part et les observe.

— Qu'est-ce qu'il se passe ?

Arthur se plaça à côté de lui, dans la même posture. Elvire s'assit sur ses mollets et Hermione s'allongea sur le sol froid et posa sa tête sur les jambes de sa sœur.

— Comme on nous l'a annoncé hier, le Docteur Schmout passe le deuxième dimanche de chaque mois.

— Aujourd'hui, soupira son cousin qui sentait son pouls s'accélérer.

Samuel acquiesça d'un petit signe de tête qui se voulait rassurant, mais qui lui donnait surtout l'air de manquer de confiance en lui.

— Il faut que vous sachiez que quoiqu'il arrive, reprit-il en déglutissant, il faudra sûrement qu'on quitte cet endroit avec ou sans information de la part de cette Docteure. Même si j'espère que cette rencontre va tout changer, il est possible qu'on reparte de zéro.

Elvire fixa son frère qui lui paraissait soudainement tout petit.

— C'est pas grave, dit simplement Elvire. On aura essayé, pas vrai Arthur ?

— Oui, renchérit-il. C'est déjà bien qu'on soit arrivé jusqu'ici sans trop de catastrophes alors, tant pis si on doit tout recommencer.

— On se débrouillera bien, conclut Elvire.

Samuel se tut quelques secondes. Il sentait la chance qu'il avait d'être entouré de ces trois-là !

— Si jamais un problème venait à nous tomber dessus ou à nous séparer, reprit-il de nouveau plein d'énergie, j'ai quelque chose à vous avouer.

Hermione se redressa, piquée par la curiosité. Elle attrapa les cheveux de sa sœur pour les entortiller entre ses doigts en attendant d'entendre la suite.

— Déjà, reprit-il, essayons de définir un endroit, comme un objectif où nous retrouver.

— Je ne connais pas Issoire, affirma sa sœur sans prendre le temps d'y réfléchir.

— On connaît le train ? hésita Arthur. Je veux dire, ça a pris un temps ridicule à la camionnette pour nous déposer ici. Donc c'est que c'est pas loin.

— Le train, répéta Samuel. C'est une très bonne idée. Une gare, c'est grand, ça se voit de loin et il doit y avoir pas mal de cachettes.

— Il faudra trouver Isaïe, ajouta Elvire à l'attention de la plus jeune. Tu te souviens de lui ?

Hermione fit un grand oui de la tête en fronçant des sourcils et en les visant avec ses index.

— Oui, rigola Samuel. C'est le monsieur avec les gros sourcils noirs et la grosse barbe qui ressemblait à un ours.

— Moi j'aurai dit un ogre, ajouta Arthur en frissonnant.

La plus jeune cacha son visage dans ses mains en couinant.

— Mais non ! gronda gentiment Elvire en la prenant dans ses bras. C'est pas un ogre. C'est un mignon gros ours ! Tu te rappelles ? Il était tout gentil avec toi.

— Bref, enchaîna Samuel, il y a quelque chose que je ne vous ai pas dit depuis qu'on est parti du Quartier Général…

L'aîné plongea sa main dans la poche de son sweat noir et en sortit un petit sac plastique où tenaient quatre bonbons multicolores comme des arlequins.

— Des Mistrals Gagnants ! cria Elvire en se relevant presque.

— Chut ! se fâcha Samuel en les cachant avec son autre main.

Arthur regarda par-dessus l'épaule de sa cousine pour vérifier qu'il n'y avait toujours personne pour les écouter. Au loin, il entendait le rire des jumelles et les cris énervés d'Anouar que les petites ne lâchaient jamais.

— Je rêve, se renfrogna Elvire, tu m'as cassé les pieds pour le téléphone et là tu nous sors des Mistrals de ta poche… on aurait pu s'en servir quand on fuyait la dernière fois ! Ou quand on traversait Clermont...

— J'ai bien failli plusieurs fois, mais... C'est tonton Nicky qui m'a demandé de les garder secrets.

— Et pourquoi ? s'indigna Arthur.

— Parce qu'il ne voulait pas qu'on les réutilise sans en savoir plus, argumenta Samuel tant bien que mal. Il voulait d'abord que j'en parle avec son créateur – en espérant que c'est bien le Docteur Schmout. Après tout, on ne sait rien de ces bonbons !

— On sait qu'ils nous ont sauvé la vie, s'énerva Elvire.

— Oui, mais Sam a raison, se calma son cousin. Ça agit étrangement sur notre corps. C'est peut-être une drogue. C'est peut-être risqué après tout…

— C'est ce que je me suis dit aussi ! lança Samuel. Mais…

Il fit une pause pendant laquelle il sortit les Mistrals Gagnants de leur petit sac plastique. Puis, doucement, il en distribua un à chacun.

— Je me dis aussi, reprit-il, qu'en cas de grand danger - et seulement en cas de GRAND danger - je préfère que vous preniez le risque plutôt que de vous faire renvoyer en bunker ou pire en hospice…

Les quatre enfants se firent alors une promesse silencieuse comme un pacte. Ils céderaient à la tentation de les prendre seulement si la situation était désespérée.

— Allez ! lança Arthur en se relevant. On va manger.

— Ce sera sans moi, râla Elvire. Aujourd'hui, j'ai entendu le prêtre dire qu'il y aurait des courgettes...

— Mais pourquoi tu fais une fixette sur ce légume ? s'amusa son cousin.

Et tandis qu'ils se relevaient pour rejoindre le reste du groupe pour le repas, un coup frappa fort sur la porte de l'abbatiale.

Elvire étouffa un cri et faillit s'étrangler avec sa salive. Les quatre s'accroupirent à toute allure derrière le pilier le plus proche.

— Ici le Commandant La Planche de la Gendarmerie nationale ! cria une voix de stentor. Nous avons un mandat de perquisition ! Ouvrez Père Abdiel. Au nom de la Nouvelle République, OUVREZ !

16
Derrière le rideau noir

Ce fut comme une cascade d'émotions qui traversèrent les enfants. Comme si un énorme rocher était venu se loger au creux de leur estomac. Un arrêt cardiaque d'une fraction de seconde, suivi d'une accélération du rythme de leur cœur et de leur respiration.

— Au nom de la Nouvelle République, Père Abdiel, ouvrez !

Il ne fallait plus réfléchir. Il fallait se cacher et bien se cacher. Mais où ? Ni une, ni deux, Elvire attrapa la main d'Hermione et fit signe aux garçons de la suivre sans plus attendre. D'un pas léger et discret, ils passèrent devant le prêtre qui remontait la nef à grandes enjambées, le front plissé.

— Au sous-sol, ordonna-t-il en continuant d'avancer.
— Oui, je sais, affirma-t-elle en accélérant la cadence.

Ils empruntèrent tous les quatre un grand escalier dissimulé par un épais rideau noir dans un confessionnal. L'air, plus frais, était aussi très humide et l'odeur de la roche mouillée était si forte qu'elle annihilait leur odorat.

— Par ici, chuchota Elvire en écartant difficilement une vieille tapisserie d'une lourdeur étonnante.

Une main sortit du trou noir qui se cachait derrière et les engouffra tous les quatre à l'intérieur. Un gémissement échappa à Hermione qui repoussa le geste.

— Chut, chuchota la voix d'Anouar. C'est nous.
— Taisez-vous ! ordonna Charlie.

Malgré l'obscurité totale qui régnait dans cet espace étroit, ils reconnurent les trois adolescents, les jumelles et Léopold. Ce dernier sentit la chaleur d'Elvire se répandre doucement vers lui et sa respiration se calma presque aussitôt.

Tous tendirent l'oreille et écoutèrent. La voix du prêtre et celle du gendarme se répercutaient avec une force étonnante. Le son de leurs paroles traversait le sol par les nombreuses aérations et se rependait autour d'eux avec une acoustique formidable.

Samuel se mordit la langue. Depuis combien de temps les autres étaient-ils ici ? Avaient-ils entendu leur conversation ? Le prêtre et les adolescents savaient-ils qu'on pouvait espionner les gens du sous-sol ? Elvire oui, sûrement. Elle y avait passé beaucoup de temps avec Léo. Peut-être n'était-ce pas si anodin et peut-être était-ce un moyen d'espionner les autres résidents ? Elle avait une acuité intellectuelle qui la rendait plus méfiante que les trois autres. Malgré son goût un peu trop prononcé pour le danger…

— De quoi m'accuse-t-on ? demanda le prêtre avec beaucoup de calme.

La conversation était brouillée par des bruits de pas qui martelaient le sol avec force et des éclats de meubles qu'on renversait.

— Nous sommes à la recherche d'objets de contrebande, répondit sèchement le dénommé commandant La Planche.

— Pardon ? reprit le Père Abdiel très sincèrement. Mais pourquoi dans mon abbatiale ? En plus, il aurait été bien plus simple de venir frapper à la maisonnette accolée où je réside… J'ai failli ne pas vous entendre et ne pas venir vous ouvrir. Vous auriez fait quoi mon fils ? Auriez-vous détruit une porte en bois massif qui appartient au patrimoine culturel de notre beau pays ?

— Je ne suis pas votre fils, coupa le gendarme sèchement. Mes hommes vont fouiller les lieux et en cas de biens illégaux en votre possession, nous vous embarquerons avec nous.

Il y eut un silence pendant lequel le bruit des pas se rapprocha dangereusement.

— Non, non, non, gémit Anouar.

— Tais-toi ! gronda Charlie. Tu vas nous faire repérer !

— J'ai laissé les assiettes sur la table ! Ils vont voir onze assiettes posées dans la salle à manger !

Une grande vague froide se répandit dans le trou noir comme un hiver glacial imprégnant leurs os.

— Espèce d'abruti, couina Charlie en tentant de calmer les jumelles qui se mettaient à gigoter.

Un claquement de métal les fit sursauter, forçant les dix enfants à se taire.

— Qu'est-ce qui vous fait croire que je m'adonne à ce genre de pratique, Commandant ?

— Plusieurs ouvriers nous ont signalé votre récurrente présence à la gare. Or voyez-vous, en contactant la préfecture de Clermont-Ferrand, il n'a été mentionné aucun envoi de fournitures vous concernant.
— Et bien pourtant, se défendit le prêtre, il arrive que me soit généreusement donné de quoi offrir un minimum de soin à mes ouailles. Si la Nouvelle République…

Samuel entendit pour la première fois le prêtre se laisser gagner par la colère.
— Si la Nouvelle République s'occupait mieux des plus démunis en cette période troublée plutôt que de garder tout pour ceux qui ne manquent déjà de rien, nous n'en serions pas là ! Et maintenant, osez me reprocher d'aider mon prochain ! Vous qui n'hésitez pas à enfermer vos concitoyens, vos semblables pour des balivernes politiques !
— Si j'étais vous, gronda le commandant La Planche, je modérerais mes propos ou alors ce sera pour « outrage à agent » ou pour « trahison » que vous allez vous retrouver au trou.

Le gendarme avait particulièrement insisté sur le dernier mot. En cas de *trahison*, la sentence n'était plus un procès (plus ou moins équitable) suivi d'un probable enfermement à perpétuité, mais plutôt une certitude de quitter ce monde sous le couperet de la guillotine.

En effet, la guillotine était revenue à la mode et se reposait peu. Elle était reconnue comme un symbole très fort de la Nouvelle République.

— Mon Commandant ! cria une autre voix. Nous avons trouvé une table pleine d'assiettes ! Onze assiettes, mon Commandant !

— Eh bien eh bien eh bien, renchérit La Planche avec une pointe de satisfaction qu'on pouvait deviner, même caché dans un sous-sol. Eh bien, je crois que vous allez pouvoir nous suivre, *Père Abdiel*…

— J'accueille parfois les fidèles de Dieu qui manquent de nourritures ! se défendit le prêtre. Je prends soin d'eux, je vous l'ai dit ! C'est ma mission !

— Personne ne manque de rien sous la Nouvelle République, s'énerva son bourreau. Les coupons alimentaires suffisent amplement ! Allez !

Les bruits de pas semblaient se regrouper vers le bout de la nef.

— Vous ! ordonna-t-il. Vous continuez de fouiller l'abbatiale et les appartements. Rien ne doit être laissé au hasard. Vous, vous attendez derrière la porte pour voir qui vient se joindre à ce repas. Et vous ! Vous m'embarquez le prêtre. Et plus vite que ça !

Et alors que les bruits de pas reprirent de plus belle, camouflant les gémissements d'Émile et les grognements d'Anouar que Charlie tentait de retenir de sortir de leur cachette, le silence se fit, total, inquiétant. Puis, tout à coup, une voix plus forte, plus tonitruante que les autres résonna avec une force qui défiait celle de ces prédécesseurs. Un pas sûr et puissant.

— Arrêtez-vous, ordonna cette nouvelle voix.

— Non, laissa échapper Léopold en plaquant une main sur sa bouche.

Le silence dura encore une bonne minute, comme si quelqu'un prenait le temps d'observer le spectacle de l'abbatiale sens dessus dessous.

— Je peux savoir ce qu'il se passe ici ? demanda l'énorme voix de baryton.

— Mon Lieutenant-Colonel ! s'empressa de saluer le commandant. Nous avons un mandat de perquisition pour fouiller toute l'égli…

— Voyez-vous ça, ajouta calmement son supérieur. Depuis quand ce genre d'action se déroule-t-elle sans passer par mon bureau, Commandant ? Pour tous vos débordements excessifs, il me semble que vous avez été rétrogradé et limité dans vos décisions par un arrêté des dirigeants de notre beau pays d'Issoire… Je me trompe, *La Planche* ?

L'appeler par son nom sans y ajouter le grade militaire paraissait complètement humiliant après le numéro de virilité qu'il venait de faire au prêtre. Toutefois, aucun enfant n'eut de pitié pour lui.

— Mais cet homme enfreint le règlement et cache des choses, se justifia-t-il vexé comme un enfant pris au piège.

— Taisez-vous, s'agaça le lieutenant-colonel Philippon qui maîtrisait le degré d'amplitude de ses émotions avec un savoir-faire hors pair. Le Père Abdiel a toute ma confiance et il n'a jamais rien fait qui mérite d'être traité de la sorte. C'est un citoyen modèle qui apporte son soutien à la fois à notre bonne République et aux personnes qui, malgré les bonnes intentions de notre beau pays, manquent parfois du nécessaire.

— Onze assiettes ont été trouvées dans ses appartements ! lâcha le commandant qui ne savait plus quoi faire alors qu'il aurait mieux fait de se taire. C'est plus que le nombre autorisé dans un même lieu !

— Bien sûr, bien sûr, continua sans se départir de son sang-froid son supérieur. Vous savez *La Planche*, il m'arrive parfois d'accompagner la Docteure dans ses visites à domicile pour vérifier l'état de ses patients les plus vulnérables. Des gens qui comptent sur nous, comme vous le savez déjà, mon cher *La Planche*. Et lorsque nous rendons visite au Père Abdiel, d'autres personnes se joignent à nous pour profiter des soins généreusement offerts par notre chère Docteure ! Or, n'oubliez pas qu'il est tout à fait autorisé de créer un groupe de dix à vingt personnes en consultation pour éviter de perdre trop de temps…

— C'est vrai que les Centres de Soins Populaires sont tellement surchargés, ajouta calmement le Père Abdiel.

— Je… je… mon Lieutenant-Colonel…

— Fermez-la Commandant La Planche. Quelle honte pour notre patrie ! S'en prendre à un prêtre et ravager une abbatiale… Faites nettoyer tout ce bazar fissa ! Et dégagez-moi les lieux.

Il y eut un silence gêné suivi d'un raclement de gorge mal à l'aise.

— À vos ordres, mon Lieutenant-Colonel.
— Bien ! lança ce dernier. Cette histoire est réglée ! Je vais m'installer tout de suite avec notre très chère Docteure et le Père Abdiel dans ces appartements et j'espère qu'en revenant dans dix minutes, les lieux auront été non seulement vidés, mais aussi réinstallés avec le plus grand soin.
— À vos ordres…

Et tandis que les bruits de pas recommençaient leur cacophonie dans les oreilles des enfants, le silence des voix se fit avec une lourdeur qui ne présageait rien de bon.
— La Docteure est là, chuchota Arthur qui avait dû mal à s'entendre lui-même tant son cœur battait fort dans ses tempes. LA Docteure… tu as entendu ?
— Je sais, répondit Samuel, la voix chevrotante. Le Père Abdiel avait déjà dit qu'il s'agissait d'une femme, tu te souviens ?
— Oui, mais là, c'est encore plus sûr !

Enfin ! Leur objectif était tout proche ! Le prêtre était hors de danger pour le moment - quoique pas pour très longtemps pensait-il avec un mauvais pressentiment - et le lieutenant-colonel Philippon étant présent, il pourrait sans doute leur apprendre des choses intéressantes…

Néanmoins, il ne fallait pas que ce dernier apprenne pour les Mistrals Gagnants. Il donnait la sensation d'être rangé de leur côté, mais pour combien de temps ? Était-ce réel ou était-ce seulement pour donner le change le temps de trouver comment récupérer son fils sans qu'on le lui enlève une seconde fois ?

Tout doucement, les bruits de pas s'éloignèrent jusqu'à ce que ne résonnent plus que les voix du commandant et de son supérieur, revenu au galop pour vérifier comme promis au bout de dix minutes l'état des lieux.

— Bien, bien, conclut-il. La prochaine fois que vous outrepasserez vos droits Commandant La Planche, je me ferai un plaisir de vous coller aux frontières de l'Alsace et de la Lorraine. Il paraît que les conflits ne décroissent jamais là-bas. C'est presque une tradition pour eux en temps de guerre… Un vrai plaisir pour passer ses interminables journées, vous ne croyez pas ? En attendant, rejoignez plutôt le centre pénitentiaire de Clermont-Ferrand. Nous devons transférer un *véritable* traître à la patrie dans nos geôles. Madame Jourdan vous donnera plus de détails. Exécution.

Une porte claqua avec force, plongeant les enfants dans l'incertitude de ce qu'ils pouvaient faire. Sortir ? Rester ? Le Père Abdiel devait venir les chercher. C'était ce qui était prévu.

Mais Léopold n'attendit pas de signal. Trop pressé par l'envie de revoir son père, il bouscula les plus grands et se jeta dans le sous-sol en évitant la grande main d'Émile qui tentait de le retenir. La tapisserie retomba sur l'adolescent qui éternua sous la masse de poussière. Léopold grimpa les marches deux par deux en ignorant les cris de peur des autres laissés derrière lui et ouvrit le rideau noir à la volée.

Derrière le rideau, des bras forts l'attrapèrent avant qu'il ne puisse laisser sa stupeur s'exprimer. Il plongea sa tête dans le cou épais de cet homme qui le tenait, tout tremblant comme un petit enfant, et inspira une odeur qu'il n'avait pas sentie depuis des semaines.

— Papa, cria-t-il dans le cocon chaud des bras de Philippon.

17
Docteur Schmout

Une à une, les têtes des clandestins de l'Arche d'Isaïe faisaient leur apparition de derrière le rideau noir, enjambant maladroitement le confessionnal.

Elvire eut à peine le temps de s'agripper aux rebords de bois brut qu'une main attrapa son poignet pour la projeter sur le devant de la scène. La rencontre était soudaine, voire brutale. Elle se retrouva nez à nez avec un homme accroupi. Il était blond, de taille moyenne, rasé de près, l'air sévère comme les militaires des vieux films français sur la Seconde Guerre mondiale. Il ressemblait à quelqu'un d'important avec son uniforme foncé, sa cravate serrée sur son col impeccable et ses belles décorations. Il tenait dans sa main gauche un couvre-chef qu'elle trouva étrange par sa forme.

— Papa ! lança Léopold plus excité que jamais. Je te présente Elvire !

Il sautait sur place, comme si son sang bouillonnait sous sa peau. Il faisait penser à un volcan en éruption avec ses cheveux roux et ses lunettes de travers.

— Calme-toi Léo ! lancèrent en même temps le lieutenant-colonel, le Père Abdiel et Elvire.

Le garçon se stoppa net, soudain frappé par l'étrangeté de la situation. Sa pudeur reprit le dessus et il rougit si fort en s'apercevant de ce qu'il venait de faire devant tout le monde, qu'il sentit l'envie de retourner se cacher derrière la tapisserie. Et tandis qu'il reculait vers le confessionnal comme un condamné, Elvire enlaça le cou du jeune garçon et déposa sa joue contre la sienne en criant : « Quand on sera grand Léo, je reviendrai pour t'épouser ! » suite à quoi l'assemblée éclata de rire.

Quand Arthur tourna son visage hilare vers l'entrée de l'abbatiale, il vit une silhouette qui regardait dans sa direction. Cette personne ne riait pas, dissimulée derrière la petite Chaire, son visage dépassant à peine de derrière la structure en bois massif.

Sous la voute colorée de rouge et de jaune, les rayons du soleil marquant ses contours en traversant le vitrail de derrière, elle ressemblait à une apparition divine, quasi irréelle.

La silhouette ne riait pas, au contraire. Elle semblait pleurer. Oui, elle pleurait silencieusement, une main agrippant le mur de toutes ses forces, et l'autre tremblante, posée devant ses lèvres.

— C'est toi ? chuchota la silhouette angélique.

Les têtes se tournèrent toutes vers elle. Samuel et Arthur s'avancèrent de quelques pas, leurs jambes tout à coup ramollies.

Les rayons du soleil baissèrent en intensité, dévoilant la personne qui se cachait derrière le contre-jour. C'était une femme de la quarantaine, les cheveux courts et grisonnants. Sa peau, loin d'être bronzée, avait tout de même un hâle plus foncé que celui d'Elvire ou d'Hermione.

De grands cernes se dessinaient sous ses yeux marron foncé baignés de larmes, car elle ouvrait grand ses paupières. Son petit nez arrondi frémissait sous l'émotion vive. Sa bouche, secouée de spasmes, s'ouvrait et se refermait pour rire et pour pleurer à la fois.

— C’est toi ? répéta-t-elle sur le même ton.

Les pieds d’Arthur ne bougeaient plus, fixés sur le sol. Il se frottait les yeux avec la manche de son sweat pour mieux voir qui lui parlait, mais à chaque fois, les larmes montaient plus nombreuses, brouillant sa vue comme un mur infranchissable.

« *Mais pourquoi tu fais ça ?* lui chuchotait une voix en lui. *Tu la reconnais sans la voir, non ? Tu l’as reconnue cette voix n’est-ce pas ? Sinon, pourquoi tu pleurerais autant ?* »

La femme s’avança péniblement, comme si ses jambes avaient du mal à supporter tout le poids de ces deux dernières années à espérer. Elle tendit ses mains tremblantes vers le visage du garçon qui ne savait même plus comment fonctionnait son corps.

— Arthur ! cria-t-elle en se jetant sur lui, brisant soudainement le mur qui les séparait encore de quelques centimètres à peine.

Un nouveau rayon de soleil, plus fort que le précédent envahit la nef tout entière et la ressemblance de ce jeune garçon avec cette femme fut l’évidence même. Autour d’eux, plus rien ne remuait. Ni les corps, ni le vent dans les arbres, ni les aiguilles du temps. Il n’y avait plus qu’une seule et même silhouette enlacée.

— C'est toi ! cria-t-elle encore une fois, plus fort.

Aucun mot ne sortait de la bouche de son fils. Il ne pouvait plus que respirer. Respirer à plein poumon l'odeur de sa peau, sentir que sous ses mains, sa mère était bien réelle, que ce n'était pas un mirage ou un rêve.

Derrière eux, l'assemblée se délectait de ces retrouvailles. Les véritables moments de joie étaient si rares ! Ils pleuraient, riaient ou détournaient les yeux par pudeur. Mais lorsque la mère d'Arthur tourna ses prunelles vers son neveu et ses nièces, tous se précipitèrent contre elle, s'enlaçant avec la plus vive des tendresses. Cet échange, ils l'avaient attendu, vécu dans leur sommeil, imaginé dans leurs insomnies. Et voilà qu'au creux de leurs bras se tenait une des personnes les plus importantes au monde.

— Allons déjeuner, ordonna gentiment le prêtre. Laissons-les seuls quelques instants.

— Mais… commença Léopold qui semblait s'inquiéter pour son amie.

— Allons manger, coupa son père en l'entraînant vers la salle à manger.

L'abbatiale se vida doucement tandis que les membres de la famille enfin réunis en partie ne relâchaient pas leur embrassade. Ils respiraient au même rythme et soupiraient ensemble, accordés entre eux en parfaite harmonie.

Au bout d'une dizaine de minutes, Samuel, Elvire et Hermione se reculèrent comme pour s'assurer que tout cela était vrai. Arthur garda ses bras autour d'elle, mais recula sa tête. Quelque chose lui paraissait étrange…

— Tu n'aurais pas rapetissé ? demanda-t-il très sérieusement à sa mère.

Salomé éclata de rire et déposa un franc baiser sur la joue de son fils adoré.

— Ce n'est pas moi qui ai rapetissé, c'est plutôt toi qui as grandi…

— Tu ressembles de plus en plus à mamie.

— Traite-moi de vieille bique tant qu'on y est ! ajouta-t-elle dans un sourire radieux. Je ne suis pas assez vieille pour ça !

Elle se recula de deux petits pas, ne lâchant pas sa prise sur les poignets d'Arthur.

— Tellement grandi, répéta-t-elle impressionnée. Toi, tu ressembles de plus en plus à ton père !

— Moi je trouve qu'il te ressemble à toi, constata Samuel.

Salomé tourna son regard vers les trois autres qui gesticulaient sur place, le corps secoué par l'adrénaline.

— Retrouver mon fils, dit-elle en ouvrant un de ses bras vers eux, c'était inespéré ! Mais vous retrouver tous les quatre en même temps, c'est…

Sa voix se brisa tandis que les larmes la submergeaient de nouveau. Elvire, qui pleurait plus que tous les autres, se jeta à nouveau contre elle. Hermione, elle, se colla contre Arthur.

Samuel, quant à lui, ne bougeait plus. Dans sa tête, il y avait une montagne de questions. Mais avant de parler de résistance ou de bonbons, il fallait qu'il pose cette question… celle qui brûlait ses lèvres…

— Papa, chuchota-t-il comme s'il avait peur de la réponse, maman… tu… tu as… tu sais…

— Non, je suis désolée, répondit difficilement sa tante.

Cette réponse fut un déchirement pour tout le monde. Arthur posa sa tête contre l'épaule de sa mère qui était mortifiée. Il vit que les trois autres ne réagissaient plus, comme vidés de leur énergie.

— Mais, se précipita d'ajouter Salomé, aux dernières nouvelles, ils allaient bien !

— Maman va bien ? demanda Elvire en relevant vers elle un regard implorant.

— Qu'est-ce que tu sais ? demanda Samuel qui espérait en apprendre assez pour organiser sa pensée.

Leur tante les entraîna sur un banc et ils s'assirent autour d'elle. Hermione remarqua qu'elle avait un peu perdu de ses rondeurs par rapport à ses souvenirs et que ses joues s'étaient creusées. Elle avait l'air épuisée et soucieuse et ses lunettes en métal blanc étaient rafistolées avec du sparadrap. De gros cernes siégeaient sous ses yeux comme installés définitivement. Quant à ses mains, elles paraissaient plus vieilles qu'elle. Mais alors qu'elle les prenait avec douceur dans les siennes pour y déposer sa joue, elle croisa le regard d'Arthur qui ne voyait rien de tout cela. Il y avait dans ses yeux une lueur qu'elle ne lui avait pas vue depuis longtemps. Sa mère était, à cet instant précis, la plus belle créature au monde. Hermione sourit en plongeant son visage contre elle.

— Et papa ? demanda son fils. Comment va papa ?

Salomé prit une grande inspiration et se lança dans un long laïus expliquant que le père d'Arthur allait bien. Qu'il ne travaillait plus pour le CHU de Clermont-Ferrand, car étant géographiquement plus proche d'Issoire, il avait été réquisitionné dans les Centres de Soins Populaires tout comme elle.

— Nous n'avons jamais cessé de vous chercher, ajouta-t-elle. Au début, on était tellement dévasté que ça a failli nous détruire… puis ton père et moi, on a eu comme un électrochoc ! Un patient lui a parlé de la Résistance et de ce qu'elle faisait pour libérer les enfants des bunkers. Du coup, on a créé un réseau de notre côté pour aider les plus démunis, ceux qui n'ont pas accès aux soins. On échange des informations avec nos patients et on a même bien avancé dans la cartographie du coin ! On pense connaître l'emplacement de la plupart des bunkers enterrés par ici.

— Il faut en parler au Front de Libération des Nains de Jardin ! lança Arthur.

Sa mère soupira.

— J'ai entendu parler de… de ce nom débile…

— C'est tonton Nicky qui est à leur tête ! rigola Elvire.

— Ça aussi j'en ai entendu parler, ajouta-t-elle en se joignant à son hilarité. J'ai d'abord cru que c'était une blague et qu'on se payait nos têtes, mais en fait, avec du recul, je me suis dit que c'était tout à fait son style ! C'est tout à fait mon frère !

— Le Père Abdiel a notre téléphone satellite, dit Arthur plein d'énergie. Il contacte la résistance de temps en temps.

Salomé se pencha vers la tête d'Hermione et fit glisser ses doigts dans ses cheveux bouclés. Elle paraissait à la fois soulagée et soucieuse.

— Je ne suis pas sûre que leur champ d'action est si éloigné de Clermont, mais bon… à voir ce que cette nouvelle information peut nous apporter ! Et puis j'aimerais savoir comment vont mon petit frère et sa famille…

— Les choses se mettent en place, conclut Samuel en se levant.

— Et pour maman et papa ? demanda Elvire qui brûlait d'impatience. Qu'est-ce que tu sais sur maman et papa ? Et mamie ?

Samuel se mit à faire les cent pas, ses oreilles toujours à portée de voix de sa tante.

— Après le jour de la « Grande Censure », après qu'ils ont détruit tous les moyens permettant un contact éloigné non contrôlé tels que les téléphones, Internet, et cætera, je n'ai plus eu de nouvelle assez… précise pour affirmer qu'elles sont véridiques. Nous n'avons le droit qu'à des trajets très restreints. Il y a des contrôles routiers dans chaque rue principale. Même pour venir soigner mes patients chez eux, c'est d'un compliqué ! Si on se fait attraper sur un trajet non autorisé, à une heure non autorisée, c'est la prison sans aucune forme de procès. Du coup, impossible de rendre visite à ma propre sœur et à ma mère.

— Papa a été envoyé aux frontières ? demanda son neveu qui sentait son sang bouillir. Je sais qu'il était gendarme quand il était jeune alors… ils l'ont peut-être envoyé…

Elvire et Hermione eurent un sursaut. Elles ne savaient pas.

— Pourquoi tu ne m'as rien dit ? cria Elvire qui sentait les battements de son cœur s'enflammer.

— Parce que je ne voulais pas t'inquiéter ! cria son frère plus fort encore.

— Calmez-vous ! ordonna leur tante. Votre père, juste avant la « Grande Censure », était bien occupé par un travail pas loin d'ici. Je vous rappelle qu'il a un diplôme en informatique et des qualifications en aéronautique.

— Mais bien sûr ! s'écria Samuel. Les avions ! En temps de guerre, l'aéronautique doit fonctionner à plein régime ! Il doit être à l'usine alors...

Salomé acquiesça d'un signe de tête.

— Et pour tatie ? Et pour mamie ? demanda Arthur.

— Lisette devait être envoyée dans les champs pour les récoltes, mais je ne sais pas si ça s'est fait.

— Maman dans un champ, répéta Elvire complètement hébétée par cette nouvelle, à demi amusée. Maman dans un champ ? Elle qui déteste les insectes ? Elle qui déteste mettre les mains dans la terre ? L'horreur... et pour mamie ?

— Mamie avait déménagé chez vous, mais elle était tellement effondrée que je m'inquiète de son état. Je n'ai pas eu de ses nouvelles depuis plus d'un an...

Hermione lâcha une plainte profonde. C'était un des rares bruits qui arrivait à s'échapper de cette prison corporelle. Sa mamie devait beaucoup souffrir de ne plus les tenir dans ses bras si doux, si câlins...

— Chut, chuchota sa tante en la soulevant pour la serrer contre elle. Je suis sûre que tout va bien. Tu sais, mamie a connu bien pire dans sa vie ! Elle est solide. C'est une warrior !

Salomé regarda sa montre. Il était 14h passé et son temps à l'abbatiale était limité.

— Il va falloir que j'examine mes deux petites patientes d'ici et qu'on réfléchisse à un moyen de vous emmener chez moi sans se faire attraper. Si je traîne trop longtemps, je vais avoir des problèmes.

Tous les quatre se levèrent pour se diriger vers la salle à manger, mais Samuel s'interposa. Son visage était encore plus fermé que d'habitude.

— Qu'est-ce que… commença sa tante.

— C'est toi le Docteur Schmout ? la coupa son neveu.

— Comment ?

— Nicky, expliqua-t-il. Il nous a dit qu'un dénommé Docteur Schmout était à l'origine des Mistrals Gagnants.

— Docteur Schmout est le pseudonyme que nous utilisons tous - médecins et infirmiers - quand nous agissons au sein de cette organisation dont je te parlais tout à l'heure.

— C'est toi qui l'as choisi n'est-ce pas ? ajouta Arthur en souriant de plus belle. C'est grâce à ça qu'on est venu par ici ! C'est grâce à toi maman !

Sa mère attrapa le visage de son fils et l'attira vers elle pour le reprendre dans ses bras.

— Comment savez-vous pour les Mistrals Gagnants ? demanda-t-elle, inquiète.

— C'est grâce à la résistance qu'on en a eu, enchaîna Samuel.

— Vous en avez mangé ? se fâcha-t-elle. Sans savoir quels effets ils pouvaient avoir sur vous ?

— Ces bonbons…

— Médicaments, rectifia Salomé en colère.

— Ces médicaments nous ont sauvé la vie, ajouta son neveu sans ciller. C'est grâce à eux si on a réussi à s'échapper de SPÉ ! Je sais tatie que tu les avais créés pour aider les gens qui n'avaient pas les moyens de s'acheter de quoi soulager leurs douleurs. On a pensé avec tonton qu'ils avaient disparu de la circulation à cause des effets étranges sur les enfants. C'est la raison ? Qu'est-ce que tu peux me dire sur les Mistrals Gagnants ?

— Peu importe, conclut Salomé. Ces médicaments ne circulent plus et c'est le principal.
— C'est faux ! renchérit-il. Il en existe encore un peu. Et il faut que j'en sache plus !
— Pourquoi ?

Samuel s'approcha de sa tante, plein d'espoir. Il remuait cette idée depuis le début, depuis qu'il s'était aperçu à quel point la situation pouvait s'inverser.
— Parce que je crois, articula-t-il, je crois que les enfants qui ont été enfermés – et ceux qui le sont encore – peuvent tous se sauver et sauver le reste du pays. Je crois que les enfants – nous – je crois que nous pouvons devenir le nerf de la guerre et renverser le pouvoir.

Leur tante ouvrit grand la bouche pour répliquer, mais aucun son n'en sortit. Elle réitéra plusieurs fois cette action puis baissa la tête en soupirant.
— OK, dit-elle. On en parlera quand on sera en lieu sûr. Les murs ont des oreilles. Maintenant, il faut trouver un moyen de vous ramener à la maison.

18
Un vent de vérité

Avoir un lieutenant-colonel de son côté était vraiment une aubaine. Sans lui, il aurait été impossible de franchir les barricades qui permettaient de se rendre chez Salomé sans risquer une fouille aléatoire du véhicule. Les attestations distribuées par un haut gradé de l'armée faisaient office de passe-droit que nul militaire inférieur n'avait le droit de contester, même si celles-ci paraissaient étranges ou dérangeantes.

Ils avaient réussi à sortir d'Issoire sans encombre, mais, tous collés les uns contre les autres dans le grand coffre de la voiture de Salomé, ils peinaient à respirer correctement. Samuel se concentrait sur son objectif. Arthur se concentrait sur l'envie de revoir son père. Hermione essayait de ne pas replonger dans ses cauchemars et Elvire ressassait tristement ses adieux à ses compagnons de l'abbatiale. Surtout un en particulier qui lui manquait déjà.

Léopold n'avait pas dit grand-chose, fixant la pointe de ses chaussures avec insistance. Et après un léger « au revoir », il était parti rapidement se cacher à l'intérieur. Sûrement derrière la tapisserie qu'ils utilisaient pour écouter en secret les conversations de tout le monde. Mais pourquoi ne lui avait-il pas jeté de regard ? Elle qui adorait ses grands yeux verts et ses lunettes noires. C'était la dernière chose qu'elle aurait voulu apercevoir quand le coffre s'était refermé sur eux.

Le reverrait-elle ? Était-il en colère contre elle d'être partie ? Est-ce qu'il l'aimerait encore quand la guerre serait finie ? Et la guerre allait-elle prendre fin un jour ? Trop de questions se bousculaient dans la tête de la petite fille. Mille émotions la traversaient comme un torrent en pleine mousson tropicale.

Et Samuel ? Quel était son objectif ? Voulait-il retrouver sa famille comme prévu ? Il ne parlait plus d'eux, mais seulement de mettre fin au conflit. Est-ce qu'il avait oublié maman ? Alors, toute cette incertitude creusait un grand vide dans son estomac. Qui avait raison ? Elle qui avait besoin de retrouver ses parents ou lui qui semblait faire passer son devoir avant sa promesse ?

— Chut Hermione, murmura son frère aîné derrière elle.

Sa petite sœur commençait à s'agiter, en prise avec une peur nouvelle. Il ne faisait pas seulement noir dans ce coffre. L'endroit était si minuscule pour eux quatre… elle avait la sensation d'étouffer.

Elvire se colla le plus possible contre l'ouverture pour qu'Hermione ait plus de place. Elle ferma les yeux et grava dans sa mémoire les beaux yeux marrons et la peau caramel d'Anouar, les rires de ce jeune ours d'Émile qui pouvait porter un adolescent sans effort, l'air sévère de Charlie qui ne souriait qu'en se cachant derrière ses mains, les petites Cyrielle et Isobel qui rêvaient de devenir de véritables princesses et Léo, le gentil Léo qui n'avait d'yeux que pour elle derrière ses lunettes carrées qui lui donnaient parfois un air si sérieux sur un visage si doux.

Les enfants sentirent que le véhicule ralentissait et s'arrêtait totalement. Salomé ouvrit le coffre discrètement, mais aucune lumière ne parvint à leurs yeux.

— Sortez doucement et sans bruit, ordonna-t-elle tout bas. J'ai rentré la voiture dans le jardin. Il fait nuit, mais on ne sait jamais. Ils ont construit un immeuble dans le pré d'à côté pour accueillir les personnes qui ont fui la côte atlantique. Même si les lumières extérieures ne fonctionnent plus, quelqu'un pourrait vous voir.

Ce fut une drôle de sensation pour les enfants. Les voilà en train de jouer au shinobi dans un lieu qui semblait ne jamais les avoir quittés. Arthur avait souvent imaginé ce que cela lui ferait de se retrouver sur cette terrasse après tout ce temps et pourtant, rien ne lui parut plus normal que d'être ici. Les herbes étaient plus hautes qu'à l'accoutumée et prenaient plus de place qu'elles n'auraient due, sur les murs, entre les pavés de la petite allée qui menait au fond du jardin. Des branches de l'arbre central étaient cassées et d'autres penchaient dangereusement. Cet érable avait semé abondamment autour de lui malgré le manque d'eau et des arbustes poussaient de-ci de-là à leur guise. C'était moins net que dans ses souvenirs pourtant, il comprit que sa place était ici. Que peu importait où son chemin le mènerait dans l'avenir, il y aurait toujours un lieu pour l'accueillir. Et ce lieu, c'était ici. Son *chez lui*.

Derrière la porte voilée de la vieille maison de pierres, on devinait que la lumière était allumée. L'ombre d'un chien aboyait et sautait comme un fou derrière.

— Je passe devant, dit Salomé en glissant ses clefs dans la serrure. Ça vaut mieux. Ne faites pas de bruit, OK ?

Et tandis qu'elle s'enfonçait dans le petit couloir qui menait vers le grand salon en tirant du mieux qu'elle pouvait sur le collier de la chienne qui sautait dans tous les sens, les enfants ne purent retenir des cris de surprise et de plaisir face au débordement de joie de Mandy, la chienne qui n'avait pas revu son petit maître depuis bien trop longtemps. Cette séparation n'avait pas altéré son amour pour lui et en remuant la queue, prise de folie, elle réussit à faire lâcher sa maîtresse et se mit à tourner en rond, allant d'un enfant à l'autre, caressée de toute part, ne sachant plus où donner de la tête. La plus jeune bascula et atterrit sur une marche. Ils ne se rappelaient pas à quel point c'était merveilleux d'être accueilli quelque part avec autant d'amour !

— Qu'est-ce que c'est ? demanda une voix d'homme paniqué.

Arthur sentit un frisson traverser son corps. Cette voix aussi, il la connaissait par cœur.

— Écoute-moi, l'arrêta net sa femme en disparaissant dans le salon. Tu te rappelles que je suis allée à l'abbatiale aujourd'hui ?

— Tu as ramené un des enfants de là-bas ? On en a déjà discuté.

L'homme semblait soucieux.

— Dis-moi que tu n'as pas fait ça, chuchota-t-il. Si on finit en prison, on ne retrouvera jamais Arthur.

La voix de son père se brisa. Après toutes ces années sans son fils, en parler était toujours aussi douloureux.

— Bon, gronda leur tante, tu vas me laisser finir ? Va fermer les volets.

— Pourquoi ?

Les autres n'entendirent plus rien, mais au bout de trois secondes, les corps se déplacèrent et le bruit de volets qui glissaient résonna avec une lenteur infinie.

Soudain, le visage de Salomé réapparut. Elle se pencha en arrière et fit signe à Arthur d'approcher.

Même sensation, même scène que dans l'abbatiale quelques heures plus tôt. Sauf que cette fois-ci, son père cria. C'était un cri salvateur. Les larmes, les embrassades. Cette fois-ci, c'était un homme grand aux épaules larges qui se laissa tomber au sol, agrippant le corps tout à coup minuscule de son fils adoré. Salomé se joignit à eux, les serrant si fort qu'ils paraissaient ne faire qu'un dans cette belle photo de famille.

— C'est toi, sanglota Victor. C'est bien toi... Tu es vivant...

Les trois autres ne se mêlèrent pas tout de suite à ces retrouvailles. Premièrement, car leur oncle ne les avait toujours pas vus, ses yeux dévorant Arthur tout entier comme si c'était un mirage, et deuxièmement, car ils sentaient bien que c'était vraiment vital pour eux. Séparés de leurs enfants, beaucoup de parents avaient dû sombrer ou devenir complètement fous. Ajoutée à cela la pression de l'État militaire, combien avaient dû craquer ? Alors, il fallait au moins leur laisser le temps de panser leurs blessures ensemble – à défaut de les soigner complètement.

Elvire imagina comme une aura se dessiner autour de cette petite montagne d'amour. Comme dans un dessin animé. Une aura qu'elle voyait rougeoyante, puissante, éclatante. Et de la fumée s'échappait de cette étreinte. Cette fumée, c'était les plaies de leur solitude qui se refermaient. Et au pied de la montagne, la jeune fille vit toutes ces larmes dessiner une rivière sur laquelle ils se reconstruisaient. C'était beau. C'était ça le véritable bonheur.

Alors Elvire comprit. Elle regarda son frère qui semblait ne plus vouloir pleurer et dont le regard était déterminé. Retrouver leurs parents, oui ! C'était la plus belle chose au monde, mais après ? Que deviendraient-ils ? Vivre éternellement en se cachant… et les autres enfants ? Et les autres parents ? Il ne fallait pas seulement retrouver le bonheur pour eux seuls. Il fallait tout faire pour que le monde, leur monde retrouve la joie de vivre.

— Mon doudou, articula difficilement Salomé en essuyant la joue de son mari de ses doigts, il faudrait voir si nous avons de quoi faire un gâteau ou quelque chose qui y ressemble...

— Pourquoi ? demanda son mari décontenancé par toutes ses émotions qui le traversaient.

— Parce qu'aujourd'hui, on est le 8 décembre.

Salomé se retourna vers Hermione, un grand sourire sur ses lèvres tremblantes.

— Joyeux anniversaire ma jolie !

Le gâteau était maigre et composé de peu d'ingrédients, mais il avait un goût exquis. Celui du gâteau préparé avec *amour* comme disait sa tante. Hermione en avait eu plus que les autres, car Samuel, Arthur et Elvire avaient prétendu ne pas trop l'aimer. Ils prenaient toujours tellement soin d'elle… C'est pourquoi Hermione avait fait le vœu qu'ils soient toujours heureux au moment de souffler ses sept bougies.

De plus, Salomé avait été accablée en apprenant son mutisme une heure auparavant. Elle l'avait auscultée dans l'ancienne chambre où elle dormait parfois avec sa mamie. Mais cette fois-ci, au lieu d'être en colère comme le faisait le Docteur Nouille-trop-cuite, sa tante adorée lui avait murmuré de douces paroles réconfortantes. Elle lui avait seulement dit que ce n'était pas grave. Que sa voix reviendrait quand elle serait prête. Qu'elle reviendrait un peu différente au début et dans un murmure peut-être… mais qu'il fallait qu'elle se rassure. Elles travailleraient ensemble pour l'aider à retrouver sa jolie voix - si Hermione le souhaitait.

La petite fille avait pleuré et comme un murmure, elle avait cru entendre un gémissement plus fort, plus affirmé que d'habitude…

Était venu le tour de son frère, de sa sœur et de son cousin d'être auscultés par sa tante. Pendant ce temps, Hermione avait ressorti quelques jouets qu'elle n'avait pas vus depuis longtemps. Au bunker, il y en avait peu et c'était principalement des jouets éducatifs puisque s'amuser pour s'amuser était mal vu. Quel bonheur de toucher à tout ça !

Finalement et en attendant que le repas du soir soit prêt – un maigre repas, Arthur avait regardé avec nostalgie son vieux cahier de cartes à collectionner sur le canapé. Samuel avait joué – à l'abri des regards – avec des Lego d'animaux fantastiques et Elvire avait lu à haute voix une des histoires de leur sorcière préférée.

Mais au moment du dessert, alors qu'Hermione mangeait avec appétit, Samuel avait vite ramené le sujet qui l'intéressait sur le tapis.

— Tu m'as promis de me raconter quand on serait à l'abri, dit-il, déterminé. Parle-moi des Mistrals Gagnants, s'il te plaît.

Victor se mit à débarrasser la table en prenant soin d'embrasser ou de caresser le dessus de la tête de son fils à chaque passage. Arthur riait intérieurement. Ça avait quelque chose d'étrange et de réconfortant à la fois.

— Il y a un peu plus d'un an, commença Salomé, pas longtemps après qu'ils ont enlevé les enfants pour les enfermer, nous nous sommes retrouvés Victor et moi affectés dans un Centre de Soins Populaire d'Issoire. C'était dur parce que mes patients sont éloignés de cette zone. Beaucoup se sont retrouvés privés de soins à proximité de chez eux.

— Tu veux dire qu'il n'y a plus de médecin dans les campagnes ? demanda Arthur. Et ton cabinet ?

— Mon cabinet a été fermé. Il appartient à l'État maintenant.

— Il faut se déplacer dans les Centres Populaires, ajouta Victor en se posant à table entre sa femme et son fils. Il n'y a que quatre bus dans la journée et les files d'attente sont interminables. Certains repartent même le soir sans avoir vu un médecin. Nous, on a un véhicule pour se déplacer chez certains patients, mais on est souvent contrôlé par l'armée.

— Parfois, on m'autorise à aller en visite, mais ça reste très limité. Je suis toujours accompagnée d'un haut gradé comme Philippon ou le Commandant Ortega par exemple.

— Mais c'est plus souvent un Capitaine ou un Lieutenant.

— Et les pharmacies ? demanda Samuel.

— Toutes fermées ou soumises à une réglementation très stricte et surveillées de près par l'armée. Les médicaments sont devenus une denrée précieuse.

— Surtout au prix où ils te vendent ça, grogna leur oncle. Les gens travaillent comme des fous pour des coupons-repas, mais la plupart sont échangés contre des soins, quitte à se priver de nourriture.

Il laissa s'échapper un rire qui n'avait rien de drôle. On sentait l'amertume et la frustration avec lesquelles il devait avancer au quotidien.

— Au fur et à mesure, reprit Salomé en posant sa main sur celle de son mari, les soignants se sont mis à chercher des solutions pour aider ceux qui n'avaient pas les moyens d'acheter des médicaments de base.

— Le paracétamol ? demanda Samuel.

— Hors de prix ! lança Victor.

— C'est pour ça qu'un de mes collègues, continua sa tante, a créé une mixture à base d'herbes médicinales.

— C'est le chef indien dans cette série que maman regardait à la télé quand on était petit, plaisanta Elvire en rigolant de bon cœur.

— Tu connais ça toi ?

Sa tante rit aussi en imaginant son collègue habillé en Cheyenne.

— C'est moi qui ai proposé de les appeler ainsi, reprit-elle très sérieusement. Normalement, ça n'a rien de dangereux ni d'hallucinogène... On n'a pas compris pourquoi il avait cet effet sur certains jeunes gens et pas sur d'autres !

— Qu'est-ce que tu veux dire ?

Salomé se leva et les emmena dans le salon pour s'asseoir sur les canapés. Elle ouvrit ses bras pour qu'Hermione s'y blottisse. La tête de la petite dernière lui paraissait lourde. Elle tentait désespérément de garder ses paupières ouvertes. En vain. Hermione s'endormit en quelques minutes à peine, bercée par les légers balancements de sa tante.

— C'est arrivé à trois reprises, enchaîna-t-elle une fois assurée que la plus jeune dormait. La première fois, on n'a pas fait le rapprochement tout de suite. La fille d'une de mes patientes qui se cachait dans une vieille grange a pété les plombs. Elle est sortie tout à coup de sa cachette sept mois après la « Grande Récolte » et elle a saboté un convoi de trains qui longeait son village comme une vraie pro ! Mais une fois l'excès d'adrénaline passé, elle a été arrêtée et a disparu de la circulation…

— Les médias ont dit que c'était à cause du Virus des Glaces qu'elle était devenue folle, continua Victor. Et ils nous ont rappelé l'importance de protéger les jeunes filles. Au moins, ça aura eu un effet positif pour l'État puisque certaines familles ont elles-mêmes livré à la gendarmerie leurs filles encore cachées…

— Sérieux ? s'énerva Arthur. Les gens sont abrutis…

— Les gens ont peur, rectifia sa mère. On leur dit qu'une fille a tout saccagé à cause d'un virus et qu'ils sont en danger. Ils ne réfléchissent pas plus que ça. Les gens sont épuisés et démoralisés. Ils peinent à se nourrir et à se soigner alors, avec un ou plusieurs enfants cachés, ce doit être difficile de tenir…

Samuel regarda ses sœurs. Il aurait pu laisser le Docteur Nouille-trop-cuite les emporter loin de lui, mais il aurait complètement perdu le sommeil et l'appétit. Comment vivre, séparé de celles qu'il devait protéger ? Comment continuer à se regarder dans un miroir après pareille décision ? Les gens qui avaient livré leurs filles arrivaient-ils encore à vivre ?

— La deuxième fois, reprit sa tante, c'est un garçon de seize ans qui est entré dans un service de gendarmerie et qui a froidement assassiné l'ancien Lieutenant-Colonel. Pareil que pour la précédente. Travail de pro. Arrestation et cette fois-ci, condamnation à mort pour lui et les membres de sa famille qui le cachaient. En direct à la télévision, bien entendu…

— Un des Docteurs Schmout qui a pu s'approcher de sa mère avant qu'elle ne soit transférée sur Versailles a avoué qu'il avait complètement changé d'attitude après lui avoir donné un Mistral Gagnant. Heureusement, elle n'a pas fait le rapprochement et n'en a parlé à personne d'autre.

— L'histoire est horrible, mais tout le monde par ici a été heureux, car ce Lieutenant-Colonel Pranger était une vraie pourriture… Il a été remplacé par Philippon et depuis, les choses sont plus simples pour tout le monde.

Arthur s'assit à côté de sa mère et se rapprocha d'elle. Cependant, c'est le pied de sa petite cousine qu'il attrapa comme on attrape la main d'une personne pour l'assurer de sa présence protectrice. Il était tout chaud. Elle dormait si profondément que rien n'aurait pu la réveiller. Il regarda Samuel avec qui il échangea un sourire. C'était super de la voir s'abandonner dans les bras de sa tante.

— Et la dernière personne à avoir été victime d'un Mistral est un autre adolescent, conclut Salomé. Après avoir ingéré un de ces médicaments, il a fait un truc complètement…

— Hallucinant.

— Oui, c'est ça. Hallucinant ! Puis, comme les autres, il a été attrapé et enfermé par l'armée. C'est là que nous avons compris qu'il fallait stopper la diffusion de ce médicament.

— Et puis ça ne pouvait pas être en lien avec ce soi-disant *Virus des Glaces* puisqu'il est censé toucher que les filles, ajouta Victor.

Salomé leur expliqua que les adolescents et les enfants partageaient certaines similitudes biologiques - d'où son inaction sur les adultes - et que, sûrement, une substance présente dans les Mistrals Gagnants donnait la sensation à celui qui en ingérait d'être plus fort ou plus intelligent. Un coup d'adrénaline qui, effaçant l'inhibition, aidait à développer pendant quelques minutes les capacités physiques et intellectuelles.

— Mais une fois l'adrénaline disparue, ces gosses se retrouvent en danger, livrés à eux même.

Elvire regarda Samuel avec insistance. Arthur se joint à cet échange silencieux. Il y avait quelque chose d'étrange dans ce qu'ils entendaient. La jeune fille se rappela avoir fait bouger des araignées qui avaient attaché un gardien avec des fils de soie ! Samuel, dans un élan de désespoir était devenu un maître de l'informatique alors qu'avant il n'y connaissait absolument rien et Arthur se rappelait bien des contours du Docteur Nouille-trop-cuite se gommer comme s'il disparaissait pour toujours avant de sombrer sous un drap qui n'était pas là deux minutes avant…

— Impossible, murmura enfin Elvire. Ça ne peut pas être que ça !

— Qu'est-ce que tu veux que ce soit d'autre ? demanda sa tante fatiguée.

— Et pour ce Virus des Glaces, coupa Samuel qui sentait que ce n'était pas encore le moment d'en parler. Est-ce qu'on doit prendre nos précautions ? Je veux dire pour mes sœurs ? Elles doivent porter un masque ?

— Je t'en parlerai demain, lui sourit sa tante. Ne t'inquiète pas pour ça. Tes sœurs ne craignent absolument rien.

— Allez, ordonna son mari. Il est très tard et il va falloir qu'on s'organise pour vous cacher sans éveiller les soupçons du voisinage à partir de maintenant.

— Vous travaillez demain ? demanda Arthur avec une pointe d'angoisse dans la voix.

Sa mère fit non avec sa tête.

— Seulement ton père. Moi j'étais de garde ce week-end alors je serai là demain.

Les trois enfants se levèrent pour monter à l'étage et se coucher dans la chambre d'Arthur comme ils le faisaient autrefois. Inutile de leur rappeler comment faire, car leur corps une fois encore, se souvenait très bien de tout ça.

— Je vous ai sorti des brosses à dents, conclut Victor. Par contre, il faudra dormir avec vos vêtements pour ce soir.
— Tant mieux, grogna Arthur épuisé. J'ai pas le courage de me changer.
— Ou de me brosser les dents, râla Elvire.

Après que Victor ait déposé la plus jeune dans la chambre d'amis, vite rejointe par Elvire, les deux parents s'assirent sur le sol, chacun à l'entrée d'une des chambres où les enfants s'allongeaient. Ils étaient éreintés, mais tellement heureux et anxieux à la fois qu'il était naturellement décidé qu'aucun d'eux n'arriverait à bouger de là. Leurs fesses semblaient scotchées au vieux parquet et leurs yeux rivés sur ces précieuses petites créatures endormies.
— Bonne nuit mes amours, chuchota Salomé.
— Bonne nuit, répondirent-ils dans un demi-sommeil, le cœur léger, plongés dans une couette douce et moelleuse.

19
La Substance Dangereuse

Au matin, Samuel avait descendu les marches sur la pointe des pieds pour ne pas réveiller ses sœurs et son cousin qui dormaient encore à poings fermés. Il avait failli dégringoler les escaliers, car Mandy, la chienne lui tournait autour complètement excitée. C'est à ce moment-là qu'il savoura vraiment le bonheur d'être en famille. Il s'assit sur la dernière marche et enfouit son visage dans la fourrure douce et chaude de la chienne qui grognait de joie. Du bout des doigts, il lui gratouillait le dos.

— C'est toi, dit sa tante qui s'était posée de l'autre côté du couloir. Tu devrais aller dans le salon.

Elle pointait de son index la porte d'entrée qui était transparente par endroit.

— Si quelqu'un entre dans le jardin, ajouta-t-elle, il pourrait te voir. Le fond de notre jardin est ouvert aux gens pour qu'on essaie tous ensemble de récolter quelques légumes et quelques fruits à se partager. Normalement, il n'y a personne à cette heure-ci, mais on ne sait jamais.

Samuel l'accompagna sur un des canapés et se fit tout petit. Salomé remarqua qu'il avait l'air gêné.

— Qu'est-ce qu'il y a ? demanda-t-elle en se rapprochant.

Le visage de son neveu devint plus rouge qu'une tomate. Il était grand maintenant ! C'était un adolescent et pourtant…

Salomé comprit sans qu'il ait besoin de demander quoi que ce soit. Elle ouvrit de grands bras et attrapa Samuel par le sweat pour l'obliger à casser cette nouvelle pudeur qui n'existait pas autrefois entre eux. Et, c'est blotti dans ses bras, à l'abri du mal que le jeune garçon se laissa complètement aller. Les larmes le submergèrent. Des mois et des mois d'inquiétudes qui se déversaient dans les bras de sa tante adorée. Depuis tout petit, il avait toujours eu ces moments rien qu'à lui où Salomé l'enlaçait comme elle le faisait avec son fils. Elle était un peu comme une deuxième maman.

— Je suis désolé, sanglota Samuel. Je suis désolé !
— Chuuuut, chuchota-t-elle en caressant ses cheveux.
— Je suis désolé, continua-t-il comme une litanie douloureuse.

Sur le haut des marches, trois enfants se posèrent là, l'oreille tendue, leurs larmes silencieuses se joignant à celles de Samuel, attendant le signal de Salomé pour se joindre à eux.

Arthur avait empêché ses cousines de descendre. Si ce qu'Elvire avait dit à l'abbatiale était vrai, alors son cousin avait véritablement besoin de lâcher prise quelques minutes.

— J'ai peur, articula difficilement l'aîné des quatre. J'ai peur de ne jamais réussir à retrouver nos parents ! J'ai peur de voir disparaître tout le monde encore une fois ! J'ai peur d'avoir condamné mes sœurs en les sortant du bunker ! Je ne sais pas quoi faire ! Pourquoi je ne contrôle jamais la situation ?! C'est si dur… j'ai l'impression de ne faire que des mauvais choix.
— Calme-toi, dit sa tante en collant son front contre le sien. Tu es bien arrivé jusqu'ici non ? Il faut que tu respires tranquillement d'accord ?

— J'ai peur qu'on ne me prenne pas au sérieux, mais je suis sérieux !

Samuel se leva et c'est à ce moment-là que Salomé s'aperçut que beaucoup de temps s'était écoulé pour eux aussi. Il avait dû grandir d'une vingtaine de centimètres et malgré ses treize ans et son visage encore enfantin, le regard de son neveu n'était plus le même.

— Il faut que je sache tatie, enchaîna-t-il en essuyant ses larmes d'un revers de sa manche. Qu'est-ce que tu ne m'as pas encore dit sur le monde extérieur ?

— Et toi Samuel, demanda-t-elle. Qu'est-ce que tu me caches qui te met dans un état si terrible ?

Elvire descendit les marches deux par deux avec une adresse que Salomé ne lui connaissait pas. Elvire était autrefois la petite fille la plus maladroite du monde. Et la voilà, jeune fille, qui sautillait comme un lutin pour arriver devant son frère plus vite qu'un lézard se faufilant dans une crevasse.

— Je vais te le dire moi, lança-t-elle déterminée.

— Ça suffit, Elvire ! se fâcha son frère. Elle ne nous laissera pas faire.

— Faire quoi ? demanda leur tante inquiète.

— Sauver tout le monde, ajouta Arthur en descendant tranquillement, la main d'Hermione dans la sienne.
— Mais de quoi vous parlez ? gronda Salomé qui sentait que la situation lui échappait.
— Ce n'est pas toujours à toi de porter les choses sur tes épaules, enchaîna Elvire en enfonçant sa main dans la clavicule de son frère.

Elle se retourna vers sa tante et s'assit sur un fauteuil.
— Les Mistrals Gagnants ne sont pas simplement des médicaments qui donnent un coup de peps. L'adrénaline ne ferait pas danser des araignées n'est-ce pas ?

Et tandis que Salomé fronçait les sourcils, à la fois inquiète pour la santé mentale des enfants et à la fois curieuse de comprendre ce qui se passait, Elvire, Arthur et Samuel lui racontèrent chacun à leur tour ce qui s'était réellement passé le jour de leur évasion. Seule Hermione ne dit rien. Elle prit une feuille blanche et un feutre et dessina les quatre enfants endormis dans les marches d'escalier d'un immeuble, les étoiles et la pluie tombante.

Salomé écouta sans broncher. Elle ne savait pas comment réagir. Ce que lui racontaient ces enfants était absolument incroyable. Comment son cerveau pouvait-il en supporter davantage ? Il fallait à tout prix trouver un raisonnement logique, scientifique, réaliste… pourtant, une lueur folle et déterminée luisait dans le regard de son fils.

— Mais enfin ! finit-elle par lâcher. Ce n'est pas possible. Vous avez cru voir des choses parce que vous étiez sous l'emprise d'un médicament plus puissant que ce qu'on l'imaginait… mais contrôler des araignées, faire disjoncter tout un serveur ou faire disparaître un adulte ? Vous êtes devenus fous ?

Un silence gênant s'installa. Samuel croisa les bras et pencha sa tête vers le sol.

— Voilà pourquoi je ne voulais pas en parler tout de suite, dit-il avec lassitude.

Elle se leva, soudain gênée par ses propres paroles. Elle se rapprocha de son fils et l'agrippa avec force.

— Pardon ! cria-t-elle les larmes aux yeux. Pardon, je ne voulais pas dire ça. Je suis tellement perturbée par tout… par tout ça ! Comprenez que c'est difficile à entendre non ?

Arthur serra sa mère dans ses bras. Elle avait raison. C'était de la folie, sinon pourquoi Samuel n'en avait pas parlé à la Compagnie des Archanges ?

— Et si on se faisait un petit-déjeuner ? demanda-t-il en souriant à tout le monde.

— Oui, c'est une bonne idée, acquiesça Salomé en s'enfonçant dans la cuisine à grandes enjambées. Par contre, il va falloir qu'on se rationne le temps de trouver comment faire avec les tickets-repas…

Les quatre enfants se regardèrent avec plus ou moins d'engouement. La réaction de leur tante était tout à fait normale. Il fallait lui laisser le temps de digérer ces nouvelles informations. Mais quelque chose les avait tout de même piqués dans leur orgueil.

Et tandis qu'ils s'asseyaient autour de la grande table en bois, Salomé fit coulisser la porte de la cuisine et se posa contre elle, une main sur sa bouche qui tremblait. Autrefois, elle réagissait avec un peu plus de diplomatie. À quel point avait-elle changé depuis le départ d'Arthur ? Une chose était sûre, ces quatre-là avaient besoin de son aide et de son soutien. S'ils maintenaient que quelque chose d'étrange était arrivé, alors elle devait comprendre quoi. C'était son devoir de médecin. C'était son devoir de tante. C'était son devoir de mère.

— QUOI ? cria Arthur complètement ahuri. Le Virus des Glaces n'existe pas ?
— Hermione, ordonna gentiment Salomé, ne t'approche pas des rideaux. Ils sont là pour vous protéger.
— Le danger entre par les fenêtres, ajouta Elvire. Tu te souviens ?

La petite fille s'éloigna, déçue de ne pouvoir entrevoir la lumière du soleil couchant. Elle commençait à se lasser de toutes ces conversations qui n'en finissaient plus ! Une journée entière était passée. Une journée où les grands n'avaient fait que relater des histoires barbantes sur le gouvernement, les activités dans les bunkers, etc., etc. Dans combien de temps son frère, sa sœur ou son cousin joueraient-ils avec elle ?

Hermione se mit à tourner sur elle-même pour voir si le t-shirt et le pull trop grand de sa tatie allaient gonfler comme une robe.

— Tu veux dire que tout ça, c'est des mensonges ? s'énerva Arthur.

— Pourquoi t'as l'air étonné ? se moqua Elvire. T'as l'impression que ce gouvernement fait des trucs sympas toi ? Comme enlever des enfants ? Les enfermer dans des prisons pour leur bourrer le crâne de bêtises sur « *le monde est beau et merveilleux grâce à notre chère présidente* » ?

— Toi, tais-toi, enchaîna son cousin en la foudroyant du regard.

— C'est ton tour, grogna Samuel à l'attention de sa tante. J'y ai eu droit pendant des mois. Je te les donne ! Ils ne savent pas se parler sans se chamailler.

Salomé lui sourit, compatissante. Elle ramenait les vêtements propres et séchés des quatre enfants.

— Quel budget, ironisa-t-elle en distribuant des joggings et des sweats noirs un peu délavés. Les t-shirts sont troués alors je vais voir ce que j'ai dans les anciennes affaires d'Arthur pour les filles. Et pour vous les garçons, il doit bien me rester un ou deux hauts qui soient mettables pour vous.

— Tu vas porter un t-shirt de fille, ricana Elvire à l'intention de son frère.

— La ferme, lui répondit celui-ci en grimaçant avec un sourire sarcastique. Tu ne vas pas porter un vieux truc d'Arthur toi ?

— Vous porterez des vêtements unisexes bande de casse-pieds, gronda gentiment leur tante. On reparlera de la question du genre plus tard.

— Débile.

— Enquiquineuse.

Arthur, qui était assis sur le sol devant une télévision qui ne fonctionnait plus que sur des chaînes contrôlées, prit appui sur la table basse pour se relever à demi.

— Eh oh ! cria-t-il. On pourrait continuer sur le Virus au lieu de vous envoyer des petits mots doux ?

Sa chienne se jeta sur lui pour se faire câliner, lui grimpant à moitié dessus et le faisant basculer en arrière.

— Mandy !

Les autres rirent de bon cœur en enfilant cachés derrière le canapé et le fauteuil, leurs anciens vêtements, t-shirts troués compris.

— Donc, reprit Salomé en rejoignant son fils au sol pour caresser la chienne et en profiter pour se rapprocher de son fils qui se changeait, comme je l'ai déjà dit, on pense que ce virus est une pure invention du gouvernement.

— Mais pourquoi il ferait une chose pareille ? demanda Elvire, curieuse.

— En temps de guerre, il faut s'assurer de pouvoir…

Salomé hésitait. Elle ne savait pas comment dire ça à des enfants sans choquer personne.

— En gros, pour qu'un État en guerre subsiste, et subsiste fort, il faut faire des enfants. Et si on envoie toutes les filles se battre sans en garder de côté…

— Alors on condamne l'avenir du pays, finit Samuel. En gros, ils enferment des filles non pas malades, mais plutôt en très bonne santé pour s'assurer que dans l'avenir, les enfants-soldats ne manqueront pas dans les bunkers. Et quoi de mieux que des gosses élevés par la propagande dès le berceau ?

— Quoi ! Genre comme des poules dans un immense poulailler ?

Hermione grimaça. Elle se rappelait que la gouvernante de SÉMÈN leur racontait des histoires tous les soirs. Chacune de ces histoires vantait les bienfaits de la Nouvelle République. Un peu comme les Fables de la Fontaine, mais au lieu de critiquer le pouvoir installé, ces histoires critiquaient ceux qui n'y adhéraient pas. Ces histoires expliquaient qu'un pays ne fonctionnait pas si la femme ne s'occupait pas de son foyer avant tout. Même elle, qui n'était qu'une petite enfant n'avait pas du tout aimé qu'on la limite à deux choix pour plus tard : la guerre ou le foyer. N'y avait-il que cela pour les femmes ? Ou l'usine ? Les champs ?

— Euh… c'est pas cool ça ! C'est même horrible, non ? demanda Elvire. Comment tu as su ?

— Je ne suis sûre de rien, affirma Salomé. Ce ne sont que des suppositions, mais Raphi et Sophie – vous vous souvenez de Raphaëlle et de Sophie ?

Ils acquiescèrent d'un signe de tête. Elles étaient toutes les deux des amies de leur mère et les anciennes Docteures de la famille Isbay.

— Eh bien, quelques jours avant la « Grande Récolte », elles se sont retrouvées avec des analyses plutôt étranges sur une jeune patiente dont Raphi s'occupait. Une gamine vraiment tranquille. Pas le genre à se droguer – surtout avec ses problèmes de santé… Bref, il y avait des traces d'acide lysergique diéthylamide.

— C'est quoi ? demanda Elvire. Un médicament ?

— Une drogue, expliqua sa tante. Une drogue qui peut faire voir des choses vraiment horribles. C'est un puissant hallucinogène. Or, les filles et les très jeunes femmes qui ont été envoyées dans ces hôpitaux spécifiques au Virus des Glaces avaient des comportements tout à fait typiques d'une prise excessive de cette drogue.

— Tu veux dire qu'on leur injecterait *volontairement* ce poison pour les faire passer pour malades et les récupérer ? conclut Samuel. Genre *la Brigade des Piquouses* ?

— Je pense plutôt à *la Brigade des chewing-gums* ou *la Brigade des bonbons* parce que je ne pense pas que cette drogue s'inocule autrement que par voie orale…

Les enfants se regardèrent. L'avertissement de leurs parents de ne jamais rien accepter d'un étranger dans la rue prenait tout son sens.

— Je sais, ça a l'air tiré par les cheveux, dit Salomé. Mais cette fameuse patiente de Raphi et de Sophie a fait une crise hallucinogène moins d'une demi-heure après avoir fait cette analyse. Sa mère avait dit qu'elle se comportait vraiment bizarrement ce matin-là.

— Elle est morte ? demanda Elvire avec effroi.

— Non non ! s'empressa de rajouter Salomé. Elle a été emmenée par les médecins.

— Dans un de ces hôpitaux spécialisés, je suppose…

— Par la Brigade des chewing-gums, ricana Samuel épuisé de toutes ces révélations et du monde qui l'entourait.

— Tu as été confrontée plusieurs fois à ce genre de situation pour en venir à cette conclusion ? demanda Arthur.

Salomé fit un signe affirmatif avec sa tête en même temps qu'elle grattait le ventre de Mandy, allongée sur le dos, les quatre pattes en l'air. Ces enfants avaient toujours eu un bon vocabulaire, mais ces deux années de séparation avaient joué sur leur compréhension de ce qui les entourait et elle n'avait pas toujours la sensation de parler avec des préadolescents ou du moins, des enfants en passe de le devenir.

— Toujours la même anomalie sur les analyses. Et encore, on le voit parce qu'on le demande presque en systématique sur les analyses des rares jeunes filles qui passent par les Centres Populaires… Très très rares au vu des circonstances. Mais la plupart d'entre elles finissent par être envoyées aux frontières.

— Comment ça se fait que tu voies des filles ? demanda Samuel. Elles ne sont pas toutes enfermées dans BELLATOR ?

— Si, mais quand les adolescents en sortent, juste avant de partir à la guerre l'année de leurs dix-huit ans, ils passent par un Centre de Soins Populaire pour faire des examens approfondis. Même si chaque bunker a un médecin qui dirige le lieu apparemment…

— Je confirme, marmonna Elvire.

— Le Centre où je travaille a plus de matériel qu'un bunker. C'est ce qu'on m'a dit.

— Ouais, grommela Arthur. Des examens approfondis pour les envoyer mourir à la guerre. C'est débile tout ça !

— Ça leur permet de trier, je pense. Ceux qui partent aux frontières, ceux qui travailleront dans les villes et celles qui… feront des enfants, je suppose… tout est tellement contrôlé et surveillé ! Notre marge d'action est strictement limitée au minimum autorisé.

Elvire se leva sur ses pieds si rapidement que tous sursautèrent. La chienne se retourna d'un coup sec et Arthur et Samuel laissèrent s'échapper un cri de surprise.

— Qu'est-ce qui te prend ! cria Arthur, une main sur son cœur.
— Je voulais juste qu'on passe à autre chose, lança avec légèreté Elvire qui ne comprit pas leur réaction. J'en ai marre des sujets sérieux. On est enfin à l'abri chez tatie et j'ai envie d'en profiter un peu, pas vous ?

Et alors que Samuel se levait pour courir après sa sœur – plus pour jouer que pour la fâcher, le portail du jardin en fer grinça lentement.

Les cinq personnes présentes dans le salon se figèrent, l'oreille tendue malgré le tintamarre des battements incontrôlables de leur cœur.
« Je suis sûr que c'est un malentendu », résonna la voix de Victor dans le jardin.

Ni une, ni deux, les enfants se précipitèrent dans la cuisine avec Salomé. Elle fit glisser la porte coulissante, la referma vite et ouvrit la porte du placard d'angle. Elle retira le carton de farine et de café qui bloquait un passage dans le mur, tout au fond du placard.
— Ça mène dans le petit bureau à côté, chuchota-t-elle rapidement en les invitant à entrer. On a rajouté une cloison en placo pour pouvoir se cacher au cas où. Il n'y

a pas beaucoup de place, mais c'est provisoire. Dépêchez-vous !

Les enfants se faufilèrent à l'intérieur avec plus ou moins de facilité selon leur taille. Heureusement que les garçons avaient seulement grandi en hauteur. Salomé leur fit signe de bloquer le passage avec une petite plaque de plâtre très fine. Elle reposa le gros carton de condiments à sa place. Juste à temps pour voir la porte coulissante de la cuisine s'enfoncer doucement dans le mur.

— Qu'est-ce que tu fais ? demanda son mari comme si de rien n'était.

Elle ne le regarda pas volontairement, mais elle sentait le nuage de tension qui pénétrait avec lui dans la salle.

— Je voulais faire une pâte brisée pour ce soir, répondit-elle l'air de rien, mais je crois que je vais te laisser faire si tu es là ! Tu es bien meilleur que moi pour ça.

Les enfants sentaient qu'elle essayait de paraître décontractée. Son jeu d'actrice était un peu forcé, mais faisait plutôt bien illusion pour qui ne la connaissait pas.

— Tu rentres tôt !

— Salomé, coupa son mari. Nous avons de la visite…

— À cette heure-ci ? demanda-t-elle l'air de rien. Mais c'est bientôt le couvre-feu !

Alors une voix retentit, venant du salon. Une voix qui fit frissonner toute la fratrie, car cette voix-là, malheureusement leur corps ne l'avait pas oubliée non plus. Au bout de presque trois mois loin de SPÉ, ils ne s'imaginaient pas réentendre ce terrible son.

— Ma chère consœur, lança cette affreuse voix d'homme, je suis désolé de vous déranger un jour de repos. J'imagine combien vos journées doivent être épuisantes à gérer tant de malades dans notre belle campagne issoirienne !

Ils entendirent les pas de Salomé s'éloigner de la cuisine et résonner vers le mur que leur cachette de fortune partageait avec le salon.

— Vous vous souvenez du Commandant La Planche ? ajouta cette voix toute mielleuse.

— Oui, affirma-t-elle avec un calme étonnant. Nous nous sommes rencontrés hier après-midi à l'abbatiale. Et, vous êtes ?

— Je suis le Docteur Bertrand Prancq. Docteur attitré de SPÉ zéro sept.

20
Un sourire d'adieu

La tension était à son comble. Arthur sentait son cœur battre encore plus fort que ceux de sa famille. C'était lui qui avait été confronté au Docteur Nouille-trop-cuite avant de s'échapper du bunker. C'était lui, aussi, qui l'avait affronté après s'être fait frapper. Et c'était lui, encore, qui avait laissé la vie sauve à ce monstre… Il n'avait pas pu se résoudre à se débarrasser de lui définitivement, car il attachait trop d'importance à la vie. Même si cette vie était une aberration de la nature. Même s'il s'agissait d'une ordure de la pire espèce !

« *Je veux que tu disparaisses, mais juste le temps que les gens puissent quitter le bunker en sécurité ! Tu… tu pourras réapparaître après. Dans… dans quelques semaines. Non dans quelques jours. Ça suffira ! »*

C'était le vœu qu'il avait formulé le concernant… et maintenant, ce cinglé s'en prenait à ses parents ! Que devait-il faire ?

Arthur plongea sa main dans la poche de son jogging noir qu'il avait enfilé pendant leur conversation sur le Virus des Glaces. Mais rien ! Son Mistral Gagnant avait disparu ! Quel abruti ! Il n'avait pas pensé à l'enlever avant de donner ses affaires à sa mère ! Elle avait lavé son pantalon… est-ce qu'elle l'avait caché ? Jeté ? Ou alors s'était-il dissous dans la machine à laver ? Il sentait la panique le gagner tandis qu'il enfonçait ses mains dans ses poches de façon compulsive avec l'espoir que ce médicament miraculeux allait réapparaître…

— Le Docteur Prancq dit qu'il y a un problème avec notre fils, dit Victor avec une voix ferme.

— Un problème ? demanda Salomé. Quel problème ? Et où est-il ? Il va bien ? Il n'est pas blessé ?

Une faible lueur passait par un mauvais raccord de la plaque de placo posée rapidement et avec peu de matériel. Samuel, voyant son cousin perdre pied, attrapa ses mains fermement pour le forcer à rester immobile.

Mais ce dernier essayait de lui faire comprendre ce qu'il cherchait désespérément. Samuel se rendit compte que lui non plus n'avait plus son Mistral sur lui…

— Voyez-vous, continua le Docteur Nouille-trop-cuite, nous n'avons pas un souci qu'avec votre fils. En réalité, ils sont plusieurs à nous avoir… comment dire… à avoir tenté de court-circuiter notre beau programme d'éducation qui vise, bien entendu, à faire d'eux d'extraordinaires citoyens !

Les enfants entendirent une voix de femme rire. Mais ce rire n'avait rien de drôle. Ce rire était froid et quelque chose dans son intonation faisait penser à une vilaine blague mal digérée.

— Qui… qui est là ? demanda Salomé inquiète. Qui rigole ?

— Commandant La Planche, s'il vous plaît ? Pourriez-vous les faire entrer ?

Les enfants entendirent des pas plus ou moins lourds entrer en cognant des choses sur le sol.

— Je peux marcher seule, se fâcha une autre voix de femme.

Mais tout à coup, un gémissement infime échappa aux lèvres d'Hermione. Sa main se mit à trembler en agrippant le sweat de sa sœur. Elle tirait dessus si fort qu'elle lui fit mal à l'épaule. Plus personne ne respirait.

— Maman ?! cria Salomé. Lisette ?!

Cachés derrière ce mur de plâtre, Samuel, Elvire, Hermione et Arthur ne pouvaient rien voir. Mais ils savaient ! Ils savaient que des retrouvailles avaient lieu juste à côté d'eux. Des retrouvailles merveilleuses ! Celles tant attendues.

Mais sans eux…

— Tu vas bien ? demanda la voix baignée de larmes de leur grand-mère.

— Oui ! Oui ! lança Salomé, complètement étourdie par la situation. Et vous trois ?

— On essaie, répondit un homme que Samuel identifia comme celle de son père. Content de te revoir Victor.

— Content de te revoir, Mickaël.

Au bout de quelques minutes pendant lesquelles les voix se chevauchaient pour s'assurer du bon état des uns et des autres, un raclement de gorge long, profond et très impoli résonna dans la salle.

Le silence s'installa. Seule la chienne aboyait parfois, complètement tourmentée par la quantité de personnes chez elle. Les enfants, eux, peinaient à contenir leur excitation et leur inquiétude mélangées comme un cocktail explosif dans leurs veines. Ils étaient là ! Les trois autres personnes qui manquaient à leur bonheur ! Pourquoi ne pouvaient-ils pas défoncer cette paroi et se précipiter dans leur bras ?

— Bien bien bien, dit le Docteur Prancq de sa voix lente et mielleuse. Quel plaisir de réunir une famille après tant de temps sans se voir ! C'est à noter dans les projets de notre belle République ! Une journée par an pour profiter ensemble, c'est une excellente idée pour le moral de nos concitoyens.

— Quelle générosité, ironisa Lisette. C'est qui ce plouc ?

— Asseyez-vous, ordonna La Planche. Et fermez-la.

— Est-ce que vous allez nous dire pourquoi nous sommes tous ici ? demanda tout de même Salomé.

— Ils disent que nos enfants ont détruit un des abris dans lesquels ils enferment les gosses, lança Mickaël qui contenait mal sa colère. Et qu'après, ils se seraient échappés.

Un rire mauvais résonna de nouveau dans la salle, mais cette fois-ci, il appartenait à leur grand-mère.

— Sérieusement ? dit-elle. Vous êtes en train d'essayer de nous faire croire que des enfants si jeunes ont réussi à *vous* échapper ? Des enfants de cet âge auraient *réussi* à *détruire* une de vos prisons et à s'en sortir avec toute la surveillance qu'il y a dehors ?

— Vous vous moquez du monde ! lança Victor en soufflant.

— Fermez-la ! cria le commandant.

Les enfants enfermés derrière la cloison entendirent le bruit d'une arme qu'on amorce et le bruit d'un coup de feu qui fit vibrer leurs tympans. Un acouphène violent leur fit tourner la tête et la nausée leur monta jusqu'aux lèvres.

Les cris de leurs parents avaient camouflé les leurs. Mais quelqu'un avait-il été touché ?

— Vous avez bien dû rigoler hier à l'abbatiale Madame Herrant, lança La Planche à Salomé.

— Je ne m'abaisse pas à ce genre de chose…

— Voyez-vous, ce matin, lorsque j'ai escorté le Docteur Prancq de la prison de Clermont-Ferrand à la prison d'Issoire où il était enfermé, et qu'il m'a raconté son récit, j'ai d'abord cru qu'il était devenu fou. Mais quand il m'a dit le nom du garçon qui s'en était pris à lui, j'ai su ! J'ai su que quelque chose clochait avec votre famille ! J'ai su que SPÉ zéro sept avait été la victime d'une organisation plus grande que ce que le gouvernement ne le pense !

Le militaire tenait un gros fusil avec lequel il venait de tirer dans le mur du bureau à côté de la cachette des enfants. À quelques centimètres à peine d'eux… un autre trou s'était formé, éclairant le visage d'Elvire qui semblait déterminé. Samuel lui reconnut cette expression. C'était la même qu'il avait vu avant qu'elle ne sautât sur la table du réfectoire.

— J'ai ordonné l'arrestation de votre famille, car je suis sûr que les enfants chercheront à retrouver leurs parents.

Les paupières du commandant clignaient beaucoup trop souvent pour une personne qui maîtrisait la situation. Il regardait partout. Ses yeux se posaient sur le Docteur Prancq, puis sur la famille assise en face de lui, puis sur les fenêtres aux rideaux tirés…

— Votre nom de jeune fille mesdames, est bien Litandrès non ? demanda-t-il sans attendre de réponse. Et vous, madame ? Votre fils s'appelle bien Nicky ?

Il y eut un silence pendant lequel personne n'osait répondre. Cet homme semblait perdre petit à petit le contrôle de ses émotions et devenait complètement instable. Il tremblait et suait beaucoup dans son sweat bleu marine.

— Parce que figurez-vous qu'il serait le chef d'un petit groupe ridicule qui se fait appeler « Le Front de Libération des Nains de Jardin » et il serait aidé par un groupuscule nommé « La compagnie des Archanges ». Et… et je croyais… je croyais que…

Salomé sentit sa sœur attraper sa main et la serrer très fort. Elle avait peur. Le commandant avait l'air de perdre les pédales et le Docteur Prancq n'intervenait pas. Au contraire, cet homme paraissait absolument émerveillé par ce dérapage. Il observait La Planche avec un intérêt malsain comme il le faisait autrefois avec les enfants du bunker.

— Je croyais que le Docteur Schmout était le prêtre d'Austremoine, mais je comprends maintenant que c'est vous ! Ce n'est pas le Père Abdiel que Philippon protège. Il n'est qu'une maille dans cette immense chaîne de résistance. C'est *vous* le Docteur Schmout, n'est-ce pas ?

— Schmout ? répondit la mère de Lisette et de Salomé. Le Front de Libération de Nain de Jardin ? Des Archanges ? C'est une blague ?

Les cinq adultes posés sur le canapé esquissèrent un léger regard étonné pour signifier qu'ils ne comprenaient pas bien où ce militaire voulait en venir.

— C'est quoi ? reprit la grand-mère. Le générique d'un dessin animé pour enfant ?

— Maman !

— Je ne vous permets pas…

— Quant à mon fils, vous vous fourrez le doigt dans l'œil si vous pensez qu'il est devenu le chef de je ne sais quel groupe ! Nicky est un joueur de jeux vidéo ! Pas le Général de Gaulle… et puis, il ne prendrait pas le risque de mettre sa fille en danger. Tout comme nous.

Irène se leva. Elle était la mère de trois enfants qu'elle adorait et la grand-mère de cinq merveilleux petits-enfants. Elle s'était beaucoup affaiblie à la fois physiquement et psychologiquement depuis le début de cette guerre, mais d'être là, auprès de ses deux filles et entendre cet homme parler de son fils, lui redonnait de la force. Une force qu'elle avait oubliée et qui était restée cachée en elle depuis longtemps.

— Vous êtes sérieux ? reprit-elle en se levant. Vous ne voyez donc pas que ces noms sont ridicules ?

Le visage du commandant La Planche devint complètement livide.

— Ne vous moquez pas… je ne vous permets pas…

Mickaël attrapa le poignet de sa belle-mère et la força à se rasseoir auprès de ses filles. Les yeux de La Planche, déjà grands ouverts, étaient exorbités et injectés de sang. Il ne fallait pas le pousser à bout. Ce n'était pas une bonne stratégie.

— C'est exactement ce que m'a dit Philippon avant de me rétrograder ! cria-t-il en riant à gorge déployée. Mais je ne suis pas fou ! Et le témoignage du Docteur Prancq va tout arranger ! Il va appuyer ma déposition et je retrouverai la place et le respect qui m'est dû !

Il riait fort et trop pour que ce rire soit naturel.

À l'extérieur, quelque chose semblait bouger. Entre deux pans de rideaux, Mickaël aperçut qu'ils avaient été rejoints par d'autres militaires armés qui attendaient leurs ordres, postés dans le jardin, derrière l'érable et l'abri de jardin.

Le père de Samuel, d'Elvire et d'Hermione, regarda sa femme avec un sourire discret et amoureux. Il savait qu'ils ne s'en sortiraient pas vivants. Dans quelques secondes, peut-être quelques minutes, cet officier allait perdre le peu de contrôle qu'il avait encore sur lui-même et soit tirer, soit ordonner à ses hommes de le faire. Ou alors ils les conduiraient à Issoire pour les exécuter sans aucune forme de procès sur une grande place publique et devant des caméras pour donner l'exemple.

Ils allaient disparaître sans avoir eu l'occasion de revoir leurs enfants. Pour lui, c'était le plus dur à supporter. Il préférait mourir ici à l'abri des regards plutôt qu'en direct à la télévision pour que sa famille ne voie pas ça. Si Samuel, Elvire et Hermione avaient vraiment réussi à s'échapper et si Nicky était vraiment le chef d'une quelconque résistance, Mickaël espérait plus que tout au monde qu'ils avaient pu se retrouver et qu'on veillait sur eux, loin de cette folie.

Sa femme souffrait beaucoup depuis qu'on lui avait pris ses enfants. Elle s'était considérablement amaigrie. Elle qui avait tenté toute sa vie de perdre des kilos, avait fini par fondre comme neige au soleil. Pourtant, son mari regrettait ses formes qui dataient de cette époque où ils étaient tous les cinq, heureux. Il la préférait de loin grognant sur son *gros ventre* comme elle disait plutôt que complètement sèche et affaiblie par le manque d'amour de ses bébés… mais peu importait pour lui qui la trouvait toujours la plus belle femme du monde.

Mickaël attrapa l'autre main libre de son épouse et lui montra combien il l'aimait. Il y avait longtemps qu'ils n'avaient pas pris le temps de se regarder aussi intensément.

Lisette répondit à son sourire et à son regard amoureux. Elle n'était pas sûre de bien comprendre pourquoi, mais elle savait que ce moment avait quelque chose d'important. Alors, elle transmit ce sourire à sa mère, qui le donna à son autre fille, qui le donna à son tour à son mari.

Ainsi liés par ce geste affectueux, les cinq se resserrèrent les uns contre les autres, prêts à vivre ce qui allait leur arriver avec dignité et courage.

— Vous êtes pitoyables, lança La Planche.

L'officier s'avança et monta sur la table basse pour les regarder de plus haut. Ses grosses chaussures répandirent de la boue sur le tapis. Il pointa son fusil sur le groupe.

— Vous devriez fermer les yeux Docteur, dit-il à l'attention du médecin qui l'observait, toujours avec avidité.

— Inutile, répondit celui-ci en posant son regard sur la mère d'Arthur. Je vais au contraire, me délecter de ce moment où ma vengeance prend forme à travers vos actes, mon Commandant…

Et alors que La Planche tournait ses yeux vers le médecin pour échanger un moment de complicité, son arme toujours pointée vers ses victimes, il aperçut la porte coulissante de la cuisine glisser dans le mur et quatre silhouettes apparaître. Elles étaient trop petites pour être des adultes. Mais le contre-jour avec la grande fenêtre juste derrière eux empêchait le militaire d'apercevoir leur visage.

— Qu'est-ce que… hésita-t-il en baissant légèrement son fusil et en descendant de la table basse.

— Vous savez pourquoi je réagis mal à la vue d'une courgette ? lança une des silhouettes en s'accroupissant vers le sol, une main touchant le parquet.

« **UN** »

— Parce que tu es folle ? répondit une autre silhouette en riant.

— Commencez pas ! gronda une troisième.

« **DEUX** »

— Non, mon cher cousin, enchaîna la silhouette accroupie. Parce que maman adore les courgettes et moi je déteste ça…

L'officier ne bougeait plus. Ses yeux s'étaient rétrécis comme s'il n'arrivait pas à faire le point sur l'image qu'il avait en face de lui. Le Docteur Prancq – quant à lui – répétait comme une litanie « *c'est eux… c'est eux ? Oui, c'est eux… c'est eux je les reconnais… mais comment…* »

« **TROIS** »

— Les courgettes te font penser à maman, conclut la troisième silhouette avec un air désespéré. Tu entends ça, maman ?

Les adultes sur le canapé restaient muets. Il y avait ceux qui ne comprenaient pas ce qu'il se passait et ceux qui espéraient que tout ceci n'était qu'un cauchemar et que les enfants n'avaient pas fait la bêtise de sortir de leur cachette.

« **QUATRE** »

— C'est pas vraiment flatteur, ricana la deuxième silhouette.

— AVANCEZ DANS LA LUMIÈRE ! ordonna La Planche qui ne savait plus ce qu'il devait faire. JE VEUX VOUS VOIR !

« **CINQ** »

Comme il avait baissé son fusil, Mickaël – qui n'avait pas vu à qui appartenaient ces silhouettes - et Victor s'étaient lancé un regard entendu. Ils pourraient peut-être désarmer ce gendarme, mais il fallait être sûr que l'arme n'allait pas se retourner contre eux.

— Ce n'est pas... hésita Lisette qui sentait sa vue se troubler sous l'émotion. C'est... non ! Mickaël ! Salomé ! Maman ! C'est...

« **SIX** »

— Ne tirez pas ! s'excita Bertrand Prancq en sautillant sur place.

Il était tellement grand qu'il ressemblait à une immense asperge qui essayait de se sauver du sol où il était planté.

« **SEPT** »

— Je veux les étudier ! ajouta-t-il en changeant complètement de caractère. Je veux savoir comment ils ont fait ! Comment ils ont fait ! Toi, là ! Le magicien !

— Vous êtes fou ! lança le commandant qui perdait lui-même les pédales.

« **HUIT** »

— Euh, grogna Arthur en s'avançant dans le salon les mains au-dessus de sa tête. On se rend ! Inutile de se mettre en colère papi.

— Ah là là ! enchaîna Elvire en se relevant dans la même posture. Vous allez pas vous mettre à décaniller tout le monde ? Ça ferait tache sur votre CV !

Derrière eux, Samuel tremblait comme si quelque chose bougeait à l'intérieur de lui... il recula légèrement dans la cuisine avec des crampes d'estomac.

« **NEUF** »

— Tu veux dire que ça ferait de sales taches dans mon salon surtout, ricana son cousin en s'écartant pour laisser passer une quatrième silhouette qui le poussait gentiment.

— Écartez-vous ! ordonna le médecin en se collant sur le mur du couloir. Méfiez-vous de ces enfants !

— Sauvez-vous ! crièrent leurs mères en apercevant la plus jeune des quatre s'avancer dans la lumière doucement.

— Non ! s'écria Lisette en se levant.

Victor la retint. Le gendarme secouait son arme entre eux et la petite fille. Mickaël était pétrifié. Il rêvait… il rêvait ? Il tourna son visage vers les autres. C'était trop gros pour être réel.

Quant à Hermione, poussée par une force étrange, elle s'approchait de cet homme sans aucune crainte. Au contraire, sur son visage aux pommettes rondes et aux traits d'habitude insouciants se dessinait une moue dédaigneuse. Ses cheveux bouclés semblaient électrisés et tenaient en l'air.

— Ne… ne la regardez pas dans les yeux, Commandant, chuchota le Docteur Nouille-trop-cuite en plaquant sa main sur sa bouche, partagé entre la peur et l'admiration. Ces gosses sont des sorciers ou des diables !

Arthur et Elvire baissèrent leurs mains et crièrent tous les deux : « **DIX !!!** »

21
L'offensive

C'était comme un picotement qui commençait dans le fond de la gorge. Cela partait du ventre et bloquait tous les sons qui essayaient d'en sortir.

— Qu'est-ce qu'il se passe ? cria Lisette en essayant de se dégager des bras de son beau-frère. Je ne peux pas bouger !

Ses parents tentaient de se lever pour plonger sur Hermione qui avançait en direction des deux prédateurs. Ces deux-là s'en prenaient à ceux qu'elle aimait plus que tout au monde et elle était vraiment en colère.

Mais alors que La Planche et le Docteur Prancq auraient dû tirer avec le fusil ou appeler du renfort à l'extérieur, ils n'en firent rien et se contentèrent de gigoter sur place, secoués par des spasmes étranges comme des décharges électriques.

— Qu'est-ce qu'il leur prend ? demanda Irène qui tenait toujours le bras de Salomé.

Des râles crépitants et des crachats dégoutants s'échappaient parfois de leur gorge. Le plus terrifiant était de voir leur visage exprimer l'horreur sans qu'aucun son clair ne puisse sortir de leur bouche grande ouverte.

— Hermione ! appela son père en essayant de tendre ses bras vers elle.

— Chut papa, lança Elvire qui dévorait ses parents des yeux comme une gourmandise extraordinaire. On vous expliquera plus tard. Soyez sages !

Salomé aperçut une chose terrible en face d'elle. Elle ferma les yeux à toute vitesse, envahie par le doute. Elle avait entendu le récit des enfants et maintenant, elle voyait deux adultes en position de force se faire maîtriser par une petite fille haute comme trois pommes.

— Fermez vos yeux ! ordonna-t-elle. Il faut leur faire confiance ! Je vous expliquerai…

Hermione sentit que quelque chose bougeait sur sa tête et lui chatouillait la nuque et le front. Elle s'arrêta, ignorant l'officier et le médecin qui étaient sous son contrôle, incapable de faire un pas devant l'autre. En glissant ses doigts dans ses boucles châtains, elle caressa les petites créatures douces qui les avaient remplacées.

— Mon Dieu, balbutia Victor, des serpents… Hermione !

— Ferme les yeux, le supplia sa femme. Rappelle-toi du mythe de Méduse !

Hermione reprit son déplacement et avec une force qui n'était pas naturelle chez une enfant de cette taille, elle obligea le commandant de gendarmerie à se pencher à sa hauteur en tirant sur son sweat bleu marine.

Alors, elle planta ses prunelles fendues à la verticale devenues d'un vert d'eau éclatant, dans les siennes.

— Je crois qu'elle trouve que tu gigotes beaucoup trop ! lança Elvire en riant. Oh ! Regarde ses pieds, Arthur !

L'effet fut presque immédiat. La Planche sentit le picotement au fond de son estomac se propager dans tout son corps. Ses pieds étaient déjà sellés. Il ne pouvait plus bouger ni ses doigts ni sa tête. Quelque chose de dur figeait sa peau à une allure folle. Ce n'était pas douloureux. C'était comme se noyer dans un sommeil éternel. La dernière image qu'il aperçut fut une multitude de serpents qui pointaient dans sa direction.

L'homme s'était transformé en statue de marbre.

Hermione tourna enfin son regard pétrifiant vers le Docteur Nouille-trop-cuite, cet homme cruel qui lui avait fait tant peur lorsqu'elle était prisonnière de ce bunker. Le loup qui avait hanté ses rêves d'enfant. Et soudain, tout comme sa mamie avait trouvé une force nouvelle auprès de ceux qu'elle chérissait, la petite fille sentit une chaleur envahir sa gorge. Là où les bourreaux perdaient leur voix, elle, au contraire, sentait que quelque chose se libérait du creux de son ventre. Elle remontait l'immense gouffre noir dans lequel elle tombait parfois dans ses cauchemars. La gravité la rappelait enfin dans le bon sens. Il n'y aurait plus jamais de ciel infini !

Elle obligea le loup à baisser son dos sans même le toucher cette fois-ci et alors qu'elle fixait ses prunelles de serpent dans le regard de cet homme complètement dérangé, elle sentit un souffle rauque s'échapper d'elle.

— Je t'interdis de toucher à ma maman ! cracha-t-elle avec une voix grave et rouillée. Tu ne feras plus jamais de mal à personne !

Il cracha des mots incompréhensibles, ses mains figées contre le mur qu'il avait investi depuis qu'ils étaient sortis de la cuisine.

— Dors maintenant !

Et tout comme le commandant, le médecin sentit que son corps se figeait sans comprendre ce qui se passait.

Les deux mains contre le mur dans une posture penchée, il ornait le couloir telle une statue antique dont le visage exprimait une étrange expression. Jusqu'au bout, le médecin n'avait pas su se décider entre l'effroi et sa curiosité malsaine.

— Qu'est-ce que tu as fait ? demanda Victor qui retrouvait l'usage de son corps. Ils sont…

Hermione se retourna avec un grand sourire. Ses cheveux étaient redevenus de belles boucles banales et ses yeux avaient retrouvé leur couleur indescriptible.

— Ils font dodo ! chuchota-t-elle n'arrivant pas à sortir de sons plus puissants sans l'aide d'un Mistral Gagnant. Je les ai punis. Ils se réveilleront que le jour où ils seront prêts à demander pardon ! Un vrai pardon qui vient du cœur. C'est ma condition pour faire disparaître le sortilège.

Tout à coup, ne laissant aucun moment de répit pour fêter ces retrouvailles, alertés par le silence de leur supérieur, des hommes armés entrèrent à la volée dans le couloir.

— Mon Commandant ! Mais c'est quoi ce b...

Arthur ne leur laissa pas le temps de répliquer. Une main en avant, il balança une onde de choc qui les fit basculer en arrière, propulsés par une force invisible dans le jardin. Leurs parents basculèrent aussi sur le canapé.

— Désolé ! cria-t-il en se précipitant à l'extérieur.

Elvire sur ses talons, il repoussa encore une fois les hommes jusqu'à derrière l'arbre gigantesque. C'était comme si un ouragan apparaissait et disparaissait aussitôt.

— Reculez ! ordonna-t-il.

Un groupe d'une vingtaine d'hommes pointait leur arme dans leur direction sans grande conviction.

— Stop ! cria l'un d'entre eux. C'est des gosses !

— Ce gosse vient de m'envoyer un truc en pleine tête ! Tirez !

— Mais ce ne sont que des gosses !

— Ils sont trop nombreux pour que je les choque tous en même temps, chuchota-t-il à sa cousine en écartant ses bras de son corps en signe de soumission. T'as multiplié le Mistral Gagnant d'Hermione en deux autres… tu peux essayer sur mon pouvoir, tu crois ?

— Arrêtez ces messes basses ! ordonna un des gendarmes qui paraissait plus sûr de lui que les autres. Et placez vos bras au-dessus de vos têtes ! Et sortez tous de la maison sans faire d'histoire !

Elvire se rapprocha doucement de son cousin et au lieu de lever sa main droite sur sa tête, elle la posa contre son épaule. Arthur se mit à briller presque imperceptiblement. Ses yeux se tintèrent d'un bleu étonnamment plus clair.

— Tes mains ! insista le gendarme en pointant Arthur avec son arme.

Mais les paumes de ses mains toujours dirigées vers le sol, ce dernier sentit que les ondes de choc pénétraient avec force dans les profondeurs de la terre. C'était une sensation grisante. La même que si ses doigts se prolongeaient à l'intérieur, longeant les racines et les pierres. Soudain, tout le jardin se mit à trembler violemment. D'énormes morceaux de roche s'arrachaient par kilo de leur place et sautaient dans l'air comme des projectiles.

Les hommes armés se cognèrent les uns aux autres, secoués comme un cocktail dans les mains d'un barman. Leurs armes tombèrent de leurs mains et s'engouffrèrent sous les dalles autobloquantes, agrippées par les racines de l'arbre qui pouvait presque paraître vivant au milieu de cette apocalypse. L'onde se propagea de plus en plus fort ! L'abri de jardin s'écroula, faisant un rempart de ses ruines. L'arbre, lui aussi, ne résista pas et s'effondra, barrant le chemin aux gendarmes encore capables de bouger.

— C'est le moment ! cria Arthur se retournant vers la porte d'entrée. Il faut fuir !

Tous sortirent, complètement désorientés par ce qu'ils venaient de voir. Hermione siégeait dans les bras de son père qui la serrait très fort comme un trésor précieux et Lisette s'était jetée sur Elvire avec la sensation d'être dans un cauchemar et dans un rêve en même temps.

— Où est Samuel ? demanda-t-elle, inquiète. Pourquoi il ne sort pas !

Leur mère était sur le point de courir à l'intérieur quand les grandes vitres du salon volèrent en éclats, arrachant d'autres cris d'effrois autant du côté de leurs parents que des gendarmes bloqués par l'arbre et le sol crevassé.

— Tirez ! cria un militaire qui tentait de passer par-dessus les ruines.

Une chimère immense, d'au moins deux mètres de haut, se dressait devant le groupe hébété. Une tête de lion aux cornes de chèvre longues comme un avant-bras se jeta sur l'homme. Elle se cabra sur ses pattes arrière, dévoilant un corps de pégase à trois paires d'ailes et aux serres d'aigle acérées sur l'avant. Ce dernier fut si effrayé qu'il bascula en arrière contre d'autres assaillants qu'il entraîna dans sa chute. La chimère rugit, libérant un souffle brûlant.

— Un monstre !

— Mon arme ! Où est mon arme ?

— Il faut se replier !

Ceux qui pouvaient encore se déplacer se précipitèrent au fond du jardin en piétinant le potager collectif. Ils fuyaient, abandonnant ceux qui étaient bloqués par l'arbre, les ruines et les pierres sortis du sol.

La chimère tourna son immense gueule vers Lisette et d'un seul bond, traversa les quatre mètres qui les séparaient. Un cri d'effroi lui échappa quand cet immense museau se colla contre son ventre. Et c'était sans compter sur Mandy pour calmer la situation. Elle aboyait comme une folle, complètement désorientée.

Le monstre pencha son visage vers elle.

— Reculez tous ! cria Victor en attrapant la chienne par le collier et en poussant son fils derrière lui.

La chimère rugit très fort, faisant s'envoler les rares oiseaux qui n'avaient pas déjà pris la fuite lors du tremblement de terre.

— Rentrez à l'intérieur ! ordonna Mickaël en protégeant la tête d'Hermione avec sa main.

Mais Hermione commença à se débattre pour descendre de ses bras.

— Mais qu'est-ce que tu fais ? s'emporta son père dont le cerveau surchauffait avec toutes ces émotions et l'excès d'adrénaline.

— Laisse-moi descendre, papa ! tenta-t-elle de crier en vain.

Seul un filet de voix sortit de sa gorge, mais Arthur et Elvire comprirent ce qu'elle voulait faire.

— Calmez-vous ! lancèrent-ils tous les deux en même temps.

Ils se regardèrent, mi-amusés, mi-agacés.

— C'est Samuel ! crièrent-ils en duo.

— Chips ! enchaîna Elvire.

— Chipster ! ajouta Arthur.

— Ce n'est pas le moment, gronda Salomé en attrapant le bras de sa nièce et de son fils. Qu'est-ce que vous voulez dire par « c'est Samuel » ?

— Ben, répondit Elvire comme si tout ceci était normal, lui !

La chimère s'allongea sur le sol, son museau surdimensionné collé à celui de Mandy qui ne semblait avoir aucun instinct de survie.

Pendant l'espace d'une minute, les cinq adultes restèrent figés comme pris au piège de la punition de la

Méduse-Hermione. Puis leur corps se mit en mouvement, faisant les cent pas, bouleversés.

— Je dors ? demanda Lisette complètement paumée. Mes enfants apparaissent tout à coup comme dans un rêve et mon fils est devenu un… un…

— Vous pourriez arrêter de vous poser trop de questions là tout de suite ? s'énerva Arthur en bâillant. On ne sait pas combien de temps nos pouvoirs vont durer et il faut qu'on se mette à l'abri et qu'on décide d'un nouveau plan !

— La dernière fois, expliqua Elvire, nos pouvoirs avaient été plutôt brefs. Là, ils ont l'air de durer un peu plus longtemps.

— Mais je me sens si fatiguée, couina Hermione en se frottant les yeux.

— À la maison, suggéra à demi-voix Mickaël. Vu qu'ils viennent de nous emmener ici, ils ne s'attendront sûrement pas à nous voir rentrer chez nous comme si de rien n'était. Et puis, je n'ai pas la sensation que cette arrestation était vraiment officielle…

— Elle ne l'était pas c'est sûr, confirma Salomé qui en savait plus sur la situation. Si Philippon apprend ce qu'il vient de se passer, ça ne va pas être drôle pour eux… l'affaire sera sûrement étouffée.

— OK pour la maison, conclut Mickaël en regardant la voiture écrasée sous l'arbre. On pourrait prendre une des voitures de gendarmerie, mais ce n'est pas vraiment discret… On y va comment ?

— On ne pourrait pas tous monter sur le dos de… Samuel ? suggéra sa femme en contournant son fils. Non, on est trop nombreux. Les enfants seulement alors ? Nous, ce n'est pas important.

— Non ! s'écria Hermione en tendant les bras vers sa maman.

Elvire soupira très fort.

— C'est pas parce que mon pouvoir est moins clinquant que celui des autres qu'il n'en est pas moins utile !

— Pouvoirs… chuchota son père en la fixant comme s'il était encore dans son rêve. Pincez-moi… AÏE !

Il tourna un visage débile vers sa petite dernière qui ricanait comme une chipie. Décidément ! Cette journée l'amusait beaucoup. Elle était sur un petit nuage.

— Coquine, gronda gentiment son père. Je me vengerai.

Elvire bâilla, désintéressée par ce qu'il se passait. Elle se sentait fatiguée, mais elle aussi voulait montrer ses pouvoirs ! Elle s'approcha de Samuel en caressant sa crinière, très impressionnée. Pourquoi c'était lui qui héritait de la méga transformation alors qu'elle, elle possédait un truc qui ne se voyait même pas ?

— Jalouse, chuchota Arthur à côté d'elle. Ça se voit trop…

Elle lui tira la langue. Puis, elle posa ses deux mains sur son flanc doré. Les yeux fermés, elle semblait chuchoter quelque chose qui ressemblait à une incantation.

Arthur se rapprocha d'elle et lui chuchota discrètement :

— Tu n'as pas fait de formule magique dans mon dos tout à l'heure pour amplifier mes ondes de choc, non ?

— Tais-toi, murmura-t-elle en souriant. C'est à mon tour de briller un peu… et ça fait plus classe !

Tout à coup, la chimère se mit à scintiller. Des rayons lumineux émanaient de sa fourrure, en rythme comme des battements de cœur.

— On se recule ! cria la jeune fille en se précipitant à l'intérieur de la maison, suivie des autres.

La chimère se divisa en deux, pareil à une mitose cellulaire. Puis les deux chimères se reproduisirent à l'identique une fois encore. Et alors que Samuel brillait encore, la lueur commença doucement à s'éteindre, indiquant que le processus était achevé.

Il ne bougea pas, allongé, prenant quasiment tout le jardin. Il bâillait si fort qu'on pouvait compter le nombre de dents pointues dans sa gueule.

— Mince alors, grogna la jeune fille en ressortant la tête de la maison. Je pensais pouvoir en faire plus. Je crois que mon pouvoir a pris fin…

— Plus ? T'es folle, dit son cousin. Je ne pensais même pas que t'en ferais plus d'un ! J'avoue, c'est plutôt cool.

Tous décidèrent à l'unanimité de monter les chimères deux par deux. Lisette avec Elvire, Mickaël avec Hermione, Victor avec Arthur, la chienne accrochée avec une corde contre lui et Salomé avec leur grand-mère.

— Pitié Samuel, chuchota sa mère en lui caressant le cou, ne t'envole pas si tu peux l'éviter.

La chimère ronronna pour rassurer celle qu'elle chérissait plus que tout. Elle savait à quel point sa mère craignait le vide. Aussi elle décida de rabattre ses six ailes pour le moment et de les garder seulement en cas d'extrême urgence.

Salomé jeta un dernier regard aux immeubles qui entouraient sa maison avant de partir. Quasiment tous avaient fermé leurs volets. Il fallait se faire discret pour ne pas être interrogé par les autorités… il était fort probable que personne n'osa rien dire sur ce qu'ils avaient vu de chez eux. Puis, qui les croirait ? Un tremblement de terre… une invasion de chimères…

Samuel s'élança vers la forêt, le plus vite que ses pattes le pouvaient, sans faire basculer ses passagers assis sans harnais pour bien se tenir.

Les adultes qui connaissaient la région la dirigeaient pour éviter de croiser trop de lieux fréquentés. De plus, les vibrations qu'Arthur ressentait grâce à son pouvoir encore actif leur donnaient des indications sur les voitures et les convois militaires qui approchaient. Parfois, ses paupières se fermaient sans qu'il s'en rende compte et son père le rattrapait de justesse.

De la même façon, il arrivait qu'une des quatre chimères loupe un saut et tombe avec ses cavaliers à bord ou qu'elle se prenne le coin d'un mur. Sûrement luttaient-elles pour ne pas sombrer dans un sommeil profond. Les montures passèrent par des ruelles sombres et survolèrent des toits de maisons accessibles – au grand désespoir de Lisette. À cette heure-ci, quiconque aurait aperçu ces immenses pégases sautiller dans le crépuscule, aurait pensé avoir besoin de repos.

Et ce n'est qu'une fois la nuit totalement tombée que Samuel retrouva son apparence, épuisé. Il s'évanouit dans les bras de sa mère qui sentit son cœur louper un battement. Salomé s'était tout de suite occupée de lui, mais les enfants les rassurèrent : les Mistrals Gagnants les vidaient de leur énergie. Un pouvoir aussi puissant que celui invoqué par Samuel était sûrement une purge pour son corps. D'ailleurs, les trois autres se sentaient mal. Ils avaient besoin de se poser au plus vite.

Son oncle porta Samuel sur ses épaules pour achever les cinq cents mètres qui le séparaient de la maison de son enfance. Hermione dormait dans les bras de son père et Arthur s'appuyait sur sa mère, car il peinait à avancer rapidement. Elvire, quant à elle, faisait semblant d'aller bien. Mais elle ne trompa personne à sa façon de marcher de travers.

Ils pénétrèrent tous ensemble dans ce lieu familier, bien au chaud dans un salon qui n'avait pas changé depuis leur départ pour l'école, le jour de « la Grande Récolte ». Les enfants qui dormaient ouvrir difficilement les yeux. Malgré l'épuisement, ils voulaient tellement revoir cet endroit merveilleusement simple et familier.

— Bienvenue à la maison mes anges, murmura Lisette des larmes plein les yeux.

Ils étaient là, confus et vidés, tous les neuf, debout au milieu de cette grande pièce. Sur leur droite trônait encore le tableau sur lequel Hermione avait dessiné un bonhomme au gros ventre et sur leur gauche, le frigo avait conservé les dessins et les photos de toute la fratrie et de leur cousin. Tout ceci datait de presque deux années entières.

Alors seulement maintenant, Lisette et Mickaël attrapèrent leurs enfants et les couvrirent d'embrassades et de câlins. Complètement affolés, ils les regardèrent sous toutes les coutures. Arthur eût le droit au même traitement et il ne se débattit pas, laissant sa tante s'assurer qu'il était entier et en pleine forme.

Leur grand-mère pleura tellement qu'elle peinait à reprendre son souffle, entourée de ses quatre petits-enfants et rassurée de savoir que la cinquième, Alice, allait bien aux dernières nouvelles.

— Je rêve, chuchota Mickaël en caressant les cheveux de son fils qui avait tant grandi. J'ai tellement peur d'aller me coucher et de ne pas vous retrouver demain... NON Hermione ! Ne me pince pas... je sais, je ne rêve pas...

Hermione rit en l'embrassant sur sa joue.

C'était tout ce qu'Elvire avait toujours imaginé dans ses rêves. Ses parents la tenaient fermement, leur bouche rebondissant tellement sur ses joues qu'elle commençait à sentir la peau chauffer sous leurs baisers. C'est Samuel, le premier qui les arrêta en se frottant le visage avec ses doigts.

— C'est bon ! C'est bon ! Un peu ça va, mais là c'est dégoutant !

— Hé ! gronda gentiment sa grand-mère.

— Vous avez tellement changé ! couina leur mère. Vous avez tellement poussé !

Elle faisait face à son fils à qui il manquait à peine cinq centimètres pour faire sa taille. Ce n'était pas très compliqué vu qu'elle était vraiment petite.

— Bientôt, tu vas…
— ...manger la soupe sur ta tête, acheva-t-il avec un grand sourire.

Tous les adultes rirent. Ils étaient fous. Fous de joie et épuisés à la fois. Ils ne savaient plus où donner de la tête et tournaient en rond sans savoir ce qu'ils devaient faire.

Quant aux quatre enfants, ils s'assirent tranquillement sur le grand canapé marron, les uns contre les autres, regardant ceux qu'ils aimaient s'animer étrangement autour d'eux. Enfin ! Ils avaient atteint l'objectif qu'ils s'étaient fixé le jour où ils avaient pris la décision de quitter SPÉ. Ils savouraient cet instant comme si c'était éphémère, quitte à se priver de sommeil.

Mais alors qu'à cette époque, leur but était simplement de *retrouver* ceux qu'ils aimaient, ils savaient à présent que ces moments de béatitude ne dureraient que brièvement.
— Ça va être dur de se faire entendre, chuchota Samuel en serrant Hermione dans ses bras.

Dès le lendemain, il leur faudrait retraverser l'histoire de leurs deux années sans eux. Dès le lendemain, il leur faudrait leur dire que tout ne faisait que commencer et qu'ils iraient rejoindre sans aucune hésitation la Résistance sur Clermont-Ferrand. La question qui se posait maintenant c'était, est-ce qu'ils réussiraient à convaincre leurs parents de venir avec eux ou allaient-ils devoir leur faire faux bond pour parvenir à leur objectif : sauver leur pays et les autres enfants des bunkers ?

22
L'histoire débute maintenant

— Tu n'as pas grand-chose dans tes placards, dit Victor qui aidait à préparer le repas.

— Entre mes médicaments pour l'épilepsie et les traitements que prend Irène pour sa thyroïde et ses douleurs, répondit Mickaël, il ne reste pas beaucoup de tickets pour acheter de quoi manger…

Lisette et lui se jetèrent un regard mélancolique.

— Au moins, ironisa sa femme en remuant les hanches, j'aurai retrouvé la ligne !

— Ça, c'est sûr que tu as fondu, constata sa grande sœur.

— Oui ! Mais j'ai perdu beaucoup de muscles aussi. Et je m'épuise facilement. Et surtout, j'ai de la peau en trop ! Régime express pour l'hippopotame en tutu !

Les femmes riaient ensemble de choses que leurs enfants ne trouvaient pas particulièrement hilarantes. Il était vrai que leur mère était difficilement reconnaissable avec ses quarante kilos en moins. La peau de son ventre, de ses bras et de son cou était détendue comme si elle avait enfilé un vêtement trop grand. Ses yeux étaient pochés et elle portait ses cheveux – d'habitude lâchés en ondulation sauvage - très serrés en queue-de-cheval.

— Tu es belle, dit Samuel qui la serra fort dans ses bras.

Lisette était étonnée de voir à quel point ses enfants avaient poussé comme des champignons. Seule sa petite Hermione était restée plutôt chétive. Elle avait pris du retard dans sa croissance à SPÉ. Ces sales kidnappeurs n'avaient pas pris soin de son bébé ! Il ne fallait pas que la personne qui s'était occupée d'elle se trouve sur son chemin, car alors, elle imaginait déjà toutes les choses terribles qu'elle lui ferait subir !

Aussi leur mère ne les lâchait plus. Les trois se succédaient dans ses bras en même temps qu'elle aidait à préparer le repas en répétant « *il faut que vous mangiez assez* ».

Les enfants éreintés se réfugièrent dans la chambre de l'aîné. Sur les murs trônaient toujours des toiles et des photos en excès. Partout des insectes, des dinosaures, des animaux et l'homme-araignée... les anciennes passions de Samuel. Le garçon les contempla en se demandant si un jour, il pourrait accomplir son rêve de devenir paléontologue. Et en avait-il toujours envie ?

— Je crois qu'il est temps de parler à nos parents, suggéra discrètement Arthur à son cousin et à sa cousine.

— On ne pourrait pas en profiter un peu ? râla Elvire qui n'avait pas envie de se relancer dans un interminable laïus. D'un, j'aimerais dormir et de deux, j'aimerais bien ne pas me jeter dans la guerre tout de suite...

— On vient tout juste de retrouver papa et maman, chuchota Hermione, les larmes aux yeux.

Samuel et Arthur se regardèrent. Eux aussi n'avaient pas envie de perturber ces instants de tranquillité.

— C'est juste que, ajouta son cousin. J'ai la sensation qu'on ne va pas pouvoir traîner très longtemps ici.

— Pourquoi ? s'indigna Hermione, à peine audible.

La petite fille se racla la gorge et étouffa sa quinte de toux. Elle avait le sentiment que quand elle parlait, on frottait du papier de verre à l'intérieur.

— Parce que, expliqua son grand frère, pour se nourrir ou pour se soigner, il faut des tickets. Et pour avoir des tickets, il faut travailler. Papa et maman ne vont sûrement plus pouvoir poser les pieds à leur travail, tu comprends ?

— Après ce qui s'est passé hier, enchaîna Arthur, ils vont vite retrouver les gendarmes dans mon jardin et venir fouiner par ici. Je ne suis pas certain que Philippon arrivera à étouffer toute l'affaire comme a dit maman.

— Je dirais même qu'il faut partir très vite, conclut Samuel en faisant les cent pas.

Elvire et Hermione soupirèrent et s'enfouirent dans un gros tas de peluches jetées sur le lit de leur frère. Elles ressentaient cela comme une terrible injustice. Pourquoi fallait-il que leur plaisir soit toujours de courte durée ? C'était trop demander deux petits mois avec eux comme quand ils s'étaient retrouvés au milieu de la Résistance ? Ou quelques semaines comme à l'abbatiale avec Léopold et l'Arche d'Isaïe ?

— Je suis désolé, chuchota Samuel en les rejoignant sous les peluches.

— Moi aussi, ajouta Arthur en plongeant sous un tigre géant, près d'elles. Dis ! Tu as une idée de pourquoi ta métamorphose était aussi…

— Impressionnante ? Géante ? Énorme ?

— Aucune idée. Peut-être que c'était pour faire peur aux militaires. Ou pour être assez grand pour tous nous déplacer…

— Ouais, mais un simple cheval ou un lion géant aurait suffi, râla Elvire. Après on dit que c'est moi qui en fais trop !

— Hey ! bâilla son frère. C'est pas moi qui ai choisi. J'en ai aucune idée… c'est vrai que c'était démesuré par rapport au premier pouvoir que j'avais eu…

— Au moins, on sait que des pouvoirs de folie peuvent apparaître ! C'est une bonne chose quand on sait ce qui nous attend non ?

Elvire sentit un tremblement traverser son corps. Un frisson de peur. Elle se sentit submergée tout à coup. Son ventre était gonflé et dur comme un caillou. S'ils décidaient de partir en guerre contre l'État, ce n'était plus seulement eux quatre qui seraient en danger ! Mais aussi leurs parents et leur mamie si fragile. *Eux*, ils possédaient les Mistrals Gagnants qui, jusqu'à présent, leur avaient sauvé la peau, mais ils étaient inefficaces sur *les adultes*. Si Salomé leur en trouvait d'autres, ils pourraient affronter leurs ennemis, mais pas *les adultes*. On ne pouvait compter que sur les plus jeunes.

Hermione se colla à elle. Elle sentait toujours quand son entourage souffrait. C'était un peu son pouvoir naturel.

— T'as vu Minione ? ajouta Elvire en déposant un bisou sur son front. Je te l'avais bien dit que ta voix était restée avec papa et maman…

Lorsqu'ils revinrent dans la cuisine, traînant des pieds avec lassitude, leur grand-mère les invita à s'asseoir autour de la table avec eux. Les parents semblaient déjà plongés dans une longue conversation sur les événements passés.

Au milieu de la table reposait une grande casserole de riz avec quelques morceaux de poulet mélangés pour donner l'illusion qu'il y en avait pour tout le monde.

« C’est ce que m’ont dit les enfants, expliquait Salomé. J’aimerais parler avec Vincent pour savoir ce qu’il a mis exactement dans ces fameux Mistrals Gagnants. »

Sur le rebord de la table, juste à côté de son assiette, Elvire fit glisser le bout de ses doigts, là où sa sœur et elle avaient abimé le bois en donnant des coups de feutre. La pointe avait créé de minuscules trous à travers la feuille blanche.

Sa mère passa sa main sur sa tête et embrassa son front et ses joues une fois de plus.

« On ne doit pas rester ici, dit-elle. Je sais où on peut se cacher quelques jours. Je travaille à la maison de retraite depuis un an. Et il n’y a pas plus en colère contre Calamus que les soignants et les vieux ! Ils seront d’un grand soutien pour ce qu’on s’apprête à faire. »

Arthur posa sa main sur celle de sa mère. La peau était sèche et froissée à force de se laver les mains à répétition.

Il remarqua qu’elle ne portait plus aucun bijou et se promit de lui en offrir un quand tout serait terminé. Son père, presque collé à lui, ne bougeait plus d’un iota. Il était comme une statue protectrice.

« Il faut qu’on entre en contact avec Nicky. »

« Il faut surtout qu'on entre en contact avec la Résistance ! »

Hermione se rassit sur les genoux de son père. Il était toujours aussi maigre et aussi grand. La frontière de ses cheveux noirs avait reculé et il les coupait toujours très courts. Il lui envoyait des sourires heureux entre deux embrassades. Elle sentait qu'il avait envie de se lever et de prendre les deux autres dans ses bras encore et encore ! Il y avait chez son père un amour inconditionnel. Sa mère disait toujours que c'était l'homme le plus gentil au monde.

« Je sais comment. Avec l'attestation que tu essaies de recopier. »

« Ça passe ou ça casse. »

« Ça ne marchera pas. C'est trop risqué ! »

Samuel était aux anges. Sa grand-mère gratouillait sa nuque et le haut de son dos avec ses ongles longs. C'était comme avant… Il l'enlaça avec ses grands bras de jeune adolescent et remercia la nature d'avoir gardé sa mamie en bonne santé. Elle était toute cassée par la douleur et les soucis, mais elle était présente pour profiter de leurs retrouvailles.

« Je peux en faire un duplicata de cette attestation. Je suis quasi sûr d'y arriver. Même sans Internet. C'est plus dur, mais j'ai gardé pas mal de logiciels qui pourraient être utiles. Celui que j'ai lancé fonctionne bien. Il nous a déjà permis de dupliquer quelques tickets-repas en plus quand la faim se faisait trop sentir... Je crois que le moment est venu de montrer mes talents en informatique. »

Les enfants se raccrochèrent péniblement à la réalité. De quoi parlaient-ils ? Ils avaient cru entendre le mot « résistance » et « attestation ».

Un silence tomba. Un silence pendant lequel les plus jeunes tentaient de réunir leur force pour convaincre les adultes d'engager une guerre contre tout un État.

— On a des choses à vous dire, commença Samuel en se levant. On veut...

— Vous voulez rejoindre la Résistance n'est-ce pas ? le coupa son père.

Il n'y avait pas d'animosité ni de colère dans sa façon de poser la question. Les quatre acquiescèrent d'un mouvement de tête, un peu décontenancés.

— Ce ne sont que des enfants, gémit leur grand-mère.

— Peut-être, ajouta Salomé. Je n'en suis plus très sûre. Ils ont géré les situations avec plus de maturité et de courage que nous…

Arthur se leva et se posa à côté de son cousin pour faire bloc, suivi de ses cousines.

— Nous ne voulons pas faire la guerre, précisa-t-il. Nous devons la faire. Nous devons aider tout le monde, vous ne croyez pas ?

— Si, si, dit son père en enfouissant son visage dans ses mains. Salomé nous a tout raconté. C'est la façon de faire qui nous dérange…

— Envoyer des enfants se battre en première ligne ? s'affola Lisette. C'est jouer le jeu des bunkers !

— Ils les enverront quand même aux frontières non ?

Elvire s'avança et attrapa le visage de sa mère.

— Il faut libérer ceux qui sont encore enfermés et les rendre à leurs parents, insista-t-elle. Il faut libérer les filles enfermées dans les hôpitaux ! On ne peut pas fermer les yeux alors qu'on a peut-être une solution.

— Les Mistrals Gagnants ? demanda Salomé, toujours méfiante.

— Les Mistrals Gagnants entre autres, répondit Samuel. Mais surtout avec l'aide des adolescents enfermés dans les BELLATOR. Ils sont bien entraînés ! Plus entraînés que cette armée de novices qu'ils ont formés à la va-vite à Clermont-Ferrand. Et si on arrive à libérer beaucoup d'adolescents, alors on pourra former une armée assez puissante. Et cette nouvelle armée pourra en libérer d'autres rapidement et grossir les rangs à une vitesse folle ! Puis on rallierait à notre cause ceux qui se battent aux frontières pour retourner leurs armes vers…

Lisette se leva et tapa du poing sur la table.

— Et si jamais ces adolescents se retournent contre nous ? cria-t-elle. Et si jamais certains meurent au combat ! Ce sera de notre responsabilité. Ce sera aussi la vôtre ! Est-ce que vous êtes prêts à porter ce poids-là sur vos épaules d'enfants ? Vous ne savez pas ce que vous racontez.

— En temps de guerre, renchérit Arthur plus fort que sa tante, la paix est la responsabilité de tous non ?

— Tu ne sais pas de quoi tu parles ! Avoir la mort de quelqu'un sur la conscience… ce doit être…

Un autre silence s'abattit dans la cuisine. Les enfants ne bougeaient pas, toujours unis face au mur qui se dressait devant eux. Et alors que Samuel s'apprêtait à tenter une nouvelle approche pour les faire

plier, une chose étonnante se produisit. Les adultes leur sourirent avec fierté. Une fierté teintée d'angoisse, mais ce sourire dégageait une aura de confiance absolue.
— Vous paraissez tous déterminés à ce qu'on voit, conclut Mickaël en attrapant la main de son épouse.

Les adultes se regardèrent longtemps. Ils paraissaient différents. Puis Salomé invita les enfants à se rasseoir d'un geste de la main.
— Bien, dit-elle. On voulait voir à quel point vous étiez obstinés. Je suis toujours contre votre idée de déclencher une guerre ouverte avec des enfants, mais... nous avons discuté d'un plan ensemble et nous allons vous en faire part alors... asseyez-vous et écoutez.
— Si jamais vous pouvez nous éclairer sur certaines choses qui nous auraient échappé, vos précisions seront les bienvenues.

Lisette se mit à servir les assiettes rapidement pendant que les plus jeunes reprenaient place autour de la table avec une drôle de sensation au creux de l'estomac.
— Après manger, expliqua-t-elle, on effacera les traces de notre passage ici puis on ira juste à côté, dans la maison de retraite où je travaille.

— Tu ne bosses pas dans les champs ? demanda Elvire.

Son père éclata de rire à s'en fendre les côtes, suivi par sa tante et son oncle.

— Ils ont bien essayé, se justifia-t-elle en lançant un regard noir à son époux, mais apparemment, je ne conviens vraiment pas pour ce boulot…

— Des araignées ! Des guêpes ! cria son mari en essayant de l'imiter. L'agriculteur s'est plaint qu'elle allait trop lentement et qu'elle se plaignait tout le temps et a demandé à la préfecture de la remplacer le plus vite possible !

Les enfants se joignirent à l'hilarité générale.

— C'est bon, c'est bon ! gronda-t-elle en rangeant la casserole dans l'évier. C'est juste qu'ils avaient besoin de quelqu'un pour aider les ASH ! Vous arrêtez oui !

Elle râlait, mais en réalité, ils virent qu'elle souriait aussi.

— On peut enchaîner maintenant ?

Tous s'arrêtèrent rapidement, vite rattrapés par l'urgence de la réalité.

— Je disais donc, reprit-elle en exagérant un visage faussement vexé, qu'on va se cacher là-bas. Les soignants haïssent le gouvernement, car il les maltraite depuis beaucoup trop longtemps. Entre le Covid et ça, les conditions de travail sont devenues insupportables.

— Vous n'avez pas peur qu'on soit dénoncé par les résidents ? demanda Samuel.

— Oh non ! s'esclaffa sa tante. Si c'est comme à Issoire, les personnes âgées détestent encore plus la présidente et l'armée que nous. Elles sont totalement abandonnées et isolées du reste du monde. Elles sont enfermées dès que leur famille est trop éloignée. Et cela même si elles sont encore capables de s'occuper d'elle-même toutes seules ! Elles ne mangent pas à leur faim et reçoivent des soins ridicules.

— Là-bas, on s'organisera à l'abri, conclut Lisette en commençant à manger sans appétit du riz sans goût et qui collait.

— Vous avez un plan ? demanda Elvire.

Salomé acquiesça d'un signe de tête et enfourna une grosse bouchée de son assiette, prête à en découdre avec les imprévus.

— En gros, pour faire simple, expliqua Victor, on repart tous les trois à Issoire grâce à l'attestation du Lieutenant-Colonel Philippon.

Il sourit à son fils et à sa femme.

— La voiture de Salomé a été écrasée par la maisonnette et la mienne va être vite confisquée par les autorités. On ne peut pas prendre le risque de retourner chez nous. On prendra la petite voiture de Mickaël.

— Heureusement que j'en ai une ! Travailler dans l'aéronautique c'est capital n'est-ce pas ?

— Je déposerai Salomé et Arthur à l'abbatiale pour qu'ils se chargent de contacter la résistance avec le téléphone. Et de mon côté, j'irai au Centre Populaire pour trouver Vincent – le Docteur Schmout qui a créé les Mistrals Gagnants. Il faut qu'il m'en dise plus sur sa composition pour qu'on puisse évaluer les risques sur votre santé.

— Et qu'il en produise beaucoup plus, conclut Elvire.

— C'est un bon début, dit Samuel en réfléchissant à toute vitesse. Mais de notre côté, il faut qu'on trouve une solution pour rejoindre Nicky.

Son père se leva et se dirigea vers l'ordinateur portable posé sur une petite tablette blanche attachée au canapé. Il alluma l'écran et le tourna vers l'assemblée. Un logiciel semblait travailler tout seul. Lentement. Très lentement.

— On essaie de reproduire l'attestation de Philippon à l'identique, mais avec mon nom dessus, expliqua-t-il. Et en changeant le motif de déplacement aussi. Il fallait qu'on trouve un truc plausible… C'est un peu délicat, car les papiers officiels sont très sécurisés.
— C'est pas juste un papier normal ? demanda Arthur.
— Non pas du tout. Pour être bref, le logiciel pirate va créer la forme et il nous reste à trouver le moyen de l'imprimer sur un papier en carbone en autant d'exemplaires qu'il y aura de points de contrôle sur notre chemin. Le nombre change tous les jours et seuls les hauts gradés savent combien d'exemplaires exacts il faut… mais on va trouver un moyen. J'en suis sûr…
— Le problème, précisa sa femme, c'est que si on a un en trop ou un en moins, c'est foutu pour nous. C'est la prison directe ! Et sans passer par la case départ.
— Ou alors, reprit Elvire, vous demandez à Philippon de vous faire passer les papiers directement… c'est un haut gradé non ?

Mickaël referma l'ordinateur et rejoint le groupe sans toucher à son assiette. Il fixa sa fille qui venait de trouver une solution beaucoup plus simple à leur problème. Si cet homme était vraiment de leur côté alors, ce serait une difficulté de moins à gérer.

— Notre deuxième partie du plan est un peu foireuse, mais bon, dit-il, tout à coup envahi par le stress.

— Arrête de t'angoisser, trancha Irène. On n'a pas mieux comme plan pour le moment. Et puis Salomé tentera d'entrer en contact avec ce Philippon pour nous aider.

— Explique, demanda l'aîné des enfants.

— Comme je rentre encore dans mon pantalon de la gendarmerie de l'époque où j'étais gendarme adjoint…

— Inutile de te la péter, râla sa belle-sœur en rigolant.

— Ouais, t'as vu ? continua sa femme. Genre, moi je rentre encore dans mes vêtements de quand j'avais vingt ans !

— C'est fini oui ? gronda-t-il à demi amusé. DONC ! Je disais que si je m'habille en gendarme, on pourrait faire croire à un transfert. Ce serait crédible accompagné d'une attestation officielle. Il ne laisse pas les gendarmes longtemps au même endroit pour éviter de créer trop de liens avec la population.

— Tu as encore l'uniforme en entier ? demanda Samuel étonné. Je ne me rappelle pas l'avoir vu…

— Non, répondit sa mère. Il lui reste seulement le pantalon et les chaussures. Le reste de l'uniforme avait le logo de la gendarmerie alors il a été obligé de le rendre.

— On verra avec les vieux ! ajouta Mickaël. Je suis sûr qu'on trouvera des patients qui font de la couture pour s'occuper.

— C'est même sûr puisqu'il y a un club, confirma Lisette. Enfin, si on peut appeler ça comme ça. Difficile de trouver des tissus et du fil à coudre.

— Ou alors, renchérit Salomé, encore une fois on essaiera de voir avec le Lieutenant-Colonel… espérons qu'il soit *réellement* de notre côté.

— Et après ? insista Samuel. Je veux dire, si on arrive à avoir l'attestation ET l'uniforme ?

— Eh bien après on croise les doigts, conclut Salomé. Il nous faut trouver une voiture pour vous. Les enfants dans le coffre – même si l'idée me crée des frissons d'angoisse… Puis ils simulent un déménagement rapide avec quelques affaires posées à l'arrière avec mamie. Les gendarmes sont transférés avec leur famille donc c'est l'idéal.

— C'est bien beau tout ça, coupa Arthur. Mais ils ne trouveront jamais la Résistance ! Elle a été disséminée dans Clermont-Ferrand il y a environ un mois… Vous ne la trouverez jamais ! Nicky disait que justement, c'était la galère…

Victor se leva pour commencer à débarrasser et laver les assiettes déjà vides tandis qu'Irène sortait un gros pot de fromage blanc du réfrigérateur. Ce dernier faisait un drôle de bruit aigu quand on l'ouvrait.

— C'est là que vous entrez en jeu, lança sa mère. Vous m'avez raconté avoir été cachés dans un appartement après l'assaut du conservatoire.

— Mais oui ! s'écria Samuel. La vieille chambre sous les toits !

— Celle avec le papier peint dégueu ? questionna Elvire.

— Ne parle pas comme ça, gronda sa mère par réflexe.

— Mais comment on va le retrouver ? enchaîna son frère. On a vu cet endroit qu'une seule fois…

— On peut le retrouver ensemble, l'encouragea Lisette. L'EHPAD a accès à un très vieil ordinateur. Ce n'est même pas un ordinateur à vrai dire. C'est quelque chose qui ressemble à un minitel. Ça passe par le réseau électrique. Personne ne l'utilise.

— Pourquoi ? demanda Arthur qui se demandait ce qu'était *un minitel*. Ce serait pratique !
— Eh bien, d'un, c'est interdit, expliqua Mickaël. Et de deux, c'est absolument insupportable parce qu'il faut attendre trois plombes avant que ça ouvre une page. Mais des images du vieux Clermont sont stockées dessus.
— Oui, je m'en souviens bien ! C'est le directeur qui m'en a parlé. Des photos d'une exposition qu'ils avaient faite bien avant l'arrivée de Calamus.
— Mais ça nous permettrait de chercher en image avec des photos de rues autour du conservatoire. Je connais bien cet endroit, tu sais ? Et tatie aussi. Elle y a fait ses études.
— Et une fois arrivée dans l'abbatiale, conclut Salomé en baillant, je n'aurai qu'à prévenir Nicky par téléphone. Il y enverra sûrement quelqu'un pour vous attendre et vous emmener auprès de la Résistance.
— C'est ce qu'on espère, ajouta Victor. On sait que ce ne sont que des suppositions, mais c'est tout ce que nous avons…

Les enfants se regardèrent. Apparemment, ils s'étaient trompés sur leur famille. Les adultes avaient la niaque ! Leur grand-mère était plus motivée encore à l'idée de revoir Nicky, Élidie et sa petite Alice.

Cependant, alors que tout le monde se préparait pour rejoindre leur nouvelle cachette, Samuel et Arthur échangèrent un regard long et douloureux. Tout ceci commençait avec des adieux. C'était si soudain… Ils avaient partagé beaucoup de moments très précieux ensemble. Plus encore qu'avec Elvire et Hermione. C'était les soirs, quand les lumières du bunker étaient éteintes, que les garçons s'étaient soutenus l'un l'autre. Ils s'étaient confiés leurs doutes et leur tristesse et ils avaient acquis une place immense dans leur cœur. C'était inutile d'en parler. Ils se comprenaient.

Dans quelques heures à peine, quand le soleil se lèverait, lui, Samuel, allait se réfugier à vingt mètres à peine de sa maison et lui, Arthur, allait s'engouffrer dans le coffre de la voiture de son oncle. Ils ne se reverraient pas de sitôt.

Alors, les deux cousins se prirent dans les bras sans aucune pudeur, sans timidité. Ce geste n'étonna personne. Les adultes s'écartèrent pour les laisser tranquilles. Ils s'engouffrèrent dans le couloir pour rejoindre les chambres et préparer des valises légères.

Les filles, quant à elles, s'ajoutèrent à leur étreinte. Elvire pleura silencieusement. Arthur était la personne avec qui elle s'était le plus disputée et pourtant, ces échanges musclés allaient lui manquer…

Hermione ne pleura pas. Elle attrapa la main d'Arthur quand tous s'écartèrent et y déposa délicatement sa joue comme elle le faisait toujours. Ce serait son dernier câlin avant très longtemps…

— On se reverra, dit-il en plongeant ses grands yeux bleus dans ceux de sa petite cousine. Je vous le promets !

1er janvier 2031

Elvire regardait par la fenêtre. Les gens passaient dans la ruelle, la tête baissée vers leurs chaussures. Tout le monde semblait pressé. Pressé de passer inaperçu au milieu des gardiens.

Il avait fallu plus de trois semaines pour créer un uniforme complet et crédible à partir d'images trouvées sur ce vieux tacot qui servait d'ordinateur à l'EHPAD. Contre toute attente, leurs plans totalement improbables avaient fonctionné grâce à l'aide providentielle de Philippon. Sans lui, rien n'aurait pu être possible.

Elle se retourna vers la chambre où elle avait été recueillie quelques semaines auparavant et posa son regard sur sa mamie qui lisait une histoire à ses petits-enfants. Par chance, Nicky et Élidie avaient fait le déplacement jusqu'à l'appartement pour les y attendre avec Alice. Encore un instant chargé d'émotions qui avait complètement submergé cette famille pleine d'un amour incommensurable et explosif !

Depuis peu, son père et son frère se faisaient plus souvent absents, tentant d'établir avec Nicky un nouveau plan pour accélérer la libération des enfants et des adolescents prisonniers des SPÉ encore en fonction.

Le 92e régiment d'infanterie – la vraie armée, pas ces incapables qui faisaient n'importe quoi et se faisaient mater par la Résistance – ne tarderait pas à découvrir la réalité de la situation et à envoyer des soldats entraînés pour les éradiquer jusqu'au dernier.

Parfois, Évita et les autres Archanges se joignaient à eux au grand plaisir de Lisette qui n'avait pas revu ses amis depuis de nombreuses années. Elle aussi se faisait souvent rare. Elle essayait de reprendre contact (via des moyens interdits) avec son amie d'enfance qu'elle appelait « Choupeta ». Cette dernière s'était réinstallée à Versailles dans les Yvelines où le gouvernement siégeait depuis la montée de la Seine. Cette fameuse « Choupeta » possédait, grâce à son travail, le moyen de se rapprocher des ministres.

Si Lisette arrivait à la rencontrer de visu, elle pourrait lui apprendre l'existence des Mistrals Gagnants et peut-être que leurs actions à toutes les deux pourraient s'étendre dans le ministère même.

Première action en cours : envoyer des résistants aux frontières pour infiltrer l'Allemagne, l'Italie et l'Espagne et tenter de les rallier à leur cause.

Deuxième action en cours : disséminer des résistants dans les terres pour créer une alliance multirégionale.

Voilà comment l'année 2031 commençait en ce premier janvier.

« Attention ! »

Une balle fonça sur Elvire qui l'attrapa de justesse avant que celle-ci ne casse la vitre à côté d'elle. Et tandis qu'Hermione et Nine se faisaient houspiller par Tata, car elles jouaient dans l'appartement au risque d'être découvert, Elvire flânait discrètement à la fenêtre du dernier étage d'un vieil immeuble en pierre de Volvic.

Dans peu de temps, et grâce au feu vert de Salomé et de Victor qui ne comprenaient pas d'où venaient les effets magiques des Mistrals Gagnants, elle allait se battre aux côtés de ceux qu'elle chérissait.

Tout à coup, il lui parut affreusement lointain le jour où elle s'était dressée sur cette table ronde dans le réfectoire de SPÉ. Elle ferma les paupières et parcourut à nouveau les couloirs blancs du bunker ; sa course jusqu'au camion avec son cousin, son frère et sa sœur ; le visage de Judith qui clignait des yeux ; Ben, Jessy, Erwan, et toutes ses bêtises avec Alice ; les blagues de son oncle Nicky ; les câlins de sa tante Élidie ; Évita, Tata, Madani, Nourhane et leur combinaison d'Archanges sans aile ; Nine, la rouquine en tennis ; Isaïe et toute son Arche à Austremoine ; la disparition du commandant et du Docteur Nouille-trop-cuite qui n'avait fait aucun bruit dans les médias – sûrement grâce à Philippon.

Et il y avait Léopold... Léo et ses lunettes noires... Léo qu'elle voulait revoir...

— Où es-tu maintenant ? chuchota-t-elle en dessinant son prénom dans l'air.

Hermione la rejoignit et attrapa une mèche de cheveux qu'elle se mit à frotter sur ses yeux comme un doudou, serrant sa pieuvre colorée sur la joue de sa sœur. Samuel et Alice s'avancèrent à leur tour et s'assirent sur le lit en face d'elles.

— Qu'est-ce que t'as ? demanda-t-elle en regardant le visage hébété de son frère.

Son sourire annonçait une bonne nouvelle.

— On vient de recevoir un coup de téléphone du Père Abdiel.

Elvire se redressa comme piquée par une guêpe.

— Il arrive ?

Samuel inclina la tête toujours ravie.

— Arthur sera bientôt parmi nous. Enfin.

Les quatre éclatèrent de rire. Ils étaient si heureux qu'ils en oublièrent un instant les risques que tout le monde prenait. Bientôt, les cinq petits-enfants de la famille seraient réunis face à l'adversité.

Ils n'avaient plus peur à présent. Ils étaient devenus inséparables. Quand un voulait tenter quelque chose, l'autre savait immédiatement comment agir ou réagir. Dans quelques semaines, la France allait connaître la plus grande révolution de tous les temps. Une révolution faite d'enfants aimants et d'adolescents incandescents.

Bientôt, des Séraphins allaient défiler dans les rues, armés de leur liberté et de leur volonté, armés de ce feu brûlant qui vous dévore quand la jeunesse est brimée. Bientôt, des Séraphins unis révéleraient au grand jour les mensonges du gouvernement ! Accompagnés des prisonnières fraichement sauvées du Virus des Glaces factice ! Accompagnés des prisonniers malheureux des bunkers, les Mistrals Gagnant entre leurs dents comme des rochers ardents pour les soutenir dans leur mission !

Tous ensemble, Archanges et Séraphins à bord d'une nouvelle arche, une arche guerrière.

Les voilà ces petits anges armés contre les démons, chevauchant vers le conflit ! Les voilà les Cavaliers ailés contre l'Apocalypse.

TABLE DES MATIERES

Petit mot de l'auteure

Comédienne de formation, j'ai enseigné mon métier aux enfants et aux adolescents pendant une dizaine d'années. Les spectacles de mes ateliers s'écrivaient toujours avec et pour les élèves, afin que chacun découvre le plaisir de défendre un rôle, un personnage, une vie, une passion. À plusieurs reprises, j'ai eu l'occasion de composer mes propres pièces jouées à la Cour des 3 Coquins, lieu de culture et de partage de Clermont-Ferrand. Petit à petit est arrivé le désir d'inventer une histoire pour mes enfants qui grandissent dans un monde chargé de colère et de frustration. Ainsi trouveront-ils leur propre courage, mais toujours avec bienveillance.

Alors que l'écriture de ce roman est sur le point de se conclure, je rencontre Marie Pautonnier, psychomotricienne de profession, qui partage le plaisir de la création, mais cette fois-ci à travers la peinture et le dessin.

L'alchimie prend et j'ai l'immense bonheur de collaborer avec elle sur la couverture de ce premier tome de La révolte des Séraphins.

C'est le début d'une collaboration amicale qui, je l'espère, vous a emportés dans l'univers de Samuel, d'Elvire, d'Arthur et d'Hermione.

Un grand merci à Marie si généreuse et à vous tous qui suivaient leurs aventures.

Achevé d'imprimer en août 2022
"loi n° 49-956 du 16 juillet 1949 sur les publications destinées à la jeunesse"
Par Amazon Kindle Direct Publishing
Plateforme d'auto-édition

ISBN : 978-2-9583792-1-6

Printed in Poland
by Amazon Fulfillment
Poland Sp. z o.o., Wrocław

10316802R00244